당신을 위한 것이나 당신의 것은 아닌

당신을 위한 것이나 당신의 것은 아닌

서울과 파리를
걸으며
생각한 것들

정지돈
산문

문학동네

들어가며

인간들은 오염시키는 것에는 타고났다. 최근에는 '미래'라는 단어가 오염됐다. 미래통합당■. 이로써 미래는 더이상 쓰지 못할 단어가 되었다. 예전에 내가 쓴 글에 나오는 미래가 진짜 시간상의 미래였다거나 실현의 의지를 담고 있는 종류의 미래였다곤 할 수 없지만 말이다. 미래는 지금 현재의 어떠한 잠재성을 활성화하기 위한 시간 시제로 사용된다. 실현되느냐 마느냐는 나중 문제다(또는 문제가 아니거나). 단어를 그런 방식으로 한정하게 되면 우리의 세계도 그만큼 축소된다.

'산책'이나 '도시' 같은 말도 그렇다. 이런 단어가 들어간 대박 히트작을 본 적은 없지만 중박은 꽤 많고 그래서 두 단어는 남용되어 관련된 상품이 생산된다. 이 단어들도 오염된 걸까? 그렇기도 하고 아니기도 하다. 내가 원하는 건 산책이나 도시라는 말을 중심으로 잠재되어 있는 무언가를 건드리는 것이다. 그러므로 아무튼? 어쨌든? 이 글은

■ 2020년 2월 기준. 미래통합당은 2020년 9월 2일에 국민의힘으로 당명을 바꿨다. 미래통합당은 보수정당 사상 최단기 당명이 되었다.

서울과 파리가 중심이 된 일종의 산책기다.

　얼마 전에 한 지인이 트위터에 다음과 같이 올렸다. 되면 한다. 응? 다른 지인은 말을 하다가 실수를 했다. 길이 있는 곳에 뜻이 있다. ……그렇다. 그게 내가 하고 싶은 말이다.

차례

들어가며 **004**

말이 되는 도시 **010**

자본주의와 사회주의의 차이는 무엇인가? **017**
"자본주의에서는 인간이 인간을 착취한다."
그러나 사회주의에서는 그 반대다 ①

자본주의와 사회주의의 차이는 무엇인가? **028**
"자본주의에서는 인간이 인간을 착취한다."
그러나 사회주의에서는 그 반대다 ②

결국 쇼핑 말고는 할일이 별로 없을 것이다 ① **041**

결국 쇼핑 말고는 할일이 별로 없을 것이다 ② **052**

파리의 벤치들 **063**

결국 쇼핑 말고는 할일이 별로 없을 것이다 ③ **073**

어디에도 머물지 않고 어디로도 향하지 않으며 **085**

샛길: 코로나19 시대의 산책 **097**

인생에서 두 번 저항하기란 어렵다 ① **110**

인생에서 두 번 저항하기란 어렵다 ② **121**

두 사람이 걸어가   **134**

라이드 시작 전에 브레이크를 확인합니다   **151**

내가 팔을 들어올릴 때,
내 팔이 올라간다는 사실을 제거하면
남는 것이 무엇인가?   **165**

죽어서 승리를 거둔 사람들이 살아서 승리를 거두었다면 ①   **182**

죽어서 승리를 거둔 사람들이 살아서 승리를 거두었다면 ②   **195**

시카고는 아무 곳도 아니었다. 정해진 장소가 아니었다.
그저 미국이라는 공간을 향해 방출된 무엇일 뿐이었다 ①   **204**

시카고는 아무 곳도 아니었다. 정해진 장소가 아니었다.
그저 미국이라는 공간을 향해 방출된 무엇일 뿐이었다 ②   **214**

시카고는 아무 곳도 아니었다. 정해진 장소가 아니었다.
그저 미국이라는 공간을 향해 방출된 무엇일 뿐이었다 ③   **226**

남북조시대의 예술가 ①   **238**

남북조시대의 예술가 ②   **244**

당신을 위한 것이나 당신의 것은 아닌   **254**

"그들은 엘리베이터를 발명했다"라고 그는 말했다.
"하지만 때때로 당신은 여전히 걸어올라간다."

오릿 게트Orit Gat

말이 되는
도시

마리아는 집에서 16번지까지 걸을 수 있다는 생각을
해본 적이 단 한 번도 없는데 걸어보니 너무 가깝더라면
서 깜짝 놀랄 만큼 기뻐했다.

　　—리베카 솔닛, 『걷기의 인문학』

유체 이탈

이십대 초반, 서울에 올라온 지 몇 년 안 된 대학생이었
던 나는 같은 처지의 친구와 청담동에 놀러가기로 했다. 전
시도 보고! 옷도 사고! 커피도 마시고! 우리는 지하철에서
내려 청담동을 걷기 시작했는데 이상하게 동네에 사람이
없었다. 주말인데 한적하네. 좋네. 사실 건물 사이 간격이나
도로의 폭 등이 넓어 걷기 피곤했지만 쾌적한 분위기 탓인
지 괜찮았다. 이상한 건 그 이후였다. 걷다가 우연히 마주
친 카페에 들어갔는데 자리가 없었다. 그야말로 사람이 바
글바글. 어, 사람 많네? 우리는 나와서 다른 카페로 갔다.
그런데 그 카페에도 사람이 가득했다. 이상하다. 길에는 사
람이 없는데 카페 안에는 어떻게 사람이 많지? 지방 출신
의 청년들은 옷도 사지 못하고 의문을 가진 채 집으로 돌아
갔다.

"걷는다는 것이 권력이 없고 지위가 낮다는 의미일 수
도 있다." 리베카 솔닛의 말이다. 걷는다는 것은 돈이 없다
는 의미다. 그러나 동시에 쾌적한 곳을 평일 낮에 걷는다는

것은 돈이 지나치게 많다는 의미일 수도 있다. 다시 리베카 솔닛의 말을 인용하면 "사람들이 안 걷게 된 것은 걸을 만한 장소가 없어서이기도 하지만 걸을 시간이 없어서이기도 하다. 그러니까 걷는 행위는 빈곤한 동시에 부유하다."

발레파킹 서비스는 길을 걷지 않고도 목적지에 도달하게 해준다. 솔닛은 이를 일상의 유체 이탈이라고 부른다. "운전자 도시란 엄밀한 의미에서 도시라기보다 사적 실내 공간들 사이를 왕복하는 사람들로 이루어진 역기능적 교외일 뿐이기 때문이다." 과거의 나는 발레파킹이 뭔지도 몰랐다. 지금은 아는데다 해보기까지 했으니 계급 상승인가? 유체 이탈러인가? 차가 있으면 어디 가기 전에 주차부터 걱정된다. 지하 주차장이나 공영 주차장은 왜 그렇게 덥고 음습한지. 발레파킹이 되면 얼마나 편하고 좋은지. 서울의 불쾌하고 못생긴 것들과 마주치지 않아도 된다니!

도시는 선이다

간단한 테스트를 해보자.

버스 or 지하철

자차 or 쏘카

쇼핑가 or 쇼핑몰

아파트 or 단독주택(둘 다 선택이 불가능할 가능성이 크지만……)

　교외 or 도심

　연남동 or 도산공원

　유어마인드 or 아크앤북

　위상이 다른 항목들을 섞어놓긴 했지만 의도는 짐작하기 어렵지 않다. 이동하는 방식과 목적지에 따라 도시를 어떻게 감각하길 원하는지 또는 도시를 어떻게 감각하는지 알 수 있다. 비판적 학자들은 자동차 위주의 도시계획을 비판하고 복합 쇼핑몰을 비판하고 젠트리피케이션을 경계하는 포지션을 취하지만 문제는 그리 간단하지 않다. 일례로 나는 자가 소유 차를 없애야 한다는 입장이다. 너무 해악이 크지 않나? 그러나 지인은 자차를 소유한 이후 삶의 질이 높아졌다고 말한다. 그는 부모와 한집에 살며 한 시간 반 거리를 출퇴근했는데 차를 산 이후 태어나 처음으로 자기만의 공간을 가졌다고 했다. '쩍벌남'들에 치여 버스와 1호선을 갈아타야 했던 출퇴근 시간은 그에게 지옥이었다. 그는 여성이다. 그러니까 그에게 자동차는 '자기만의 방'인 것이다. 자동차 위주의 도시계획은 많은 부작용이 있지만 타이프라이터가 남성 지식인들의 비판에도 불구하고 여성들에게 의외의 해방을 안긴 것처럼 자동차 역시 그렇다. 야밤의 도시를 걷고 아무렇지 않게 대중교통을 이용하는 도시형 플라뇌르flâneur는 남성들이나 가능한 것이다.

도시의 각 부위는 각각 감각할 수 있는 속도와 높이가 있다. 그리고 감각은 수단에 따라 달라진다. 로마 출신의 영화감독 난니 모레티는 주택을 보는 게 취미다. 그는 시간이 나면 고물 베스파를 타고 로마 서쪽 지역인 몬테베르데 베키오의 주택을 둘러보고 다닌다. 나는 베니스 근교의 섬 리도에서 자전거를 타고 난 뒤 난니 모레티가 그런 취미를 가진 이유를 알 수 있었다. 시속 10~30킬로미터 사이의 속도와 근접 거리, 시선의 높이는 이층에서 사층 정도의 스케일을 가진 주택들의 연쇄와 완벽한 한 쌍이었다. 이동 수단이 도시 풍경을 재구성한 것이다. 난니 모레티의 영화 〈나의 즐거운 일기〉 첫번째 챕터 제목이 '로마'가 아니라 '베스파'인 이유가 여기에 있다.

강변북로는 당연히 차를 타야 제대로 느낄 수 있다. 다만 전제는 도로에 차가 없을 때이다. 그러니까 차가 막히지 않을 때 강변북로를 타고 성산에서 마포를 지나 용산을 넘어 천호로 향하면 서울과 한강이 아름답다는 걸, 강변북로가 〈트론〉의 가상현실 아우토반 못지않다는 걸 체험할 수 있다. 물론 해가 떠 있을 때 강변북로를 교통 체증 없이 달리는 건 불가능에 가깝다. 강변북로가 좋다는 걸 처음 느낀 건 한산한 일요일 해질녘이었다. 그때 처음으로 자동차의 감각을 비판만 할 게 아니다, 마셜 매클루언 만세! 김현옥

만세!라고 생각했던 것 같다. 마셜 매클루언은 이렇게 말했다. "자동차에 관한 단순하고 명백한 사실은 자동차가 인간 확장의 형태라는 것이다." 김현옥은 이렇게 말했다. "도시는 선이다!"

일상의 발명

미셸 드 세르토는 『일상의 발명The practice of everyday life』1980에서 도시를 언어에, 보행을 발화 행위에 비유한다. "걷기 행위와 도시 체계의 관계는 담화 행위가 언어 체계나 발언된 진술들과 갖는 관계와 같다." 언어는 규칙과 한계로 발화를 제한하지만 발화는 늘 새로운 국면으로 발전한다. 일종의 전유로 보행은 도시의 새로운 가능성을 열어준다는 말이다. 그러니 보행-발화를 못하는 도시는 말을 잃은 도시, 죽은 언어의 나라다. 전 세계에서 걷는 도시를 만드는 흐름이 유행하는 것은 20세기 중반 이론가들의 지난한 노력 덕분일지도 모른다. '서울로7017'도 생기고 말이다(여담이지만 서울로7017은 안쓰러운 디자인과 디테일에도 불구하고 밤이 되면 꽤나 걸을 만하다. 놀라운 사실이다).

언어처럼 도시 역시 배우지 않으면 감각하거나 사용할 수 없다. 내가 사는 곳은 상수인데 처음 살게 됐을 때 합정까지 지하철을 타고 다녔다. 지하철을 타는 것과 도보에 걸리는 시간이 거의 같은데도 그 사실을 몰랐다. 요즘 매일 산책을 가는 한강 변에는 십 년 동안 한 번도 가보지 않았다(한강을 걸어서 갈 수 있는지도 몰랐다).

언어를 배우고 나면 반어, 아이러니, 유머, 농담, 현학적인 표현부터 줄임말까지 모든 게 가능해진다. 그러니까 도시를 가로지르고 표류하고 발견하고 점거하고 걷기 위해서는 도시를 배워야 하고 배우기 위해서는 발화―보행해야 한다. 다만 세르토의 말과 달리 자동차는 발화를 중단시키는 게 아니라 다른 종류의 발화가 될 가능성을 품고 있다. 자전거 역시 그렇다. 문제는 이러한 다양한 발화가 서로를 차단하거나 심지어는 경멸한다는 데 있다. 어떻게 해야 될까. 자동차를 사면 세금 폭탄을 안기면 되나. 지하철에 여성 전용 칸을 만들면 되나. 광화문광장에 도로를 없애면 되나. 발화의 교차와 변환이 자유롭게 유통되는 도시를 만드는 것, 발화 행위를 통해 매 순간 새롭게 발명되는 도시 풍경을 만드는 것. 그런데 이런 도시가 가능할까?

※ 이 글에는 『걷기의 인문학』(리베카 솔닛, 김정아 옮김, 반비, 2017)과 『미디어의 이해』(마셜 매클루언, 김성기・이한우 옮김, 민음사, 2002), 『미셸 드 세르토, 일상생활의 창조』(장세룡, 커뮤니케이션북스, 2016)의 내용이 포함되어 있다.

자본주의와
사회주의의
차이는
무엇인가?

"자본주의에서는
인간이 인간을
착취한다."

그러나
사회주의에서는
그 반대다①

걷는 걸 싫어하는 사람은 없다. 금정연을 제외하면. 금정연은 걷는 걸 싫어한다. 그는 평생 걸어온 것처럼 몸이 가벼운 사람으로 보이지만 걷는 것도 말하는 것도 싫어한다(평생 말해온 사람처럼 말도 잘한다). 하지만 그가 가장 싫어하는 건 아마 사는 것일지도 모른다. 그러나 그는 누구보다 잘산다. 적어도 내 기준에선 그렇다.

─지돈씨, 제가 언제요?

정연씨가 말했다. 걷는 걸 싫어하지 않느냐는 말에 대한 대답이다.

─『아무튼, 택시』코난북스, 2018에도 썼잖아요. "걷기에 대한 이야기라면 이제 신물이 난다."

─제가 그런 글을 썼어요? ……고마워요, 지돈씨. 덕분에 많은 걸 기억하게 되네요.

정말 고마운지 모르겠지만 나는 정말 고마웠던 걸로 생각하기로 했다. 나는 뭐든 내 위주로 생각하길 좋아하는 사람이다. 그래야지 하루하루 견딜 수 있다. 가까스로……

내 글에 가장 자주 등장하는 사람은 금정연과 오한기다. 한 사람은 서평가고 다른 한 사람은 소설가다. 끼리끼리 논다, 관심도 없는 너네들 이야기를 왜 하느냐는 분들이 종종 있다. 어떤 편집자는 내게 글을 청탁하면서 이번에는 금정연과 오한기 이야기를 빼고 써달라고 말하기도 했다. 여담이지만 트위터에서 이런 글을 보기도 했다. "정지돈은 (장

18

뤼크) 고다르 없으면 글 못 쓸 듯."

솔직히 말하면 나는 금정연과 오한기가 없으면 글을 못 쓴다. 고다르는 없어도 상관이 없다. 늙은, 백인, 이성애자, 남성, 영화감독이 있든 말든 나랑 무슨 상관인가. 그의 영화나 말이 나에게 많은 영향을 끼쳤지만 그가 없는 다른 평행우주에서도 그와 유사한 무언가가 내게 영향을 끼쳤을 것이다. 그러나 금정연과 오한기가 없는 평행우주는 상상할 수 없다. 그곳은 우주가 아니다. 그곳은 영혼을 잃은 빈 껍데기, 앙꼬 없는 찐빵…… 〈기묘한 이야기〉가 없는 넷플릭스와 마찬가지다(여담이지만 〈기묘한 이야기〉 시즌 3는 별로였다……).

누군지 알지도 못하는 지인 이야기를 왜 하나 생각할지도 모르겠다. 그러나 누구에게나 빼놓을 수 없는 친구가, 글을 쓰건 일을 하건 뺄 수 없는 어떤 최종 심급과 같은 요소나 존재가 있기 마련이다. 내게는 금정연과 오한기가 그런 존재다. 심지어 그들은 글에 등장하지 않을 때에도 자신의 위치를 점하고 있다. 글이 도통 써지지 않을 때면 나는 어김없이 그들에게 전화를 건다. 정연씨, 살려주세요. 한기씨, 소설 한 편만 써줄래요?(금정연은 반나절에 에세이 육십 매를 쓴다. 오한기는 직장인이고 점심시간에 단편소설 초고를 다 쓴다―심지어 밥을 먹고!―두 글 모두 여지없는 걸작이다)

선량한 마음을 가진 두 사람은 할 수만 있다면 부탁을 들어줄 기세다. 그러나 그들은 이제 모두 유부남이고 하나 있는 딸의 육아에 힘쓰는 아버지이다. 다시 말해 나 따위를 케어해줄 여력이 없다. 그러나 좋은 친구들이 그렇듯, 그들은 충고도 비판도 없이 묵묵히 내 말을 듣고 공감하고 위로해준다. 그러므로 그들은 자연스럽게 최종 심급이 된다.

하지만 그들에 대해 쓰는 게 점점 힘들어진다. 내가 쓰는 이야기가 소위 알탕연합, 남성연대처럼 느껴지면 어쩌나 하는 불안감과, 실제로 그런 것 아닌가 하는 불안감이 함께 들기 때문이다. 다른 정체성을 가진 사람들에게도 통할 어떤 보편성이나 공감의 여지가 있지 않을까? 그런 걸 상상하는 것 자체가 내가 주류의 위치에 있는 이성애자 남성이기 때문은 아닐까? 심지어 나는 대구에서 태어난 외아들인데!

그러나 스스로를 돌아보지 않고 글을 쓸 수 있는 방법은 없다. 김수영도 시「구름의 파수병」에서 말했다. "자기의 나체를 더듬어보고 살펴볼 수 없는 시인처럼 비참한 사람이 또 어디 있을까"(그가 이성애자 남성이었던 걸 생각하면 갑자기 기분이 좋지 않다⋯⋯) 친구들은 본전도 못 건질 이야기는 하지 말라고 하지만, 하지 말라면 더 하고 싶어지는 법이다. 게다가 나와 산책을 가장 자주 한 사람이 금정연과 오한기이므로 이야기를 하지 않을 도리가 없다. 다시 말해 이것은 걷기에 대한 이야기다.

✳

금정연과 오한기를 마지막으로 본 것은 2019년 12월 30일이다. 우리는 그날 광화문에서 만났다. 왜 만났는지 묻는다면 할말이 없다. 연말이라서? 그럴 리가. 우리는 송년회라면 치를 떠는 사람들이다. 신년회도 마찬가지다. 많은 사람들이 모이는 걸 질겁하고 사교 관계를 만들거나 지속하는 일도 마찬가지다. 다만 금정연은 가끔 그런 일을 잘해내는 것처럼 보인다. 송년회와 신년회에서 살아남기 위한 그의 요령은 다음과 같다.

1. 술을 마신다.
2. 취한다.
3. 아무 말이나 한다.

나와 오한기는 술이 받지 않고 취하는 일이 드물기 때문에 가능하지 않은 방법이다.

—그게 가능할 필요가 있을까요, 지돈씨?

그러나 금정연에게도 이제 더이상 그런 일은 없고 우리는 모든 사람이 바빠 보이는 연말에도 약속 하나 없이 광화문 거리를 쓸쓸히 걷는다(이 말은 모순이다. 우리에겐 약속이 있다. 우리와······).

우리는 종종 광화문에서 만나는데 그건 거리상의 이점 때문이다. 오한기의 직장은 도산공원 맞은편이며 집은 군자역 근처. 금정연의 집은 응암역에서 가깝고 직장은 없다. 나는 상수역에서 살았고 역시 직장은 없다.

한때 광화문을 좋아했던 적도 있다. 서울에 올라온 지 얼마 안 된 학부생 시절이었다. 서울의 모든 게 신기했다기보단 서울이란 곳을 도무지 파악할 수 없었다. 학교가 장충동과 충무로에 걸쳐 있어서 동대문과 충무로, 명동에 자주 갔다. 서울의 구조에 처음 놀란 건 명동에서 시청이 지척이라는 사실을 알게 된 때였다. 게다가 시청에서 광화문도 지척이었다. 그러면 명동에서 광화문까지 걸어갈 수 있단 말이야!? 충격······ 서울에서 태어나고 자란 친구들은 말했다. 그걸 몰랐단 말이야? 충격······ 물론 서울에서 나고 자란 친구들이라고 그런 사실을 다 아는 건 아니다. 금정연은 서울에서 나고 자랐지만 성인이 되기 전까지 강남에는 한 번도 안 가봤다고 했다(그는 마포구 출신이다). 그는 강남에는 뿔 달린 괴물들이 사는 것처럼 말한다.

─거기 사람들은 다들 인스타그램 하지 않아요?

─거기가 어딘데요?

─강남······

─???(무슨 맥락인지……)

강남이 힘든 건 나도 마찬가지다. 친구들과 농담삼아 강을 건널 때 자기장을 통과하는 것 같다고 말하기도 했다. 위로 건너나 아래로 건너나 마찬가지다. 그러나 이것 모두 철 지난 얘기다. 강남과 강북 사이에는 아무것도 달라진 게 없지만 이제 둘을 놓고 차별적인 얘기를 하거나 그걸 담론의 중심에 두는 것은 망상처럼 들린다. 아무것도 변한 게 없는데 말이다.

아무튼 내가 광화문을 좋아했던 건 그곳이 너무나 서울 같았기 때문이다. 조선일보사 옥상에 있는 전광판에 뉴스가 나오면 사람들이 일제히 고개를 들고 쳐다볼 것 같았다. 웅성거리면서, 손가락질하면서 말이다. 그러면 갑자기 화면이 바뀌어 정부서울청사에서 정장을 입은 직원들이 급한 모습으로 걸어나오고 트렌치코트를 입은 기자들이 옆에 따라붙으면서……

기억에 처음 남아 있는 서울의 모습도 광화문이다. 나는 유년 시절 기억이 별로 없는데 서울에 왔던 것만은 선명히 기억한다. 어머니와 함께 새마을호를 타고 서울에 왔다. 목적지는 세종대로에 있는 주한 미국대사관. 뉴욕에 사는 외삼촌이 하와이로 휴가를 가면서 한국의 친척들을 초대했다. 이모 둘과 어머니, 그리고 나를 포함한 외사촌 동생들을. 1997년이었고 미국 여행을 가려면 비자가 필요했다. 이

모와 외사촌들은 모두 비자를 발급받았다. 서울에 사는 이모가 광화문에서 우리를 기다리고 있었다. 미국대사관에 가기 전에 그 옆의 교보문고에 갔다. 구체적인 건 모르겠지만 천장이 유리처럼 반사되는 재질이었던 건 기억난다. 운동장처럼 크고 끝이 보이지 않는다며 신이 나서 뛰어다녔다고 어머니는 말씀하셨다. 이모는 책을 골라보라고 했고 나는 한나래출판사에서 나온 수잔 헤이워드의 『영화 사전 - 이론과 비평』을 골랐다. 이모와 어머니는 영화감독 새싹이라도 보는 것처럼 기특하게 나를 봤고 나는 꽤 의기양양해했던 것 같다. 내가 이 정도로 똑똑한 아이라구, 이러면서 말이다(그때나 지금이나 이해 안 되는 책을 보는 건 여전하다. 사람은…… 변하지 않는다……).

미국대사관에 들어가기 위해 한참 줄을 섰다. 비자를 발급해주는 담당 직원은 유리 칸막이 뒤에 무표정한 얼굴로 앉아 있었다. 어머니는 우리 모자가 불법체류자가 될 일은 절대 없다는 점을 어필하기 위해 노력했다. 직원은 어머니 말을 듣는 둥 마는 둥 하며 서류만 봤다. 어머니가 제출한 서류는 소득증명서와 재산세 내역 등으로 거기엔 빈민층에 가까운 액수가 찍혀 있었다. 아버지는 무직이었고 소득이 있었던 것도 같은데 정직한 종류의 것은 아니었던 것같다. 직원의 표정이 안 좋아진다는 생각이 들었는지 어머니가 최후통첩을 날리듯 말했다. 사실은…… 제가 돈놀이를 좀 합니다. 나로서는 금시초문인 이야기였다. 중학생이 었지만 돈놀이가 뭔지는 알았다. 돈놀이를 하려면…… 돈이 있어야 하는 거 아닌가? 우리집에 돈이 있나? 직원은 반응이 없었다. 사실 무반응이 아니라 노골적인 무시였다. 어머니는 서류의 숫자는 믿지 말라고 했다. 사실은 내가 돈이 좀 있다…… 우리는 하와이의 고급 리조트에 가는 것이다…… 뒤 문장은 사실이었다. 돈은 외삼촌에게 있었지만 어쨌든 하와이의 고급 리조트에 가려는 건 맞으니까.

우리는 결국 비자를 받지 못했고 여행은 다른 친척들만 갔다. 어머니는 그 일을 두고 아버지를 맹비난했다. 나는 아버지를 옹호했다. 엄마, 돈이 없는 건 죄가 아니야! 아빠 한테 그러지 마. 어린 나는 돈으로 사람을 판단하는 건 잘 못이라고 믿었고 내가 기특한 행동을 한다고 생각했다. 그 러나 이십여 년이 지난 지금 나는 아직 하와이에 가지 못했 고 아버지는 비난받아 마땅하다……

금정연은 약속 시간보다 좀 늦는다고 했다. 나는 정시에 도착해서 교보문고에 들어갔다. 오한기도 곧 올 예정이었다.

많은 사람들이 교보문고를 약속 장소로 이용한다. 교보 문고에는 더이상 어린 시절과 같은 거대함이나 두근거림 이 남아 있지 않다. 단순히 나이가 들어서만은 아닐 것이 다. 동료 작가 중 한 사람은 첫 책이 나왔을 때 두근거리는 마음으로 광화문 교보문고의 평대에 놓인 자신의 책을 봤다고 했다. 누가 책을 펼쳐보는지, 누가 사는지도 관찰하고. 나로 말할 거 같으면 전혀 그런 짓을 하지 않았다. 책이 나오고 몇 달간 대형 서점에는 얼씬도 안 했다. 왜? 내가 반응 따위는 신경도 안 쓰는 힙스터라서? 전혀 아니다. 책이 나와도 서점에 가지 않는 건 예전에 출판사에서 영업부 직원으로 일을 했기 때문이다. 대형 서점의 평대를 보면 광고비가 CG처럼 허공에 쓰인다. 중앙 통로는 이백, 기둥은 오십, 카운터 앞은 백, 화장실 통로 광고는 이천?(액수는 정확하지 않다. 그러니 너무 다큐로 받아들이지 말기를) 게다가 대형 서점 직원들은 영업사원들에게 얼마나 불친절한지. 나는 영업사원이 되기 전까지 한 번도 영업사원이 될 거라는 생각을 해보지 않았다. 심지어 출판사에 지원할 때조차(신입 공고에는 홍보·마케팅 업무라고 쓰여 있었다). 영업사원이 된다는 건 대부분의 사람들에게 이런 의미일 것이다. 나는 내가 원하지 않는 종류의 사람이 되었다. 이런 사실을 말한다는 사실이 도덕적으로나 윤리적으로 적절치 않기 때문에, 또는 스스로 그렇게 말하거나 생각하는 것이 싫기 때문에 이야기하지 않을 뿐이다. 물론 진심으로 자신의 일을 좋아하는 사람도 있고 좋아하게 되는 사람도 있다. 그러나 사회가 영업사원을 대하는 태도를 직접 체험하게 되면 그런 생각은 씻은 듯이 사라진다. 솔직히 말하면 나는 영업부라는 소속을 한동안 부끄러워했다. 그러나 다시 솔직히 말하면 지금은 영업부에서 일했던 게 정말 다행이라고 생각한다. 갑자기 웬 자수성가형 발언이냐고 생각하겠지만, 영업부에서 일하지 않았다면 아마 문학에 대한 터무니없는 환상을 지금도 어느 정도 가지고 있었을 것이다. 어떤 방식의 환상이든(심지어 비판도) 허약한 기반을 두고 있었다는 사실을 그때 깨달았던 것 같다.

그렇게 교보문고에서 오한기를 기다리며 감상에 젖어 있었다, 곤 할 수 없다. 위의 얘기들은 에세이를 쓰기 위해서 예전의 경험과 생각을 떠올린 것뿐이다. 나는 별생각 없이 화장실에 들렀다가 잡지 코너에서 서성거리고 있었다(단행본 코너에는 안 간다, 특히 문학은 절대……). 그때 검은색 롱패딩을 입은 오한기가 등장했다. 나도 검은색 롱패딩을 입고 있었다. 그리고 삼십 분 후에 도착한 금정연 역시 검은색 롱패딩을 입고 있었다. 한겨울에 흔히 있는 일일지도 모르지만 기분이 썩 좋진 않았다. 검은색 롱패딩을 입은 삼 인의 한국 남성 문학인. 그때 깨달았어야 했다. 우리의 만남이 잘못된 것이었음을……

※ 이 글은 실화를 바탕으로 쓰였다. 그러나 약간의 과장이 포함되어 있을지도 모른다……

자본주의와
사회주의의
차이는
무엇인가?

"자본주의에서는
인간이 인간을
착취한다."

그러나
사회주의에서는
그 반대다 ②

오한기는 매번 말한다. 이 소설이 제 마지막 소설입니다. 물론 그는 지금도 소설을 쓰고 있고 마지막 소설을 쓰려면 아직 한참 남은 것 같다. 그렇지만 그의 말이 그냥 하는 소리는 아니다. 오한기의 소설은 이번이 마지막이라고 생각하는 사람만이 쓸 수 있는 소설이다. 나는 아무것도 기대할 게 없고! 바랄 것도 없고! 읽는 사람도 없고!

—정말 그렇게 생각하는 건 아니죠?

—조금 그렇게 생각하는 것 같기는 해요.

—그렇게 생각한다고 그렇게 쓸 수 있는 건 아니죠.

내가 말했다. 사실 이번이 마지막이야!라고 반쯤이나마 진심으로 생각할 수 있다는 것 자체가 재능이다. 사람이란 일말의 기대라도 하기 마련이니까.

—절망적인 삶이 재능인가요?

—어떤 경우에는.

그렇다. 어떤 경우에는 망한 인생도 재능이 될 수 있다. 어떤 경우에는 인생이 망하지 않았는데 망했다고 느낄 수 있으며 어떤 경우에는 망했는데 희망이 있다고 생각할 수도 있다.

—이중 최악은 뭘까요?

  1. 망했고 망했다고 생각함.
  2. 망했고 망하지 않았다고 생각함.

3. 망하지 않았고 망했다고 생각함.

―음…… 4번은 없어요?

―뭐요?

―4. 망하지 않았고 망하지 않았다고 생각함.

오한기가 말했다.

―그런 경우는 생각해보지 않아서……

―본 적도 없는 것 같네요.

사실 문학계나 출판계의 사람들 대부분은 3번에 속한다. 진심으로 그렇게 믿진 않더라도 최소한 그렇게 말하는 걸 즐긴다. 그러다가 어느 순간엔가 2번의 상태로 돌입한다 (이때 굉장히 진지해짐). 진짜 망했을 때에야 비로소 망하지 않기 위해 희망을 불사르는 것이다. 그러므로 문학의 주된 원료는 망함이다. 좀더 그럴듯한 단어로 하면 파국, 몰락. 쉬운 단어로는 실패, 패배. 요즘 유행하는 단어로는 인류세? 어쨌든 문학은 일종의 불사조다. 잿더미 속에서 부활해 날아오르는 한 마리 찬란한……

✳

―우리는 문학 얘기를 줄여야 합니다.

금정연이 말했다.

30

—트위터도 줄여야 하구요……

우리(오한기, 금정연, 나)는 빌라드스파이시(떡볶이집)에 앉아 즉석 떡볶이를 먹으며 이야기를 나눴다. 빌라드스파이시는 센트로폴리스 지하 식당가에 있는 식당 중 하나다. 센트로폴리스는 종로1가 사거리에서 안국동 방향으로 조금만 가면 나오는, 지어진 지 일 년이 조금 넘은 신축 빌딩이다. 광화문에서 만나기로 한 우리는 어쩌다보니 이곳으로 오게 되었는데, 셋 모두 이 자리에 이런 건물이 있다는 사실을 몰랐으며 더구나 이 건물의 지하에 빌라드스파이시가 있다는 사실 역시 몰랐다. 그리고 그곳에서 떡볶이를 먹게 될 거라는 사실도……(지금이 연말이고 우리는 검은 롱패딩을 입고 모인 삼 인의 젊지 않은 그러나 늙지도 않은 남성 문인임을 기억하자……)

우리는 한 번도 정확한 약속 장소를 정하고 만난 적이 없다. 맛집에는 무지하고 힙플레이스에도 무지하다. 내가 그런 정보를 아는 편이지만 나의 정보 역시 조규엽이나 박솔뫼와 같은 지인들로부터 온 것이다. 게다가 금정연은 힙플레이스라면 질색한다. 그는 유명한 장소, 화려한 장소, 세련되고 기름진 장소라면 치를 떤다.

—제가 언제요, 지돈씨?

금정연의 말. 그러나 나는 표정을 보면 알 수 있다. NL 출신 금정연이 당장이라도 자본주의의 본진 같은 이곳에 불을 지를 기세라는 사실을…… 반면 오한기는 아무런 생각이 없다. 그는 어떤 곳에 가도 그곳에 있지 않은 사람처럼 행동한다. 그가 어울리는 장소는 오직 그 자신뿐이다……

물론 금정연도 많이 변했다. 처음 만났을 때만 해도 있었던 세속에 초탈한 듯, 1980년대 후반에서 1990년대 중반까지 맨체스터의 공장 거리를 헤매는 노동자계급의 백인 청소년 같았던 느낌(마이크 리의 〈민타임Meantime〉에 나올 법한)이 지금은 많이 사라졌다. 금정연은 가끔 면도를 안 했는데, 소설가 이상우는 그 모습을 보고 말했다. 강기갑 같네요. 그후 금정연이 면도를 하지 않은 모습은 다시 볼 수 없었다……

금정연이 우리와 처음 어울리기 시작했을 때 그의 와이프인 박지은 과장님은 나쁜 애들이랑 어울리면서 나쁜 물들었네, 라고 했다. 머리도 투블록으로 자르고 유니클로나 자라에서 옷도 사고.

—그럼 그전에는 옷을 어디서 산 거예요?

—저도 잘 몰라요, 지돈씨. 지돈씨는 어디서 사요? 사실 와이프가 지돈씨 어디서 사는지 물어보래요.

나는 너무 많은 곳에서 옷을 사기 때문에 대답은 이메일로 해주겠다고 했다……

다시 광화문으로 돌아가자. 가고 싶은 곳도 없으면서 지리적 이점 때문에 광화문에서 만나는 우리는 역시 지리적 이점 때문에 디타워로 가는 일이 잦다. 디타워가 생기기 전에는 어디서 밥을 먹었는지 모르겠다. 도시의 특징 중 하나는 기억이 빠르게 잊힌다는 것이다. 새 건물이 생기고 나면 그전에 그곳에 있었던 게 뭔지 기억나지 않는다. 아주 특별한 무언가가 아닌 이상 기억은 빠르게 소멸한다.

디타워에는 브루클린더버거조인트가 있고 불행인지 다행인지 금정연과 오한기, 그리고 지금은 베를린에 있지만 언제나 우리의 마음속에 있는 소설가 이상우는 모두 햄버거를 좋아해서 우리는 교보문고 지척에 있는 그곳을 자주 이용했다. 햄버거를 먹은 후 역시 가장 가까운 곳에 있는 카페인 폴바셋에 가는데, 디타워의 폴바셋에 자리가 없으면 트윈타워에 있는 폴바셋으로 간다. 폴바셋에 가는 이유는 그곳의 아이스크림이 한때 유명했기 때문이다. 한마디로 우리의 삶은 프랜차이즈, 전 지구적 자본주의에 포섭됐다……

그런데 2019년 12월 30일, 아마도 2010년대의 마지막 외출이 될 이날은 평소와는 다른 루트로 가고 싶었다. 한겨울에 햄버거가 내키지 않았고 폴바셋은 너무 지겨웠다. 나도 조금 더 좋은 카페에 가고 싶다, 혼자 다닐 땐 펠트커피나 둑스커피, 심지어 노멀사이클코페 같은 카페도 간단 말입니다.

―그럼 거기로 갈까요?

―아니요. 거긴 너무 멀고 아마 닫았을 거예요. 그런 곳은 늦게까지 안 하거든요.

―네, 죄송합니다. 제가 괜한 말을 했네요.

오한기가 말했다. 그는 사과를 잘하고 잘못을 인정하는 데 망설임이 없다. 때론 그게 지나쳐서 진심일까 하는 의문이 든다. 사실은 다른 생각을 하고 있는 게 분명해. 사과할 일도 아닌데 사과를 하다니!

오한기는 국내 굴지의 커피 회사 홍보팀에서 일했었고 잘만 버텼다면 전략기획실장으로 승진할 수 있을 만큼 대표의 총애를 받았(다고 나는 생각하)지만 회사생활을 도저히 견디지 못하고 나왔다. 한기씨 말에 의하면 팀장이 그를 무서워했다고 한다.

네가 무슨 생각을 하는지 모르겠어: 팀장의 말

저도 한기씨가 무슨 생각을 하는지 모르겠어요: 나의 말

죄송합니다. 제가 잘못한 것 같네요: 한기씨의 말……

오한기가 회사에 다닐 때만 해도 명절이나 연말이 되면 공짜 원두 따위를 받을 수 있었다. 맛은 없었다.

―정연씨가 삼십 분 정도 늦는다고 했으니까 그동안 좀 걸을까요.

―네, 좋아요.

오한기와 나는 디타워를 지나쳐서 종각 쪽으로 향했

다. 광화문에서 종로로 가는 길에 있는 빌딩들은 최근 십여 년 사이에 새롭게 지어지거나 리뉴얼을 했고 그와 더불어 피맛골로 알려진 청진동의 골목과 건물들도 많은 변화를 겪었다. 빌딩들은 새로운 이름을 달고 일층과 지하에 식당가와 쇼핑센터를 만들었다. 디타워, 르메이에르, 그랑서울…… 과거의 피맛골은 간판을 새로 달고 오피스 빌딩 일층의 상가로 들어왔다. 새 빌딩들은 지역 발전을 위해서인지 본인들 건물세를 올리기 위해서인지 모르겠지만 전국 곳곳에 있는 유명 식당과 프랜차이즈를 섭외해 맛집 종합센터를 만들었다. 사람들이 몰려들고 피맛골, 청진동, 서울의 옛 골목은 과거와 같은 명성을 유지한다…… 신구의 조화……

유명한 식당이나 카페를 한곳에 모으는 방식은 국내 대기업 중 압구정 갤러리아백화점의 식당가인 '고메이494'에서 처음 시도했다고 하는데 정확한 정보는 아니다. 기사에 그렇게 나와 있을 뿐이다(신문 기사의 정보가 정확하지 않다는 사실은 이제 모두가 안다. 기사는 고메이494와 같은 곳을 '셀렉트 다이닝'이라고 불렀다. 국내 셀렉트 다이닝의 효시…… 기업 홍보팀에서 준 카피겠지).

잠깐 고메이494 홈페이지에서 소개하는 브랜드 스토리를 읽어보자.

고메푸드를 즐길 수 있는 품격 있고 트렌디한 미각 도시로의 초대!

국내 최초로 그로서리(식재료)와 레스토랑(식음 공간)이 유기적으로 결합된 Grocerant(그로서란트) 컨셉을 선보이며 한곳에서 먹고 즐기고 소통하는 새로운 식문화를 여러분께 제안합니다.

Grocerant 컨셉의 새로운 Food Culture를 경험할 수 있는 It Place, Gourmet 494

나는 이런 게 너무 재밌다. 소리내서 읽으면 더 재밌다. 무슨 말인지 알 것 같으면서도 무슨 말인지 모르겠는…… 정보가 있지만 아무런 정보도 없는…… 그로서리와 식음 공간이 유기적으로 결합된 그로서란트……

2013년쯤에 친구와 고메이494에서 속초코다리냉면을 먹었다. 친구 차를 타고 갔는데 주차할 때 옆의 차를 긁기라도 하면 어쩌나, 주차요원이 무시하면 어쩌나 속으로 걱정했던 게 생각난다. 아무 일도 없었고 코다리냉면은 맛있었다. 냉면도 잘 먹은 김에 쇼핑이나 할까 하고 올라가서 편집숍처럼 꾸며진—역시나 국내에선 거의 최초로 시도했다는—백화점을 돌며, 쇼핑하기 편하지만 살 수 있는 가격의 옷은 없다, 그러나 살 수 있다, 조금의 무리만 한다면, 그러나 왜 무리해야 하지, 같은 하나마나 한 생각을 했던 것도 생각난다.

아무튼 나와 한기씨는 조금 더 걸었다. 새롭게 생긴 곳들은 새롭게 생긴 것처럼 보였지만 벌써 옛것이 되어버린 느낌이었다. 새것에 가까운데 옛것 같은 느낌. 예전에는 옷을 사면 오 년, 십 년도 입었는데 지금은 작년에 산 옷도 옛날 옷 같다. 새로운 공간이 생기고 유명해진 게 몇 해 되지도 않았는데 왜 낡은 느낌을 주는 걸까. 뭔가 잘못된 거 아닐까.

한기씨와 나는 종로1가 사거리에 도착했고 보신각을 봤다.

—내일 타종 할까요?

—하겠죠. 직접 본 적 있어요?

—아니요.

—저도요.

우리는 두리번거리며 들어갈 곳을 찾았다. 바로 앞에 있는 SC제일은행 빌딩에 들어갔지만 식당가가 마땅치 않았다. 구내식당 같은 곳밖에 없네요. 그때 사거리 건너편 종로빌딩 옆의 건물에서 정말 새것처럼 보이는, 밝고 따뜻하고 부드러운 빛이 새어나오고 있었다. 빌딩은 이름하여 센트로폴리스. 우리는 빛에 이끌린 하루살이처럼 건물의 로비로 끌려들어갔고……

37

센트로폴리스(CENTROPOLIS)는 '중심'을 뜻하는 'Centro'와 '고대 그리스의 도시국가'를 의미하는 'Polis'를 조합한 독창적인 명칭으로 역사와 문화의 터전 위에 들어선 동시대 최고의 프라임 오피스 빌딩을 의미하며, 최상의 비즈니스 라이프스타일을 선도하는 '비즈니스의 중심지'를 뜻합니다.

센트로폴리스는 2019년 건축문화대상 우수상을 받았다. 간삼건축종합건축사사무소의 오동희씨가 설계를 담당했고 밤이 되면 "도시의 등대"로서 사람들이 건물과 만나기를 기대했다고 한다. 종로타워가 남성적이라면 센트로폴리스는 여성이라는 개념으로 풀어냈다고…… 실제로 빌딩의 로비 층은 어두운 공평동 일대를 밝히는 등대처럼 빛이 환했다.

로비에는 사람이 없었다. 일층 카페에도 사람이 없었고 지하 식당가에도 사람이 거의 없었다.

─여기서 밥을 먹어도 될까요?

한기씨가 말했다. 나는 검색을 해보자고 했다. ㅅㅔㄴㅌ ㅡㄹㅗㅍㅗㄹㄹㅣㅅㅡ "국내 오피스 빌딩 역대 최고 규모 1조 1200억원" "아태 지역 오피스 거래액 톱10 중 4위"

글로벌 부동산 리서치 기업 리얼캐피탈애널리틱스

38

(RCA)에 따르면 세빌스코리아가 매각 주관사로 참여한 서울 오피스 거래 3건이 지난해 아시아 태평양 지역 개별 부동산 거래 규모 상위 10위 내에 오른 것으로 나타났다. 서울 센트로폴리스가 거래 금액 10억 4000만 달러로 아시아 태평양 지역 거래 중 상위 4위를 기록했다. 약 1조 1200억원 규모다. 이어 삼성물산 서초사옥이 6억 7000만 달러로 7위, 더케이트윈타워가 6억 6000만 달러로 9위에 올랐다.(2019년 4월 6일, 베타뉴스)

리얼캐피탈애널리틱스는 2000년에 설립된 뉴욕 베이스의 부동산 리서치 기업으로 대표는 로버트 M. 화이트 Jr.다. 회사 이름이 너무 직관적이라 뭐하는 회사인지 모를 수가 없다. 친구는 대표 이름도 직관적이라고 했다. 로버트 'M' 화이트에서 M은 male의 줄임말 아니야? 그러니까 이 사람은 '백인 남성 2세 밥'인 거지. 매각 주관사인 세빌스코리아는 1855년 영국에서 설립된 세빌스의 한국 지부로, '2019년 아시아 – 태평양 부동산 어워즈'에서 한국 최고 상업용 부동산 에이전시 상과 한국 최고 부동산 단일 프로젝트 상을 받았다고 한다. 아태 영화제는 알지만 아태 부동산 어워즈는 처음 알았다. 세상에는 정말 많은 상이 있다. 젊은작가상도 있고……

우리는 정연씨에게 센트로폴리스로 오라고 했고 곧 금

정연이 도착했다. 그러므로 사태는 다음과 같이 요약된다. 조선 시대 한양의 번화가인 견평방 부지였던 공평동에 20세기 중반 국가자본으로 설립되어 2000년에 민영화된 철강 회사의 자회사인 포스코건설이 시공하고 1983년 한국의 1세대 건축가 원정순과 지순 부부가 설립한 간삼건축에서 설계해서 19세기 런던에서 설립되어 한국에 지부를 두고 있는 부동산 자문 회사가 매각을 주관하고 뉴욕에 기반을 둔 부동산 리서치 기업이 아시아 4위 규모의 거래로 평가한 프라임급 상업 오피스 빌딩의 지하에 롯데GRS가 유치한 요식업장 중 하나인 떡볶이집(빌라드스파이시)에서 검은색 롱패딩을 입은 삼십대 아시아인 남성 문학인 세 명이 라면 사리를 추가한 즉석 떡볶이를 먹기 위해 앉아 있다.

※ 이 글은 실화를 바탕으로 쓰였다. 그러나 약간의 과장이 포함되어 있을지도 모른다……

결국
쇼핑 말고는
할일이 별로
없을 것이다①

어디서도 말한 적 없지만 박태원의 「소설가 구보씨의 일일」은 내가 가장 좋아하는 소설이었다. 내용보다 연이어 이어지는 쉼표와 문장의 리듬감이 경성 거리를 걷고 말하는 구보씨와 결합되는 방식이 좋았다. 습작 시절 나는 구보씨를 흉내낸 소설을 썼고 제목은 「구스타프와 갈로」였다. 제목을 기억하는 것만으로 낯이 뜨거워지는 소설인데 당시에는 걸작이라고 생각했다. 솔직히 말하면 그때는 소설을 쓰는 족족 걸작이라고 생각했다(정신이 좀 이상했던 것 같다). 당연히 소설은 모든 공모전에서 떨어졌고 정말 다행이라고 생각한다. 그때 나를 떨어뜨린 심사위원들에게 이 자리를 빌려 감사 인사를 건넨다……(뽑아준 사람보다 더 고마움).

여담이지만 작가가 되는 데 가장 필요한 재능은 착각이다. 문장력이 좋거나 머리가 좋거나 인내심이 있거나 책을 좋아하거나 기타 등등 그런 게 아니라, 내가 시인이나 소설가가 될 수 있다, 라는 착각이다. 이건 굉장히 슬픈 지점이다. 만약 작가를 만드는 요인이 남다른 언어 감각 같은 실질적인 재능이 아니라 스스로에 대한 착각과 자신감이라면, 많은 작가들이 왜 그렇게 덜되어먹은 건지 알 수 있기 때문이다. 동시에, 뭔가를 해내는 인간들의 성취 중 많은 경우가 단지 자기 확신 때문에 가능했다는 사실은 세상이 왜 이렇게 엉망인지 알려주는 것 같다. 자기 확신은 완벽한 픽션인데, 사실 인간은 픽션적 존재고 세계(역사)는 픽션의 실현과 재현의 교차로 이루어지므로 픽션에 대한 확신이 그것을 실현시켜주는 원동력이 되는 건 당연한 일이다.

금정연은 모든 재능을 갖추고 있음에도 시인이나 소설가 유의 작가가 되지 않은 전형적인 케이스다. 그는 몇 번이나 소설을 쓰려다 실패했고 그중 한 번은 내가 아주 가까운 거리에서 보기도 했다. 나는 그가 소설을 완성하길 응원했지만(나도 엮여 있는 계약이었으므로) 그는 결국 실패했고, 지금 생각해보면 다행이라는 생각도 든다. 내가 그의 글을 좋아하는 이유는 그가 불확신의 픽션을 가진 사람이기 때문이다(그는 약간 될 대로 되라는 식으로 사는 사람이기도 하다). 그와 같은 유형의 사람들은 온건하거나 겸손하고 뭔가를 이루겠다는 욕심이나 기분 같은 게 없어서 주도적으로 무슨 일을 하는 경우가 거의 없다. 그들이 이루는 일은 어쩌다보니, 인 경우가 대부분이다. 그러니 세계가 확신의 픽션과 불확신의 픽션, 둘로 나뉜다고 했을 때 권력을 차지하는 건 역시 확신의 픽션 쪽이다. 그러므로 나는 이런 역사라면 그만 끝내야 하지 않을까, 금정연 같은 사람에게 권력이 가야 하지 않을까 생각하지만 아쉽게도 정연씨는 그럴 생각이 없는 것 같다.

—굳이 그럴 필요가 있을까요, 지돈씨?

물론 그럴 필요는 없다. 세상에 진정으로 필요한 건 아무엇도 없다. 그게 요즘 생각이다. 필요한 건 단지 필요한 게 있다는 생각일 뿐이고 이 생각이 필요한 이유는 필요한 게 있다는 생각 때문이다…… 그러므로 (비약하자면) 인간 이 왜 필요한지 모르겠다……

소설가 구보씨가 경성을 걷는 이야기인 박태원의 「소설 가 구보씨의 일일」은 한국을 대표하는 모더니즘 소설로 알 려져 있다. 자기 반영적이고 실험적인 문체, 플라뇌르적 시 선으로 도시의 소비문화와 인간 군상을 관찰하는 기념비 적 소설. 그러나 사람들이 익히 알고 있는 것과 달리 「소설 가 구보씨의 일일」의 실제 내용은 어머니와 함께 사는 돈 벌이가 시원찮은 성인 남성의 자기 연민이다. 당신이 만약 이 사실을 알고 있었다면, 다행이다. 그러나 몰랐거나 소설 이 기억나지 않는다면 첫머리를 떠올려보자. 첫 챕터 제목 은 '어머니는'이다. 다음 챕터 제목은 '아들은'이다. 소설은 변변찮은 아들이 할일 없이 밖에 나가는 모습을 걱정하는 어머니로 시작하며("어머니는 대체, 그애는, 매일, 어딜, 그 렇게, 가는, 겐가, 하고 그런 것을 생각해본다") 마지막에는 그럼에도 불구하고 아들을 걱정하는 어머니의 사랑("어머 니는 그 아들을, 응당, 온 하루, 생각하고 염려하고, 또 걱정 하였을 게다")과 좋은 소설을 써서 어머니의 걱정을 덜어 드리겠다는 아들의 결심으로 끝난다("참말 좋은 소설을 쓰

리라"). 다시 한번 강조하자면 이 소설은 모더니즘 소설이
다……

   또한 구보씨는 20세기 문학과 예술에서 중요한 개념이
된 플라뇌르의 한국형 버전이기도 하다. 보들레르에서 시
작되어 발터 벤야민에 의해 중요한 개념으로 자리잡은 플
라뇌르는 도시 산책자, 만보객 등으로 번역된다. 다소 낭
만화된 포장으로 국내 독자들에게 소개되지만 플라뇌르
의 산책은 우리가 일반적으로 생각하는 산책과는 조금 다
르다. 우리에게 산책이 휴식과 여가, 고요하고 평화로운 걸
음이라면 플라뇌르의 산책은 산만하고 어수선하며 위험하
기까지 하다. 이들이 걷는 곳은 도시의 뒷골목이나 요란한
상가, 백화점이고 가끔은 밤 문화와 거래를 맺기도 한다.
정확하게 말하면 파리의 도시 문화에서 연유한 플라뇌르
는 이성애자 무직(또는 학자나 예술가 같은 얼빠진 직업을
가진) 남성 도시 산책자이며 이들이 관계 맺거나 목적하
는 것은 많은 경우 거리의 여성, 그러니까 창녀들이다. 나
는 이런 내용을 리베카 솔닛의 책 『걷기의 인문학』을 통해
인식하게 되었다. 아마 플라뇌르를 다룬 다른 책에도 비슷
한 이야기가 일부 나왔을지도 모른다. 그러나 다른 책들은
정체성이 핵심이 아닌 것처럼 다룬다. 반면 리베카 솔닛은
챕터 제목부터 '플라뇌르, 또는 도시를 걷는 남자'라고 붙
였다.

솔닛에 의하면 플라뇌르들은 대부분 도시에서 우연히 만난 여자에게 추근대는 남자들이다. 루소와 사드의 모방자인 파리의 기인 레스티프 드 라 브르통은 발 페티시가 있어 예쁜 발을 가진 여자 뒤를 쫓아다녔고 네르발과 보들레르는 인생의 연인이 될 수 있는 여자와 스쳐지났으며(물론 자기들만의 착각) 앙드레 브르통과 필리프 수포의 소설은 주내용이 우연히 마주친 여자 뒤를 추적하는 것이다. 지금 생각해보면 스토킹에 가까운 섬뜩한 행동이지만 당시에는 흔한 내용이었다. 유사한 모티프는 여러 곳에서 발견된다. 레오 카락스의 〈나쁜 피〉1994에서 드니 라방은 버스에서 마주친 쥘리에트 비노슈의 뒤를 쫓고 구보씨는 전차에서 우연히 마주친 여성과의 행복을 꿈꾼다. 무라카미 하루키는 4월의 어느 해맑은 아침에 백 퍼센트의 여자와 스쳐지나가는 상상을 한다. 다시 말해 플라뇌르란 짜증나는 인간형이다……

솔직히 말하면 플라뇌르는 지겨운 개념이다. 도시 산책에 관한 대부분의 글 역시 억지스럽고 따분하다. 플라뇌르의 이중성, 상품과 여성을 소비문화로 누리면서도 산업화의 속도를 거부하고 도시의 숨겨진 가능성을 발굴하는 저항적인 태도는 의미화하기엔 너무 궁색하다. 예술을 하는 사람 중에 소비문화를 누리지 않는 사람이 누가 있으며 자본주의에 비판적이지 않은 사람이 어디 있을까. 이런 걸 이

중성이라고 할 수 있을까. 도시 산책도 그렇다. 방향감각을 상실하게 만드는 도시의 미로 같은 골목과 상점들 속에서 환각과 희열, 공포를 느끼는 '아해'가 되기엔 내비게이션과 지도 앱이 너무 발달했다. 스마트폰 앱만 작동된다면, 새로 생긴 가게가 을지로 어느 구석에 짱박혀 있어도 귀신같이 찾아내는 게 요즘 사람들이다. 목적지는 정해져 있고 도시는 뼈째로 발려 먹혔다. 이제, 아무도, 도시에서, 현기증을, 느끼지 않는다.

몰Mall은 원래 우아하게 산책하기 좋은 곳이라는 의미의 단어다. 그런 몰이 현재의 쇼핑몰이 된 건 1950년대의 일이다. 오스트리아에서 미국으로 건너온 일명 '아메리칸드림 건축가' 빅토르 그루엔이 도심 공동화 문제를 해결하기 위해 구상한 것으로 1956년 완성된 미네소타주 에디나시의 사우스데일 센터는 공전의 히트를 쳤다. 퀴퀴한 냄새나 시끄러운 차량, 위험한 행인들에게서 벗어나 상점 사이를 우아하게 산책하듯 걸어다닐 수 있는 쾌적하고 세련된 쇼핑의 신전, 소비의 왕국. 비엔나 출신의 유럽인 그루엔이 처음부터 이런 걸 구상한 건 아니었다. 그는 전설적인 산업 디자이너 페터 베렌스 아래서 시작한 사회주의자 출신의 건축가였고 몰의 최초 구상에는 고향인 비엔나의 황금기에 대한 추억이 스며 있었다. 공공장소가 부족하고 삭막한 세상에서 미국 사람들을 구출하자! 그들이 안락하고 편안하게 교류하며 만나고 대화하게 만들자!

세계는 좋은 의도를 무참하게 짓밟기 위해 존재하는 것 같다. 심지어 의도가 선할수록 부작용은 더 크다. 그러므로 현대 예술에서 의도 자체를 폐기한 것은 자연스러운 일이다. 아무튼 쇼핑몰은 이후 기하급수적으로 늘었고 끊임없는 비판 속에서도 계속해서 더 크고 화려하게 지어지고 있다. 나는 스타필드가 처음 생겼을 때 깜짝 놀랐다. 사람들이 백화점과 쇼핑몰에 질리고 가든파이브나 신촌 밀리오레처럼 버려진 좀비 몰이 도처에 존재하며 연남동, 망원동, 성수동, 을지로가 유행하는데 저런 철 지난 몰이 되겠어? 지금은 포스트-몰 시대 아닌가. 그러나 웬걸, 미세먼지가 한반도를 덮쳤고 스타필드는 성공을 거두었으며 새롭게 지어진 백화점들은 몰과 편집숍의 개념을 적극 차용해 끝없는 전성기를 이어간다(렘 콜하스의 OMA에서 설계한 갤러리아 광교점은 코로나19 바이러스에도 불구하고 2020년 3월 기준 매일 만 명에서 이만 명이 방문하고 있다).

발터 벤야민의 파리에 아케이드가 있었다면 지금의 대도시에는 쇼핑몰이 있다. 웹에는 인터넷 쇼핑몰이 있고 서점에는 아마존과 쓰타야가 있으며 미술관에는 테이트모던과 MoMA, MMCA가 있고 사람들의 집에는 에어컨과 스마트폰이 있다. 모든 곳의 쇼핑몰화. 쇼핑이 없는 곳은 더

이상 존재하지 않는다. 아케이드에서 쇼핑몰로 흐름이 넘어오게 된 가장 큰 요인은 에어컨의 발명이다. 몰의 도시이며 렘 콜하스가 가장 사랑하는 도시 중 하나인 싱가포르의 경제발전 원동력이 된 것이 에어컨인 것과 마찬가지로, 에어컨은 산책로와 도시 산책자를 인공 속에 자리하게 만든 가장 큰 요인이다. 그리하여 에어컨이 세상을 지배하였다, 라고 할 수 있으면 좋으련만 사람들은 인공적인 것이 흥하면 자연적인 것에 끌리고 자연을 누리고 나면 다시 인공을 찾아간다. 안타까운 건 자연/인공 모두 인공이라는 사실이다. 에어컨이 실내를 장악하지 않은 도시의 골목과 공원에도 에어컨의 유령이 떠돌고 있다. 편하게 쉴 인공적인 공간이 존재할 때에야 자연은 여가 공간으로서의 가치를 획득한다. 그러므로 도시에 사는 사람은 몰에 가지 않아도 몰의 그림자 속에 살고 있다. 프레드릭 제임슨은 렘 콜하스의 출판물 『쇼핑 안내서』에 수록된 「정크스페이스」 리뷰인 「미래 도시」『정크스페이스 | 미래 도시』, 임경규 옮김, 문학과지성사, 2020에서 다음과 같이 쓴다. "'부자가 된다는 것'은 실제로 돈을 많이 번다는 것을 의미하지 않는다. 그보다는 차라리 거대한 쇼핑몰을 건설하는 것에 더 가깝다."

나는 지난가을 파리에 석 달간 체류했다. 문화예술위원회에서 주관하는 레지던시 프로그램에 선정되어 간 것으로 신청 당시 계획서에는 구보씨와 파리의 플라뇌르를 연결하는 구상이 담겨 있었다. 20세기 초반 서울과 파리의 모더니스트들을 중첩시킨 후 그들의 젠더와 인종적 한계를 사유하여 현대적 의미의 플라뇌르를 재발명한다. 계획서에는 루이 아라공의 『파리의 농부』, 앙드레 브르통의 『나자』, 필리프 수포의 『파리의 마지막 밤들』 같은 초현실주의 3대 저서와 발터 벤야민, 프란츠 헤셀, 지그프리트 크라카우어가 번갈아 나오고 이들의 의의와 문제를 짚으며 남성 화자라는 한계를 뛰어넘기 위해 무엇을 해야 하며, 현대 도시의 개념을 새롭게 담기 위해 무엇이 필요한가(여기서 렘 콜하스와 제인 제이콥스 등장) 등이 포함될 예정이었지만 시간의 부족으로 모든 것을 담진 못했다. 그렇지만 대략 그런 말들이 포함되어 있었고 운이 좋았는지 선정되어 파리에 갈 수 있었다. 그러나 이 구상이 명확해진 건 파리에서 돌아온 이후이다. 백 년 전 구보는 돈이 없었고 소설을 잘 쓰고 싶었으며 아내를 원하는 이성애자 남성이었다. 지금의 나는 어떨까.

1. 돈이 있다 or 없다

2. 소설을 잘 쓰고 싶다 or 그렇지 않다

3. 아내를 원한다 or 원하지 않는다

만약 이 셋 모두 아니라면 이것이 도시와 도시를 바라보는 시선과 결합되었을 때 무엇을 탄생시킬 수 있을까. 이 세 요소는 예술과 정치, 사회, 역사에서 어떠한 가능성/불가능성을 가지고 있는 것일까.

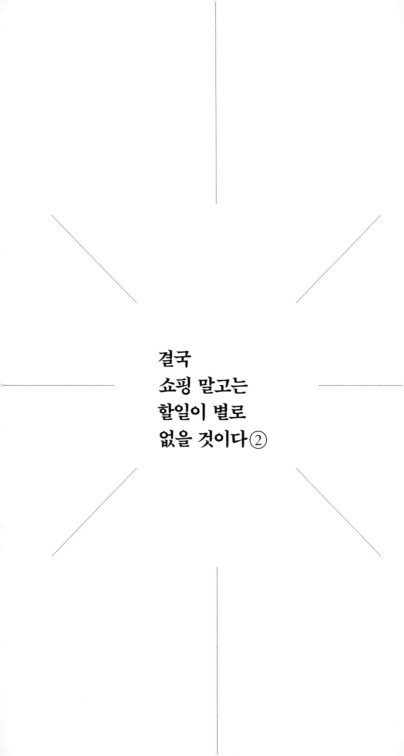

결국
쇼핑 말고는
할일이 별로
없을 것이다②

믿을 수 없는 이야기지만 금정연도 과거에는 사람들 앞에서 말을 잘 못했다고 한다. 발표할 때면 긴장해서 교실을 뛰쳐나갈 지경이었어요.

그건 나도 마찬가지고 오한기도 마찬가지다. 우리는 모두 소심하고 긴장을 잘 하고 남들 눈에 띄는 걸 싫어한다. 제일 심한 사람은 오한기로, 발표할 때면 너무 떨어서 손에 든 페이퍼가 퍼덕거리는 소리가 들릴 정도였다. 그러나 그런 그도 지금은 많이 나아졌고 능청스러워졌다.

─나이가 들었다는 뜻이에요, 지돈씨.

정연씨의 말이다. 금정연은 떨지 않는 정도가 아니라 토크의 신이라고 할 수 있는 위치에 올랐다(자체 평가). 금정연이 토크를 하는 자리에 가면 늘 같은 사람이 있다. 그는 소설가 나일선으로 종종 내가 하는 북토크에도 오곤 한다. 그러나 금정연의 토크에는 반드시 참석한다. 나는 그에게 왜 그렇게 금정연을 좋아하느냐고 물었다. 일선씨는 『실패를 모르는 멋진 문장들』의 출간 기념 토크에 간 게 시작이었다고 말했다. 홍대 쪽에 있는 가톨릭청년회관이었나 그런 곳에서 했던 북토크였습니다. 행사가 시작되고 금정연씨가 다짜고짜 마이크를 잡더니 말하더군요. "글을 써서 돈을 벌려고 하는 사람은 글을 쓸 자격이 없는 사람이다."

─정말요? 인사도 없이 그렇게 말했어요?

─네.

만약 앉아서 토크를 듣는 게 아니었다면 일선씨는 아마 다리에 힘이 풀려 주저앉았을 것이다. 이야기를 전하는 그의 눈은 아주 조금이지만 촉촉이 젖어 있었다. 이야기를 듣는 내 눈도……

(글을 쓰고 난 뒤 금정연에게 전화를 걸어 팩트 체크를 했다. 금정연은 토크를 한 건 맞지만 그런 말은 한 적 없다고 했다. 제가 그런 말을 했다면…… 왜 그랬을까요?

추측 1. 인용이었다.
추측 2. 잠시 미쳐 있었다.
추측 3. 웃기려고 한 말이었다.

우리는 고민했지만 답을 알 수 없었다. 금정연이 『실패를 모르는 멋진 문장들』을 출간한 건 2017년이다. 고작 삼년이 지났을 뿐인데 사건은 미궁에 빠졌다. 이로써 우리는 알 수 있다. 과거는 낯선 나라다……)

우리(나, 오한기, 금정연)가 긴장하는 사람이었다면 소설가 이상우는 처음부터 긴장하지 않는 사람이었다. 좀더 정확히는 긴장하지만 긴장한 게 드러나지 않는 사람이라고 해야 할 것 같다. 나는 이상우를 2013년에 처음 알았고 그는 이미 천재 소설가로 (우리 사이에) 이름나 있었다. 금정연은 종종 말했다. 저는 상상해보곤 합니다…… 이상우와 같은 젊은 시절을 보냈다면 어땠을까. 그러면 상우씨는 이렇게 말했다. 꼰대……(참고로 이상우와 금정연은 일곱 살 차이다).

내가 파리에 가게 된 건 팔 할이 이상우 덕분(또는 탓)이다. 플라뇌르의 기원을 탐색하고 재발명하는 여정은 사실 파리에 안 가도 할 수 있다. 여담이지만 내가 쓴 대부분의 글이 그렇듯 나는 어딘가에 가지 않았을 때 그곳에 대해 더 잘 안다. 어떤 사람들은 사기라고 하고 어떤 사람들은 소설 가다운 재주라고 하지만 이건 자연스러운 일이다. 사람들은 발로 뛰는 경험이라는 관념에 너무 사로잡혀 있다. 북토크에서 이런 질문을 받기도 했다. 작가는 땅에 발을 딛고 있어야 하는데(다시 말해 현실에 기반해야 하는데) 정지돈 작가님은 그렇지 않은 것 같습니다. 어떻게 그러실 수 있나요?

무척 호의적인 질문이었지만 난감했다. 난감한 이유는 간단하다. 나는 땅에 발을 딛고 있다! 물론 종종 누워서 글을 쓰고 그때는 땅에 발을 딛고 있지 않지만……(내가 아는 한 누워서 글을 쓰는 또다른 작가는 정영문이다. 나는 그런 사실에 착안해 다음과 같은 제목의 글쓰기 클래스를 진행하기도 했다. '앉아 쓰기, 누워 쓰기, 서서 쓰기').

경험은 상상력을 제한한다. 노문학자인 김수환 선생은 내게 여행이나 실제 경험 따위는 하지 않아도 된다며 이렇게 말하기도 했다. "진짜로 중요하고 흥미로운 건 이상으로 상정한 1세계의 실제 현실이 아니라 사람들이 만들어낸 이상한 유토피아에 실제로 작용했던 (그들이 머릿속에서 상상해낸) 저곳의 상상계이기 때문이에요." 동시대가 흥미롭지 않은 건 모든 게 개방되고 평평해져버렸기 때문이다(또는 그렇게 착각하기 때문이다). 언제든지 여행할 수 있고 경험할 수 있으며 그 경험을 이야기할 수 있게 된 세상, 그리고 그걸 산 경험으로 받아들이는 사회. 그런 면에서 지돈 씨는 실제 경험이 아닌 텍스트를 모종의 현실로 치환해서 그 격차를 극화하기 때문에 흥미롭다는 식의 이야기였는데 평소에 내가 생각하고 의도했던 바로 그것이었지만 동시에 씁쓸해지는 건 어쩔 수 없었다. 나는 이제 여행을 가면 안 되는 걸까? 경험을 하면 오히려 얄팍해지는 역설이 여기에 있다.

사람들은 뭔가를 겪고 나면 자신이 그걸 아주 잘 아는 것처럼 군다. 파리를 일주일 여행한 사람보다 석 달 체류하고 온 사람이 더 잘 알고 석 달 체류한 사람보다 유학한 사람이 더 잘 알며 박사과정을 마치고 온 사람보다 그곳에서 태어나고 자란 사람이 더 잘 안다는 식이다. 그러나 그럴 리가 없다. 서울에서 태어나고 자란 정연씨가 나보다 서울을 더 잘 안다고 할 수 없는 것처럼. 중요한 건 어떤 종류의 경험이냐는 것(어떤 서울이냐는 것)이다. 추상적인 의미에서의 경험은 백해무익하다. 그건 다음 표현으로 압축된다.

"내가 해(가)봐서 아는데~" 천만에! 당신은 아무것도 모른다. 엄밀하게 말하면 해본 만큼만 알고, 더 엄밀하게 말하면 해본(살아본) 만큼 안다고 믿는 것뿐이다. 다른 말로 이를 '꼰대'라고 부른다. 그렇다면 우리는 아무것도 알 수 없고 주장할 수 없는 것일까. 고르기아스의 전언처럼 (경험)해도 모르고, 안다 한들 전달하지 못하는 상태가 인간의 한계일까.

그렇지만 우리는 안다는 가정하에 대화를 나눈다. 그러지 않고야 소통이 불가능하다. 그러므로 중요한 것은 암묵적 약속이다. 아무것도 진정으로 알 수 없지만 대충은 안다고 (가정)하고 대략적인 합의에 이를 수 있다는 사회적 약속. 쉽게 말해 우리 삶의 근본 전제는 '대충'이다. 이걸 받아들이지 않고 끝까지 파고들면 결과는 대부분 정신병동행이다. 운좋으면 대철학자나 예술가, 과학자가 될지도 모르겠다. 그러나 운을 바라진 말자. 언제나 그렇듯 운은 우리 편이 아니다.

아무튼 그래서 나는 해외여행에 별 관심이 없다. 해외여행은 경험의 각축장이 되어버린 것 같다. 프라하? 별로야. 관광객들만 바글바글해. 베를린? 이제 끝물이지. 아이슬란드? 시규어 로스가 탈세로 재판받은 거 몰라? 심지어 욘시는 로스앤젤레스에 살고 있다구…… 멕시코시티가 짱이야. 아니면 트빌리시. 트빌리…… 뭐? 조지아, 그루지아라고도 하는데 거기 수도, 트빌리시. ……미술관도 루브르나 테이트모던 같은 곳은 경험의 축에도 못 낀다. 현지인들이 가는 곳(현지인 맛집), 심지어 현지인들도 잘 모르는 곳을 발견해야 한다!(왜 그래야 하는지는 모름) 그러나 외지인과 현지인이 모두 잘 모르는 곳은 그럴 만한 이유가 있다. 여기서 발생하는 것이 여행의 역설이다. 평평해진 세계에서 진정 깊이 있는 경험을 원할 때 발생하는 역설. 그러므로 우리에겐 두 가지 역설이 있다.

1. 경험의 역설
2. 여행의 역설

진정한 여행의 달인은 이 두 가지 역설을 모두 뛰어넘는, 또는 개의치 않으면서 통과하는 사람이다. 아니면 플라뇌르처럼 본인이 역설 그 자체이거나.

현대 관광업의 인프라를 만든 사람은 19세기 제국주의 시대의 토머스 쿡이다. 그가 설립한 토머스 쿡 앤드 선은 1841년 영국 철도 여행 회사로 출발해 세계적인 관광 회사가 됐다. 관광업의 세계화는 20세기 중반에 이르러서 본격화된다. 제1세계 사람들은 제3세계 구석구석까지 손을 뻗었고 아름답고 조그만 섬에는 고급 호텔들이 즐비하게 들어섰다. 영화학자로 유명한 피터 월렌에 따르면 우리는 전 지구적 차원의 문화 접촉이라는 새로운 시대에 접어들었다. 그는 19세기에서 20세기에 이르는 예술의 변화 과정을 관광과 이민을 중심으로 설명한다.

간단하게 말하면 이 과정은 식민주의-반식민주의-탈식민주의를 거친다. 1단계는 제국이 제3세계의 예술품을 약탈하는 시기다. 원시예술을 본 제1세계의 아방가르드들은 그것에 영감을 받아 자기 나라의 아카데미 미술을 전복한다. 피카소, 마티스, 요셉 알베르스 등등. 2단계에서는 주변부의 화가들이 서구의 영향을 흡수한 민족주의적인 작품을 가지고 제1세계를 직접 습격한다. 피터 월렌은 디에고 리베라의 뉴욕 록펠러 센터 벽화를 그 예로 든다. 3단계에서는 포스트모더니즘과 함께 준관광 예술Para-tourist art이 부상한다. 이로써 중심부-주변부의 위계는 해체된다. 영향 관계는 뒤섞이고 민족주의냐 모더니즘이냐 하는 소리는 시대에 뒤떨어진 개념이 된다.

세계 최초의 여행사라 할 수 있는 토머스 쿡 앤드 선은 2019년 9월 파산했고 같은 해 11월 중국의 푸싱 그룹에 고작 1100만 파운드로 인수됐다. 다시 말해 식민주의의 파산과 탈식민주의의 완성? 또는 전 지구적 자본주의 시스템의 재편? 토머스 쿡 앤드 선의 파산 요인은 다양하지만 가장 큰 문제는 그들이 여행과 관련한 모든 시스템을 일원화

한 데 있다. 토머스 쿡 앤드 선은 자신들이 세계 최초로 만
든 패키지여행 상품에 집착했고 예약부터 항공사까지 여
행의 전 과정을 직접 운영하려고 했다. 외주의 외주, 분업
의 분업으로 흩어지고 갈라져서 어디서 결제되고 어떻게
비행기표가 전해지는지도 모르는 요즘 세상에 말이다. 예
를 들면 나는 이번 3월 교토 여행을 계획중이었지만 코로
나19 사태로 2월에 취소했다. 문제는 비행기 티켓 취소였
다. 스카이스캐너로 가장 저렴한 요금을 검색해서 예매했
는데, 예매를 주관한 여행사인 트립닷컴에서 제대로 메일
을 보내지 않은 것이다. 보통 인터넷 티켓 예매는 플랫폼,
여행사, 항공사순으로 진행된다. 정리하면 영국에 본사를
둔 여행사의 메타 검색 엔진(스카이스캐너)을 통해 중국에
본사를 둔 여행사(트립닷컴)에서 한국의 두 항공사(제주항
공, 에어서울)의 표를 구매한 것이다(스카이스캐너와 트립
닷컴은 같은 그룹의 계열사다). 전 세계적인 환불 대란 속
에 겨우 여행사와 연락이 닿았지만 환불은 항공사에서 직
접 진행해야 했다. 다행히 서울에서 교토로 가는 항공편은
환불됐다. 항공편 자체가 취소되어버렸기 때문이다. 문제
는 교토에서 한국으로 돌아오는 항공편이었다. 이 항공편
은 취소되지 않았고 그래서 환불해줄 수 없다고 했다. 아
니, 가는 항공편이 없는데 어떻게 오는 항공편을 이용할 수
있지? 당연히 환불해줘야 하는 것 아닌가. 하지만 그건 내

사정일 뿐이다. 예약상으로 이 둘은 다른 항공사의 다른 항공편이다. 한마디로 교토에서 서울로 오는 항공편에는 교토 여행을 가지 못한 나의 개념이 탑승하게 되는 것이다. 이것이 바로 준관광 예술의 시대에 벌어지는 일이다.

그러나 피터 월렌의 분석이 얼마나 적절했건 간에 시대는 불균질하고 역사는 선형적이지 않다. 그가 2단계라고 말한 현상은 여전히 반복되고 있다. 나는 얼마 전에 북유럽의 한 디자인 스튜디오로부터 한국은 한국적인 것을 해야 한다는 이야기를 전해들었다. 한국적인 거? 응. 이를테면 조선백자(북유럽의 대답)…… 고유의 것이라는 문제의식은 끈질기게 우리를 부여잡고 놓질 않는다. 그건 우리 내부의 시선인 동시에 외부에서 우리에게 원하는/요구하는 시선이기도 하다. 탈중심화가 진행되고 전 세계가 균질화하고 있는 시대라지만 지역성의 요구는 여전하며 여기에는 긍정적인 양상과 부정적인 양상이 함께 있는 것이다(제3세계가 제1세계에 고유의 것을 하라고 요구하는 경우는 없다. 스웨덴 사람에게 바이킹 복장을 하고 시상식에 나오라거나 하는……).

내가 이런 생각들을 하게 된 건 2018년 베니스 건축 비엔날레에 참여한 뒤부터이다. 같은 해 여름 이상우와 베를린에 삼 주간 머무르면서부터 고민은 좀더 심화됐다. 상우 씨는 베를린 레지던시에 머물고 있었고 나는 신세를 지며 그를 귀찮게 했다. 우리는 매일 서너 시간씩 걸었고 자전거를 타고 베를린 알렉산더광장을 지나 유니테 다비타시옹에 갔으며 호숫가에 누워 혼자 온 터키인 아저씨의 열정적인 자유형을 지켜봤다. 여행이 끝날 때쯤 상우씨가 말했다. 내년에는 지돈씨가 파리에 가세요. 그럼 저도 갈게요. 처음에는 그의 말을 건성으로 들었지만 이상우에게는 예지력과 같은 이상한 힘이 있다. 그는 말을 많이 하지 않지만 말하는 건 대부분 이루어진다. 금정연은 글에 썼다. 예언자 이상우. 그리고 일 년 후, 우리(나, 금정연, 이상우)는 파리의 레퓌블리크광장에서 만났다.

파리의
벤치들

파리는 처음이었다. 지인의 충고에 따라 생마르탱 운하 가까운 곳에 숙소를 잡았다. 마레 지구까지 걸어갈 수 있어. 지인이 말했지만 감흥이 없었다. 생마르탱도 마레 지구도 낯선 지명이었다. 내가 아는 건 파리의 좌안과 우안, 갈리마르와 콜레주 드 프랑스, 시네마테크 프랑세즈…… 내 말을 들은 친구는 혀를 찼다. 행여나 카페드플로르를 갈 생각은 꿈도 꾸지 마. 사르트르는 고사하고 생로랑 쇼핑백을 든 정신 나간 관광객들만 가득하니까. 나는 사실 다음 생에는 생로랑 쇼핑백을 든 관광객으로 태어나고 싶었지만 아무 말도 하지 않았다. 그래도 명색이 작가니까 좀더 그럴듯한 눈으로 파리를 봐야 하지 않을까. 대부분의 사람이 가본 곳에 이제야 간다는 게, 그것도 프랑스 문학과 영화, 역사를 줄줄이 꿰고 있는 사람이 이제야 파리에 간다는 게 이상하다고 지인은 말했고 나는 어깨를 으쓱하며 얘기했다. 내가 좋아하는 건 프랑스의 정신이지 파리의 아름다움이 아니야…… 이번에는 지인이 어깨를 으쓱했다. 갔다 와서 얘기하자.

두 개의 신드롬 사이에서

파리 신드롬이라는 말이 있다. 파리를 방문한 관광객이 기대했던 것과 너무 다른 풍경에 놀라 트라우마를 겪는 현상으로 프랑스에서 일한 정신과 의사 오타 히로아키가

1986년 처음 진단했다. 파리에 환상을 가지고 있던 일본인들은 더럽고 지저분하고 불친절한 실제 파리를 접하고 충격을 받아 호흡곤란, 심장 발작, 공황 등의 증상을 일으켰다고 한다.

나도 누군가에게 센강이 보잘것없다는 이야기를 들었다. 실망할 거라고, 물도 더럽고 크기도 작다고. 소매치기 조심해. 인종차별도.

그래서인지 큰 기대를 하지 않았다. 센강에는 더욱 관심 없었다. 거긴 몰취향에 철없는 관광객들이나 가는 곳 아닌가. 파리에 왔으니 I.M. 페이가 지은 루브르의 피라미드 정도는 봐야지, 그렇지만 다른 건 관심 없어. 나는 쿨한 태도를 유지했다. 거리에선 오줌 냄새가 났고 지하철 창구 직원은 불친절했다. 혼자 돌아다니며 돈을 쓰지 않는 동양인에게 파리는 특별한 곳이 아니었다.

파리에 도착한 둘째 날, 루브르로 향했고 튈르리정원을 지나 잠깐 센강을 보러 갔다. 카루젤 개선문을 통과해 로터리를 돌았고 카루젤 다리가 보였다. 날씨는 완벽했다. 9월 초였고 햇살은 뜨거웠지만 구름이 자주 해를 가려 나무 아래를 찾지 않아도 그늘이 졌다. 바람은 시원했으며 빛을 받은 회색 대리석 건물들은 희게 빛났다. 센강의 물결과 강변을 따라 이어지는 산책로에는 조깅하는 사람, 대화하는 사람, 사진 찍는 사람, 산책하는 사람들이 풍경화처럼 위치해 있었다. 지인의 명언이 떠올랐다. 사람이 많은 곳에는 많은 이유가 있다. 나는 루브르에 들어가는 것을 잊고 센강 아래로 내려갔다. 어떤 사람이 다가와 담배를 빌려달라고 했다. 인종차별은 당하지 않았고 소매치기도 없었으며 파리 특유의 오줌 냄새도 나지 않았다. 카루젤 다리와 퐁뇌프, 멀리 보이는 알렉상드르 3세 다리와 에펠탑, 그리고 구름을 보았고 구름 사이로 새어나온 빛이 강 표면에 닿아 흩어지는 모습을 보았다. 나는 벤치에 한참을 앉아 있었다. 책을 꺼내지 않았고 스마트폰을 보지 않았고 누군가와 대화를 나누지도 않았다.

좌안의 서점과 카페, 상점을 구경하고 해가 질 때 즈음 다시 카루젤 다리로 돌아왔다. 하늘은 어둑어둑했고 강 주변의 조명은 검게 물든 나무와 산책로를 오렌지빛으로 채색했다. 센강 너머 보이는 거대한 루브르의 벽에 발렌시아가의 대형 광고판이 걸려 있었고 아래로 유람선이 지나갔다. 조금 과장해서 말하면 나는 그 순간 다리에 힘이 풀렸던 것 같다. 공황이 온 것처럼 호흡이 곤란했고 어지러웠다. 나는 난간에 기대 숨을 골랐다…… 진단명: 스탕달 신드롬……

이후 여러 번 센강을 찾았는데 모든 지점에서 그때와 같은 감흥을 느낄 수 있는 건 아니었다. 센강은 아름답지만 가장 좋았던 건 카루젤 다리를 건널 때였다. 한 프랑스인은 구글 리뷰에 카루젤 다리에 대해 다음과 같은 리뷰를 남겼다. "말하기 어렵다. 그것은…… 다리입니다. 아래에 물이 있습니다. 희귀한 물이 됩니다……" 별 다섯 개……

엘즈워스 켈리의 경우

일명 '고스트 아미'는 제2차세계대전에 참전한 미군의 제603위장공병 특수 대대를 일컫는 말이다. 이 부대의 병사들은 미술 및 디자인을 배운 이들로 고무 전차와 트럭 등 각종 시각적 속임수로 독일군에 맞서 연합군을 도왔다. 이후 미국을 대표하는 추상회화 작가가 되는 엘즈워스 켈리는 이 부대 출신이었다. 그는 보스턴 예술학교를 졸업하고 난 뒤 자신이 전쟁을 수행했던 그 도시, 파리에 가기로 결심했다. 아직 뭘 좋아하는지도 뭘 그려야 할지도 모르는 애송이 엘즈워스 켈리는 센강 바로 옆에 있는 학교 에콜 데 보자르에 입학했고 홀로 루브르와 기메미술관을 들락날락하며 거장의 그림을 모사했다. 언젠가 뭐 하나 얻어걸리겠지 하는 생각이었다.

그가 다닌 학교 에콜 데 보자르에서 루브르로 가기 위해선 카루젤 다리를 건너야 했다. 매일 다리를 건너던 엘즈워스 켈리는 센강의 표면에 부딪치는 빛의 산란을 바라보며 미래의 거장이 될 결정적인 영감을 받는다. 그가 추상화로 발길을 돌린 첫 작품 〈센Seine〉1951은 센강의 물결과 빛을 사각형 격자로 표현한 그림이다. 고향을 떠나 홀로 파리를 쏘다니던 예술가 지망생을 진짜 예술가로 만든 건 〈모나리자〉도 〈생각하는 사람〉도 아닌 센강이었다.

파리의 랑데부

에릭 로메르의 1995년작 〈파리의 랑데부〉는 세 개의 에피소드로 이루어진 영화다. 에릭 로메르의 작품답게 걷고 이야기하고 또 걷고 또 이야기하는 프랑스인들의 모습과 일상적인 풍경이 담겨 있다. 특히 두번째 에피소드인 '파리의 벤치들'은 본격적으로 파리의 공원들을 비춘다. 에피소드의 주인공은 불륜 커플로, 갈 곳이 마땅치 않은 그들은 사람들의 눈을 피해 파리의 공원을 돌아다닌다. 뤽상부르, 라 빌레트, 벨빌, 트로카데로, 페르라쉐즈…… 영화 때문에 파리에 오기 전부터 공원을 돌아다녀야겠다, 라고 결심했으면 좋으련만 내가 영화를 본 건 파리에 오고 나서다. 파리의 밤은 위험했고 해가 지면 숙소에 돌아와 소일거리를 하며 시간을 보냈다. 외장 하드에 영화를 여럿 담아왔는데 〈파리의 랑데부〉는 그중 하나였다. 파리에 왔으니 〈파리의 랑데부〉를 봐야지! 유치한 짓이지만 때론 이런 유치한 짓이 놀랍도록 적중한다. 참고로 얘기하면 〈파리의 랑데부〉 첫번째 에피소드는 퐁피두센터 바로 옆의 카페가 배경이고 세번째 에피소드는 피카소미술관을 둘러싼 마레 지구가 배경이다. 그러니 파리를 여행한 사람(또는 여행할 사람)이라면 이 영화를 꼭 보기를.

　영화를 보고 난 뒤 영화에 나온 공원들을 하나씩 돌아다녔다. 심지어 영화에 나오지 않은 공원까지도. 파리에는 크고 작은 공원이 즐비하고 날씨는 완벽했으며 혼자라는 사실이 더없이 만족스러웠다. 말을 걸 사람도 말을 거는 사람도 없다. 이 방향이 좋을까, 저 길이 좋을까, 여기에 앉을까, 이곳에 누울까, 묻지 않아도 된다. 배가 고프면 참았고 다리가 아프면 아무 곳에나 주저앉았고 잠이 오면 잤다. 조금은 노숙자가 된 기분이 들기도 했지만 부끄럽지 않았다. 〈파리의 랑데부〉에서 산책을 하는 연인들은 이런 대화를 나눈다. 가끔은 노숙자가 부러워. 왜? 파리에서 가장 아름다운 곳에 살잖아. 그런 특권은 아무나 누리는 게 아니야. 그렇지…… 파리 집값을 생각하면 맞는 말이다. 그러나 실제 노숙자의 삶이 그렇게 낭만적일 리 없다. 『오늘도 살아내겠습니다』지연리 옮김, 김영사, 2020는 파리의 노숙자 트위터리안으로 알려진 크리스티앙 파주의 책이다. 그는 이 책에서 파리의 거리에서 사는 것이 어떤 의미인지 이야기한다. "거리에서는 자유라는 단어를 들먹이는 사람이 없다. 우리에게 남은 유일한 것이 자유이기 때문이다." 흥미로운 건 노숙자 계급의 최상위에는 언제나 책 읽는 노숙자가 존재한다는 사실이다. 실제로 노숙자들의 자리 옆에는 늘 책이 놓여 있었다. 하지만 노숙자들의 계급을 일반적인 사회와 동일하게 생각할 순 없다. 파주에 의하면 노숙자의 계급은 하루에도 여러 번 바뀌니까.

공원에는 가족도 있었고 커플도 있었지만 혼자인 사람도 있었다. 트로카데로의 분수대를 수영장처럼 이용하는 백인 소년을 봤고 벨빌공원의 벤치에 둘러앉아 랩을 연습하는 십대 흑인을 보았으며 아녜스 바르다의 묘지를 찾아 페르라셰즈를 헤매는 붉은 머리의 중년 여성을 만났다. 그녀가 아녜스 바르다의 묘지가 어딨는지 물었지만 나는 단지 아녜스 바르다의 영화를 좋아한다고 말할 수 있을 뿐이었다. 도움은 안 됐지만 그녀는 내 대답에 만족했고 우리는 웃으며 헤어졌다. 라빌레트공원에 가기 위해 라임을 대여했다. 고전적이고 낭만적인 도시에 웬 전동 킥보드냐고 할 사람도 있겠지만 파리는 라임의 도시라고 해도 과언이 아니다. 가디언은 다음과 같은 제목의 기사를 썼다. '파리는 라임에 점령당했다!' 라임이 파리의 경관을 해치는가? 아니, 오히려 그 반대다. 라임의 유동성은 파리지앵의 성격에 완전히 부합한다. 19세기의 고전적인 건물 앞에 아무렇게나 세워져 있는 전동 킥보드. 다른 나라라면 상상도 못할 일이다. 물론 너무 자유롭게 타고 내동댕이치는 바람에 정부에서 제재하기 시작했지만 말이다.

운하를 따라 이십여 분을 달렸다. 운하 주변은 오래된

휴양도시 같았고 드문드문 보이는 카페와 바에는 아페리
티프를 마시는 사람들이 앉아 있었다. 라임을 세우고 라빌
레트공원 안으로 걸어들어갔다. 그림자 한 점 없이 강한 햇
살이 내리쬐고 있었다. 넓은 잔디밭 중앙에 상의를 벗고 혼
자 앉아 있는 흑인 남자의 뒷모습이 보였다. 머리는 짧은
금발이었고 어깨에는 문신이 있었다. 배경으로 숲과 라빌
레트의 조형물이 보였다. 나는 그늘진 벤치에 누워 잠을 청
했다.

루이 아라공의 경우

루이 아라공이 1926년에 쓴 『파리의 농부』오종은 옮김. 이모션
북스. 2018는 도시 산책자들의 성서와도 같은 책이다. 발터 벤
야민은 『파리의 농부』를 읽고 파리를 배경으로 한 아케이
드 프로젝트의 영감을 받기도 했다. 『파리의 농부』에서 루
이 아라공은 동료인 앙드레 브르통, 마르셀 놀과 함께 낡
은 파사주를 통과하고 곧 사라질 덧없는 광고 간판과 상점
들에 의미를 부여한다. 그런 그가 책의 마지막에 이르게 된
곳은 19세기 후반 만국박람회를 기념해 만든 뷔트쇼몽공
원이다. 뷔트쇼몽에 이르게 된 이유는 간단하다. 루이 아라
공은 밤늦게 공원에 가고 싶었고 그 시간까지 문을 연 공원
이 뷔트쇼몽밖에 없었다. 그에게 뷔트쇼몽은 '자살의 메카'
이자 밤안개에 휩싸인 신비로운 공원이었다. 그는 공원에

서 길을 잃고 공상에 빠져 홀로 존재하는 것에 대해 서술한다. 혼자일 수밖에 없는 이유에 대해서, 고독에 대해서.

나는 9월 마지막 주 주말 뷔트쇼몽에 갔고 루이 아라공의 심정에 공감할 수 없었다. 그가 초현실주의자이자 공산주의자라서 그런 건 아니다. 단지 뷔트쇼몽에는 20세기 초반 파리의 신비로움 따위는 남아 있지 않았다. 주말이라 피크닉 나온 사람들이 넘쳤고 내가 앉아 책을 읽었던 벤치 바로 옆 언덕에는 갓난아기를 데리고 온 부부가 있었다. 한참 『파리의 농부』에 빠져 있을 때 아기는 똥을 쌌고 아버지와 어머니는 힘을 합쳐 기저귀를 갈아주었다. 그 와중에 부부는 나와 눈이 마주쳤고 우리는 어색한 웃음을 주고받았다. 이럴 때 할 수 있는 불어를 안다면 좋으련만. 그러나 놀랍게도 그들은 미국인이었다. 아임 소리. 노 프라블럼. 그러니까 파리지앵들에게도 생소했던 뷔트쇼몽은 어느새 관광객들이 가득한 곳이 되었다. 공원 중앙에 있는 카페테리아에서 합창단이 노래를 부르고 있었다. 웸의 노래였나? 팝 메들리였는데 흥에 겨운 사람들이 몰려와 어깨춤을 추며 떼창을 하고 있었다. 공원의 풍경만 아니면 딱히 파리라고 할 수 없는 광경이었다. 그래서 마음에 안 들었냐면…… 그렇진 않다.

결국
쇼핑 말고는
할일이 별로
없을 것이다 ③

믿기지 않지만 파리에 가장 익숙한 사람은 오한기다. 그는 파리를 제집 드나들듯 드나들었다. 신혼여행도 파리, 일 주년 기념 여행도 파리, 배낭여행도 파리, 고등학교 수학여행도 파리(확인된 바 없음), 심지어 카톡 프로필 사진 배경도 파리. 2019년 9월, 나는 태어나서 처음으로 파리에 가게 됐고 파리 전문가인 한기씨에게 물었다.

　—파리는 어때요?

　—좋아요.

　—어디 가면 돼요?

　—에펠탑!

　파리에 있는 동안 오한기와 페이스타임으로 서너 번 정도 통화를 했다. 한기씨는 파리가 그립다고 했다. 퐁네프 다리에서 와플을 먹었죠. 나는 파리에서 와플을 한 번도 먹지 않았고 먹는 사람을 본 적도 없는 것 같다고 말했다. 그럼 뭐 먹어요? 한기씨가 물었다. KFC. 일주일에 한 번 레퓌블리크광장의 KFC에서 흑인과 관광객들 사이에 끼어 프라이드치킨을 테이크아웃 하는 게 일상의 낙이에요. 상우씨, 정연씨랑 있는 동안에도 여러 번 먹었고.

　—크루아상!

　한기씨가 말했다. 파리는 편의점에서 크루아상을 사도 맛있더라구요. 바게트! 바게트 먹었어요? 「바게트 소년병」의 저자인 오한기가 물었다.

―매일 먹어요.

내가 대답했다. 나는 에스카르고도 먹어봤다고 했다. 태어나서 처음 먹었어요. 바질페스토 소스에 살짝 구운 빵을 곁들여 먹었는데 좋았어요.

―에스카르고! 달팽이 요리. 맛있죠.

한기씨가 말했다.

―오, 먹어봤어요?

내가 물었다.

―아니요.

―……

파리에서 돌아오고 난 뒤 한기씨를 만났고 그는 검은 눈동자를 반짝거리며 물어보았다.

―오르세 갔어요?

―갔죠.

―로댕! 〈생각하는 사람〉!!

―오르세에는 〈생각하는 사람〉 없어요.

―모네! 〈수련〉!!

―그건 오랑주리……

―다빈치!

―그만……

파리는 놈팡이에게 중요한 도시이다. 파리는 빈둥거림

을 위해 특별히 설계되었고, 건설되었고 배치되었다, 라고 『부르주아와 골동품The Bourgeois and the Bibelot』1984의 저자 레미 세슬랭은 말했다. 실제로 파리가 그런 목적으로 만들어졌는지는 알 수 없지만 파리 사람들이 노는 걸 엄청나게 좋아한다는 사실은 알 수 있었다. 비록 눈에 보이는 사람 절반이 관광객이지만 말이다.

나는 2019년 9월 1일 파리에 도착했고 날씨는 완벽했다. 바로 지난주까지 유럽을 덮쳤던 사상 초유의 더위는 물러갔고 산책하기에 완벽한 바람과 햇살이 운하와 가로수 위로 떨어졌다. 사람들은 거리로 쏟아져나왔고 늦은 시간까지 죽치고 앉아 먹고 마시고 떠들었다. 트로카데로의 분수대는 수영장이 되었고 생마르탱 운하는 바의 야외 테라스가 되었다. 레퓌블리크광장은 낮에는 스케이트보드를 타는 소년들로, 밤에는 사교댄스를 추는 남녀로 가득찼다. 나는 며칠 후 파리에 도착한 금정연, 이상우와 함께 광장의 사람들을 바라보며 어울릴 수 있을까 모의했지만 우리가 낮에 어울리는 사람인지 밤에 어울리는 사람인지 알 수 없었다.

—스케이트보드를 타기엔 너무 늙었죠.

정연씨가 말했다.

—사교댄스를 추기엔 너무 젊나요?

내가 물었다.

─꼭 그렇진 않은 것 같아요.

정연씨가 말했다.

─나이는 숫자에 불과한가요?

우리 셋 모두 몸을 쓰는 데 문제가 있었고 특히 정연씨와 내가 스케이트보드를 타거나 춤을 추는 건 상상이 되지 않았다. 상우씨는 주짓수와 수영에 능한 어깨 깡패지만 얼마 전 베를린에서 친구와 라임을 타다 가로수를 들이받았다고 했다. 한마디로 우리는 모두 몸치고 쿨한 보더나 핫한 댄서와는 거리가 있는 사람들이다. 우리는 전형적인 문(학)청(년) 또는 예술(애호)가이고 단지 그렇게 보이기 싫어서 갖은 애를 쓰는 사람들이다. 그게 다행인지 불행인지 모르겠지만 말이다.

파리는 세계적인 관광지고 관광객이건 거주민이건 놀기 위해 태어난 것처럼 보였지만(또는 노는 사람에게 돈을 뜯어내기 위해 태어난 것처럼 보였지만) 우리가 단지 놀기 위해 만난 건 아니었다. 금정연에게는 원대한 계획이 있었고 파리 방문은 그 계획의 일환이었다. 그는 조지 오웰의 전기를 쓰기 위해 자료를 모으고 현지 조사를 했다. 조지 오웰은 역마살 낀 듯 세계를 돌아다녔다. 인도에서 태어나 영국에서 명문 사립학교를 졸업하고 버마에서 제국주의의 경찰 간부로 근무한 후 파리와 런던을 떠돌며 습작생활을 하고 스페인내전에 참전했으며 마라케시에서 소설을 집필

했다.

정연씨는 두 달 동안 스페인과 프랑스, 영국 삼 개국을 돌며 조지 오웰의 발자취를 좇고 있었다. 파리에는 사박 오일 머물 예정이며 방문해야 할 장소는 서른다섯 곳입니다. 금정연이 말했다.

—조지 오웰 좋아해요?

내가 정연씨에게 물었다. 조지 오웰은 우리가 진심을 다해 좋아하기엔 너무 유명한 작가 아닌가 하는 의문이 들었기 때문이다(물론 유명한 것이 진심으로 좋아하는 데 흠이 될 순 없다. 다만 유명세에는 두 가지 종류가 있다. 시시한 유명세와 심연의 유명세. 조지 오웰, 어니스트 헤밍웨이, 헤르만 헤세, 무라카미 하루키 등은 시시한 유명세의 대표자들이다. 심연의 유명세에는 조르주 바타유, 클라리시 리스펙토르 등이 있고—이 둘이 어떻게 묶이는지에 대해선 묻지 말 것—더 깊은 심연의 유명세에는 마리안 프리츠나 소피 포돌스키 같은 작가가 있다. 시시한 유명세와 심연의 유명세 사이의 차이를 묻는 일은 무의미하다. 차이가 없거나 차이가 있다 해도 도식화할 수 없기 때문이다. 이 둘의 차이는 이 군에 속하는 작가들에게서 오는 게 아니라 이 군을 나누는 애호가들에게서 온다).

—조지 오웰 안 좋아했죠.

정연씨가 대답했다.

—근데 전기를 왜 써요?

—조지 오웰은 스물일곱 살에 서평을 쓰기 시작해서 평생 생활고에 시달리며 한 해에 백 편 이상의 서평을 썼습니다. 저는 스물일곱 살에 서평을 쓰기 시작했고 지금도 생활고에 시달리고 있습니다. 제가 지금까지 쓴 서평은 모두 몇 편일까요?

금정연은 타자기로 원고를 쓰듯 또박또박 말하기 시작했다. 그와 칠 년을 알고 지냈지만 이렇게 뭔가를 인용할 때면 그는 정말 평론가 같다.

—조지 오웰은 「어느 서평자의 고백」에서 이렇게 말했습니다. "책과 일종의 직업적인 관계를 맺고 보면 대부분의 책이 얼마나 형편없는 것인지를 알게 된다. 객관적이고 참된 비평은 열에 아홉은 이 책은 쓸모없다, 일 것이며, 서평자의 본심은 나는 이 책에 아무 흥미도 못 느끼기에 돈 때문이 아니면 이 책에 대한 글을 쓰지 않을 것이다, 일 것이다." 지돈씨, 이제 제가 왜 조지 오웰의 전기를 써야 하는지 알겠죠?

—……그럼 서평은 왜 쓰는 거예요?

—조지 오웰은 「어느 서평자의 고백」 마지막에 이렇게 썼어요. (또다시 인용 기계 등장) "두 가지 업을 다 해본 입장에서 말하건대 서평자는 영화평론가보다 낫다." 이게 제가 할 말입니다.

정연씨 정도는 아니지만 내게도 파리에 머무는 동안 계획이 있었다. 플라뇌르의 흔적 찾기. 그것을 재발명하거나 취소하거나 아니면 외면하기. 산책과 젠더, 상품, 자아, 신체, 공간, 사물, 매체를 엮는 불가능한 기획의 밑바탕을 깔기, 그것이 곧 근대성과 자본주의, 그리고 그 이후다! 등등.

의도한 건 아니지만 파리의 숙소는 공쿠르역에서 삼 분 거리에 있었다. 공쿠르상으로 유명한 그 공쿠르 형제는 사실 천하의 놈팡이들이다. 그들은 걸작을 남기기 위해 필사적으로 노력한 소설보다 매일 남긴 일기로 역사에 남은 인물들로, 수십 년간 쓴 일기에는 당시의 시대상과 사건, 인물들이 빼곡히 담겨 있다. 더불어 그들의 솔직하고 신랄한 내면—에밀 졸라에 대한 질투와 비방, 문학을 이해하지 못하는 대중에 대한 원망, 알퐁스 도데의 아들 제제에 대한 짜증(공쿠르 형제의 형인 에드몽 공쿠르는 아이들을 재앙이라고 생각했다), 도시와 시골의 소음에 대한 불만, 엘리베이터에 대한 공포, 상징주의에 대한 경멸 등등 열거하자면 끝이 없는데, 사실 대부분의 재미는 이런 요소에 있다. 일기란 본래 남이 읽으면 안 되지만 언젠가는 읽히게 되기를 바라는 것으로 그건 속마음과 유사하다. 몰랐으면 하지만 알아줬으면 하는 것. 아무튼 공쿠르 형제의 일기에는 당대의 플라뇌르 로베르 드 몽테스키우 백작에 대한 이야기도 나온다.

플라뇌르로서의 댄디에게 가장 중요한 것은 군중 사이에서 두드러지는 것이다. 그들은 남들과 달라 보이기를 원했고 사람들을 놀라게 만들기를 원했다. 보들레르는 하루에 셔츠를 세 번 갈아입었고 거울 앞에서 잠들고 거울 앞에서 살았다. 로베르 드 몽테스키우는 루이 15세가 쓰던 홀지팡이를 들고(이 지팡이는 공쿠르 형제에게서 샀다) 산양가죽 장갑을 꼈으며 셔츠의 커프스는 터키석으로 장식했다. 파사주의 상점들이 좋은 이유는 상품 때문이기도 하지만 쇼윈도의 거울이 나의 모습을 비춰주기 때문이다. 상품과 자아의 합일, 파사주의 모든 쇼윈도에 반사되는 나, 나, 나. 이로써 나는 걸어다니는 상품, 스펙터클의 운반자가 된다. 그것이 무엇을 대변하는지는 알 수 없지만 말이다.

플라뇌르의 산책은 흔히 거북이의 속도와 비견된다. 게으르고 느린 구경꾼의 시선, 산업화의 속도를 거부하는 완만한 속도. 그러나 사실 플라뇌르가 거북이 속도로 걷는 이유는 실제로 거북이와 함께 걸었기 때문이다. 그들은 튀기 위해 가재나 거북이에게 목줄을 묶어 산책했다. 로베르 드 몽테스키우 백작 역시 팔레 루아얄에서 구입한 거북이와 함께 산책을 했는데 그냥 거북이로는 너무 시시해 등딱지에 도금을 했다고 한다. 그러나 그것도 한때, 도금에 싫증이 난 그는 거북이를 보석상에 가져가 등딱지에 토파즈를 박았다. 아마 그것 때문인지 거북이는 금방 죽어버렸다(이로써 플라뇌르에겐 동물학대라는 죄명이 더해졌다). 그러거나 말거나 귀족을 좋아하는 속물인 공쿠르 형제는 몽테스키우 백작과 친하게 지냈고 백작은 이후 마르셀 프루스트의 『잃어버린 시간을 찾아서』의 등장인물 샤를뤼스 남작과 위스망스의 『거꾸로』의 주인공에게 영향을 줬다.

공쿠르 형 에드몽은 또한 플로베르, 졸라 등 당대의 작가들과 가깝게 지내기도 했다. 에드몽은 1874년 카페 리시에서 플로베르, 투르게네프, 에밀 졸라, 알퐁스 도데와 함께 저녁식사를 했는데 그 자리에 대해 이렇게 썼다. "서로의 작품을 높이 평가하는 재능 있는 남자들의 저녁식사였다."

『벨 에포크, 아름다운 시대』, 메리 매콜리프, 최애리 옮김, 현암사, 2020

카페 리시는 1785년 오픈한 고급 레스토랑으로 오페라 가르니에에서 멀지 않은 곳에 있었다. 공쿠르 형제는 여기서 당대의 (남자)작가들을 만나 서로의 작품을 상찬한 뒤집에 돌아가 에밀 졸라는 복에 겨운 배불뚝이 뚱보다, 따위의 내용이 포함된 일기를 쓴 것이다.

공쿠르 형제의 일기는 번역되지 않았으나 파리와 프랑스 예술에 대한 책에서는 빼놓을 수 없는 자료다. 그리고 내가 좋아하는 문학 역시 이러한 종류의 것들이다. 무슨 의미인지 정확히 알 수 없고 종합할 수 없이 들쑥날쑥하는 일련의 경험과 생각들이 오가는 것. 이론화하거나 미학적으로 다듬을 가치가 있는 아이디어의 배아가 보이지만 모든 것이 시간이나 생각의 흐름에 휩쓸려 지나가버리고 결국에는 감당할 수 없는 산더미 같은 짐, 일종의 텍스트 더미만 남는 것. 그러나 여기에 일관성이 아주 없진 않다. 전기가 성립될 수 있는 것은 전기 작가들이 한 사람의 일생에서 의미 부여할 수 있는 서사나 패턴을 찾아내서가 아니라, 그것을 묶을 수 있는 환경으로서 한 사람의 신체가 존재했었기 때문이다. 산책 또는 걷기, 만보 역시 마찬가지다. 사실 플라뇌르는 한 번도 실제로 존재했던 적이 없다. 파리라는 도시에서 난립했던 특정한 종류의 걷기와 걷기를 기록한 텍스트에서 발견한 아이디어를 작가들이 재창조한 것뿐이다. 존재했던 건 걸음을 걸었던 사람들이며 나머지는 모두 구성된 것들이다.

금정연과 이상우는 9월 2일 파리에 도착했고 우리는 9월 3일 29138보를 걸었다. 생마르탱 운하를 지나 레퓌블리크광장에서 지하철을 탔고 오페라가르니에에서 내려 마들렌사원에 들렀고 콩코르드광장을 통과해 튈르리정원으로 향했다. 여정은 금정연의 계획에 따른 것이었는데 그에 의하면 이 장소들은, 그리고 앞으로 가게 될 모든 장소는 조지 오웰이 존재했던 곳들이었다. 우리는 이후 이박 삼일 동안 하루 평균 삼만 보를 걸으며 조지 오웰이 존재했던 서른다섯 곳을 포함해 두 개의 미술관과 하나의 시네마테크를 방문했다. 어떤 경험이었을까. 이틀째 되는 날, 걷는 게 너무 힘들었던 나는 금정연에게 물었다. 여긴 왜 왔어요? 파리 5구의 클로드베르나르가였고 그곳은 아무것도 없는 평범한 거리였다. 앞서 걷던 금정연이 뒤를 돌아보며 말했다. 조지 오웰은 돈이 없었어요. 그래서 돈 좀 있었으면 하고 여길 걷다가 돈을 주웠어요.

그게 다예요?

그게 답니다. 세 뚜C'est tout.

어디에도
머물지 않고
어디로도
향하지 않으며

서울의 강은 좋지만 너무 멀다. 서울의 산이나 공원 역시 마찬가지다. 그게 서울의 문제다. 날씨 좋은 날 한강공원에 가면 대부분이 알게 된다. 도시가 생각했던 것보다 아름답다는 것을. 시시하게 생각했던 63빌딩이 얼마나 밝게 빛나며 섬과 둔치의 식물들이 얼마나 짙게 우거져 있는지 말이다. 하지만 다시 한번 강조하면 한강은 너무 멀다. 나는 한강이 바로 옆인 상수에서 십사 년을 살았지만 한강으로 나갈 때마다 심리적인 장벽을 느꼈다. 한강과 생활공간 사이에 놓인 도로는 실제적인 거리뿐만 아니라 심리적인 거리도 만든다. 서울의 자연은 생활 속에 있지 않다. 도심 속의 여행지다. 다시 말해, 여행을 간다는 생각으로 나서야 갈 수 있다. 조금 가까운 곳에 있는 양재천, 불광천, 청계천 등의 사정도 크게 다르지 않다. 운동을 위해, 소풍을 위해, 산책을 위해 결심을 하고 나서야 한다.

서울에 있는 한강의 다리는 모두 열여덟 개로 광진교를 제외한 모든 다리가 운전자를 위한 것이다. 대학 다닐 때 한 선배는 거들먹거리며 말했다. 서울에서 운전을 하려면 다리를 알아야 해. 다리만 알면 서울 지리는 다 파악한 거야. 그렇다. 합정에서 여의도로 가려면 서강대교를 건널지 마포대교를 건널지, 장충동에서 코엑스로 가려면 한남대교를 건널지 동호대교를 건널지, 운전을 하지 않는 사람이라면 관심도 없고 알지도 못한다. 그러나 운전자에게는 핵심적인 문제다. 반면 걷는 사람들에게 다리는 무의미하다. 보행로는 좁고 자전거도로와 구분이 없는데다 도시 고속도로에서 8차선으로 진입하는 차들은 속력을 늦추지 않는다. 양화대교 같은 곳을 걸어서 건너본 사람은 알 것이다. 한강의 다리를 걸어서 건너는 건 자살행위다. 이건 비유가 아니다.

　한강 최초의 근대적 도로교인 한강 인도교는 1917년 10월 7일 정오에 통행을 시작했다. 지금에 비하면 규모가 작지만 일반 사람들은 처음으로 걸어서 한강을 건널 수 있게 되었고 그 때문에 장안의 화제였다고 한다. 경성전기는 트러스에 장식 전등을 달았고 밤만 되면 빛이 환했다. 다리 아래에는 조선 최초 보트 클럽의 보트들이 오갔으며 중지도에는 피서객이 가득했다. 식민지 조선에 진정한 모던이 도래한 걸까. 어떤 의미에서는 그렇다. 사람들은 한강 인도교를 건너기도 했지만 한강 인도교에서 뛰어내리기도 했으니까. 자살자가 속출했고 이는 곧 사회문제가 되었다. 경찰은 다리 난간에 日寸待機─잠시만 기다리시라─라는 입간판을 세우고 순찰을 돌았지만 속수무책이었다. 일제강점기 통계에 따르면 1923년에서 1937년까지 십사 년 동안 한강에 투신한 사람은 모두 832명이었다. 1923년 6월 20일 자 동아일보는 이렇게 쓴다.

　철교 자살

이십이셰의 녀자

한강텰교에 또 사람이 빠젓다. 시내 계동 팔십사번디 신재영의 처 안성녀는 지난 십칠일 밤에 "자긔는 도모지 세상에 살 자미가 업서 텰교로 빠저 죽으러 나간다"는 간단한 유서를 써노코 나아가서 인하야 간 곳을 몰낫는대 작십구일에야 한강텰교 부근 풀 속에서 안성녀의 버서노흔 의복이 발견되야 자살한 것으로 인증케 되얏다 하며 자살한 원인은 아즉 모른다 하나 안성녀는 평시부터 정신이 다소가 착란된 의심이 잇섯다더라

미수도 이인
남자와 녀자 두 사람

죽음의 길을 인도하는 한강 인도교! 우에는 또다시 살기 실흔 세상을 떠나려한 늙은 남자 한 명과 졂믄 녀자 한 명이 잇섯다 재작일 오후 열한시경에 시내 의주통일뎡목 일백사십번디 황수연이란 백발이 성성한 늙은이는 슬하에 혈육도 업고 생계좃차 바이 업슴으로 드듸여 세상을 비관하고 집을 떠나 과부로 잇는 늙은 누이를 혼자 두고 물에 빠저 죽으려 하얏다가 마츰 지나가든 순사에게 발각되야 뜻을 일우지 못하고 집으로 돌아갓스며 또 작일 새벽 한시 삼십분경에는 엇던 졂은 녀자가 한강 인도교 우에서 물에 빠지려 하는 것을 순사가 발견하고 즉시 경

찰서에 다리고 가서 설유하는 동시에 그 녀자의 남편을 호줄하야 다리고 가라 하얏스나 그 녀자는 무슨 란처한 사정이 잇는지 조금도 듯지 안코 "살기 실타는데 웨 이래요?" 하면서 남편의 간절한 말도 거절하며 한동안 말성이 생기었는데 그 녀자는 본적을 파주군 와석면 당하동에 두고 부내 통동에 사는 신명운의 안해 윤씨인데 남편과 살기 실혀서 그와 가치 자살하려고 한 것인바 이가튼 자살 사건이 벌서 이 달만 하여도 십여 일 동안에 여덜 사람으로 그중 세 사람은 임의 황텬으로 갓더라

다리는 머물거나 멈출 수 있는 곳이 아니다. 다리의 사람들은 필연적으로 이동중이다. 다리 아래 사는 사람은 집이 없는 사람이며 다리 위에 머무는 사람은 삶의 의미를 잃은 사람이다. 이동을 위해 존재하는 곳에 머무는 사람들은 모두 갈 곳을 잃은 사람들이다. 버스 터미널, 공항, 기차역, 다리. 도시가 정비되면서 이들은 다른 쉼터로 쫓겨나거나 옮겨졌다. 도시는 이 사람들을 배제하고 숨기고 존재하지 않는 것으로 만든다. 그러나 어쩌면 이들은 단지 사회에서 요구하는 선택과 의무를 포기한 것뿐이다. 그리고 동일한 욕망이 우리 안에도 존재한다. 이것을 낭만화하거나 미화하려는 의도는 없다. 모른 척할 수 없다는 사실을 말하고 싶을 뿐이다. 포기하거나 멈추는 것, 길을 잃고자 하는 욕

망은 목적과 선택, 계획과 미래가 과잉된 현대사회에서 일어날 수밖에 없는 반작용이다. 밀란 쿤데라는 이렇게 말했다. "현기증이란 무엇인가? 추락에 대한 두려움? 그것은 추락에 대한 두려움과는 다른 그 무엇이다. 현기증은 우리 발밑에서 우리를 유혹하고 홀리는 공허의 목소리, 나중에는 공포에 질린 나머지 아무리 자제해도 어쩔 수 없이 끌리는 추락에 대한 욕망이다." 발레리아 루이셀리: "나 자신이 유령 같다는 생각이 들기도 했지만, 그보다 더 좋은 것도 없었다." 클레망 카두의 묘비명: "나는 여러 가구가 되겠다는 헛된 시도를 했지만 그것마저도 내게 허용되지 않았다. 그래서 평생 하나의 가구로만 살았다. 어찌되었든, 남아 있는 것은 침묵뿐이라고 생각해본다면 이는 상당한 성과다." 겉으로는 모두 건실한 시민인 양 굴지만 내면에는 다른 욕망이 존재한다. 모든 것을 내팽개치고 사라지고 싶은 마음, 출근길에 교통사고가 나서 병원에 드러눕고 싶은 마음(특히 중요한 프레젠테이션이나 시험, 마감이 있을 때). 아무것도 정하고 싶지 않고 아무것도 정해지지 않은 미결정 상태, 미래가 존재하지 않는 유예된 공간에 기거하고 싶은 욕망. 반사회적이고 무가치하고 때로는 위험하게 느껴지는 이러한 상태는 그러나 사실은 동물에 불과한 우리의 자연스러운 욕망이다. 계획은 모두 망상에 불과하지 않은가. 산책은 이럴 때 우리가 선택할 수 있는 거의 유일한 수단이다. 어디에도 머물지 않고 어디로도 향하지 않으며 걷고 머무는 것.

리베카 솔닛은 여러 책에서 버지니아 울프의 『거리 떠돌기: 런던 모험Street Haunting: A London Adventure』1930의 구절을 인용한다. "저녁시간 또한 우리에게 어둠과 램프 불빛이 제공하는 무책임함을 선사한다. 우리는 더이상 우리 자신이 아니다. 날이 좋은 저녁 네시에서 여섯시 사이에 집을 나설 때, 우리는 친구들이 아는 우리의 자아를 벗어둔 채 익명의 보행자들로 이루어진 거대한 공화국 군대의 일부가 된다." 이 글에서 울프는 해가 지는 어느 저녁 겨울날, 연필을 사기 위해 런던 거리로 나섰다가 산책을 하게 된다. 그러나 리베카 솔닛은 사실 이 산책이 "어둠을, 방랑을, 창조성을, 정체성의 소멸을, 육체가 일상적인 경로를 거니는 동안 머릿속에서 대단한 모험을 경험하기 위한 핑계에 지나지 않는다"라고 말한다. 솔닛과 울프가 찬양하는 것은 수동성이자 불확실성이고 정체성으로부터의 탈출이다. 훌륭한 시민, 단일한 자아, 사회로부터 주어진 역할에서 벗어나는 것, 비환원적이고 주관적인 상태로 돌입하는 것, 책임을 방기하고 의미를 지연시키는 것. 이러한 행위는 불확실함과 모호함의 반란으로 우리를 잠시나마 일종의 무한 속으로 밀어넣는다.

가히 산책에 미친 사람이라고 할 수 있는 로베르트 발

저 역시 이러한 실천의 일인자다. 말년에 정신병원에 입원하기 전까지 팔십 번 넘게 이사를 하며 갖은 직업을 전전했던 그가 죽는 날까지 유일하게 지속했던 건 산책뿐이었다. 발저의 산책은 전설적이다. 이십대에는 슈투트가르트에서 스위스까지 수백 킬로미터를 걸었고 이후에는 베른에서 제네바까지 백칠십 킬로미터를 걸었으며 베른에서 빌까지 이십오 킬로미터를 밤새도록 걷기도 했다. 결국 그는 1956년 12월 25일 요양원 부근의 눈 쌓인 숲속을 산책하다 심장마비로 사망했다. 그의 산책 도중의 죽음은 또다른 의미로 전설적인데, 그는 이미 첫 장편소설 『타너가의 남매들』에서 자신의 죽음을 예견했다. "전나무숲에서 동사한 채로 발견된 젊은 남자의 시들. 가능하다면 출판 요망."

카프카보다 훨씬 덜 알려졌지만 카프카의 문학적 쌍둥이로 여겨지는 발저는(실제로 당시 어떤 편집자는 프란츠 카프카를 발저의 가명이라 생각했다) 자신의 존재를 감추고 사회와 세계의 그림자 속으로 숨기를 원했다. 발저의 지인인 카를 실리그는 발저가 말년에 입원한 정신병원에 종종 찾아갔고 그때 있었던 일을 『순간의 초상』이라는 글에 남겼다. "발저와 내가 아주 짙은 안개를 뚫고 토이펜에서 슈파이헨까지 걸어간 그 가을날 아침을 결코 잊지 못할 것이다. 그날 나는 발저에게 아마도 그의 작품이 고트프리트 켈러의 작품처럼 오래갈 수 있을 것이라고 말했다. 발저는 아주 심각한 눈빛으로 나를 쳐다보더니 자신과의 우정을 진실로 받아들인다면 그런 의례적인 인사치례는 하지 말라고 했다. 발저는 자신이 보잘것없는 사람이라는 이유로 사람들로부터 잊히기를 원했던 것이다."

발저의 소설『벤야멘타 하인학교』는 보잘것없고 하찮은 인간이 되기 위한 방법을 배우는 학교 이야기다. 소설 속 인물들은 하인이 되기 위해, 눈에 띄지 않기 위해 최선을 다한다. 실제로 오버슐레지엔 지방의 담브라우성에서 하인으로 일했던 발저는 소설에서 말한다. "나는 발전하지 않는다." 다른 단편소설인「헬블링의 이야기」에서는 이렇게 쓴다. "사무실에 서 있으면 나의 팔다리는 서서히 나무토막으로 변하는데, 나는 정말 나무토막이 되길 바란다. 그러면 불을 붙여서 태워버릴 수라도 있으니까." 헬블링이 원하는 건 어떤 생명체도 없는 곳에서 혼자 사는 것이다. "나는 더 이상 불안하지 않을 것이다. 불안도 없고 의문도 없고, 더 이상 지각하는 일도 없을 것이다. 영원히 침대에 누워 있는 거라고. 어쩌면 그게 가장 멋질 것이다!"

이탈리아의 철학자 조르조 아감벤은 발저의 행위를 '무위'라고 말한다. 그리고 무위의 가장 실천적인 행위가 산책이다. 그러므로 발저는 (아감벤에 의하면) 무위를 실천하기 위해 산책을 하는 것이다. 아감벤이 말하는 무위란 뭘까? 무위(argia, Inaktivität)는 아리스토텔레스의 개념에서 따온 말이다(아리스토텔레스가 '소요'학파의 창시자임을 기억하자). 아리스토텔레스에 의하면 무위는 실현되어야 할 어떤 본질이 주어져 있지 않은 상태, 특정한 본성이나 소명이 부과되지 않은 상태를 말한다. 이것은 무능이나 아무것도 하지 않는 것과는 다르다. 일종의 잠재성으로 1)할 수 있는 가능성과 2)하지 않을 수 있는 가능성, 모두를 포함하는 가능성이고 이는 아감벤의 정치철학이 궁극적으로 지향하는 삶-의-형태Form-of-Life와 연결된다. 쉽게 말해(쉽지 않을지도……) 존재를 규정하지 않고 임의적으로 열어두는 것이며 종교적이고 목적론적인 세계에서 벗어나 "순전한 인간의 삶"이 시작될 수 있는 잠재성이다.

아마 발저가 아감벤의 이야기를 들으면 비명을 지르며 숨어버렸을 것이다. 발저는 한때 사회주의에 빠졌고 열성적으로 그 가능성을 믿었지만 작품에서는 직접적으로 그런 이야기를 꺼내지 않았다. 그의 작품은 수행적이지 설명적이지 않다. 아니면 이렇게 말할 수도 있다. 그는 해야 하는 일이 아닌, 할 수 있는 일을 했을 뿐이다.

산책은 거창한 의미 이전에 우리가 할 수 있는 유일한 일이다. 아름다운 자연과 세련된 숍과 산책로가 없어도 우리는 걸을 수 있다. 돈이 없고 친구가 없고 연인이 없을 때 할 수 있는 가장 훌륭한 일은 걷는 것이다. 막차가 끊긴 서울 시내를 걷고, 가끔은 한강 다리를 걸어서 건너기도 하고, 퇴근 후에 집에 가기 싫어 정처 없이 쏘다니기도 한다. 울프와 발저의 산책이 좋은 이유는 그들이 걷는 일에서 의미를 찾지 않았고 우울해하지도 않았다는 사실 때문이다. 그들의 산책은 정체성을 잃고 헤매는 것이었지만 멜랑콜리해지거나 심각해지지 않는다. 그들은 오로지 걸을 때만 진정으로 쾌활해진다. 그리고 그것이 어쩌면 산책과 글쓰기가 가진 유일한 공통점인지도 모른다. 우리는 언젠가 집으로 돌아가거나 결말을 맺어야 하지만 그 모든 것을 상실한 어느 지점에서, 주제와 의도, 인과와 의무를 망각한 지점에서만 진정한 글쓰기의 기쁨을 느낄 수 있다.

한국의 로베르트 발저인 오한기 역시 산책을 좋아한다(그의 소설 『가정법』은행나무, 2019은 부활한 『벤야멘타 하인학교』다. 『가정법』에는 '산책'이라는 챕터가 있다. 스스로를 병든 소라고 생각하는 주인공은 동물원과 하천변을 네발로 걷는다. 이상하게 생각한 사람들이 그를 쳐다보고 말을 건다. 그는 이렇게 대답한다. "음매, 음매").

한기씨는 코로나19로 재택근무를 하게 됐고 그래서 산책을 할 시간이 많아졌다고 했다.

—어쩌면 영원히 재택근무를 할지도 몰라요.

—잘된 거 아니에요?

—그렇죠.

월급은 줄었지만 잘된 일이다. 한기씨는 아내가 출근하면 정원이(한기씨 딸)를 어린이집에 맡기고 산책을 나선다. 며칠 전에는 석관동까지 걸어갔다고 했다. 그의 집은 군자역 근처다. 걸어서 한 시간 삼십 분이 걸리는 거리다.

—좋네요.

—그렇죠.

—돌아올 때도 걸어오나요?

—아니요. 지하철을 타죠.

우리는 조만간 함께 걷기로 했다. 더 더워지기 전에, 가능하면 평일 오후 다섯시에서 일곱시 사이에 광진교를 건널 생각이다.

※ 이 글에는 『참을 수 없는 존재의 가벼움』(밀란 쿤데라, 이재룡 옮김, 민음사, 2011)과 『무중력의 사람들』(발레리아 루이셀리, 엄지영 옮김, 현대문학, 2017), 『바틀비와 바틀비들』(엔리께 빌라-마따스, 조구호 옮김, 소담출판사, 2011), 『타너가의 남매들』(로베르트 발저, 김윤미 옮김, 지만지, 2017), 『벤야멘타 하인학교』(로베르트 발저, 홍길표 옮김, 문학동네, 2009), 『세상의 끝』(로베르트 발저, 임홍배 옮김, 문학판, 2017)의 내용이 포함되어 있다.

샛길:
코로나19
시대의 산책

나이트메어 오브 타임

영화관에 가지 않는 게 금단현상을 일으킬 정도인지 몰랐다. 겨우 두어 달 안 갔는데 영화에 대한 허기가 늘 따라다녔고 그래서 애꿎은 넷플릭스와 왓챠만 매일 보지만 갈증이 채워지지 않는다. 그러니 〈미안하다 사랑한다〉2004를 보게 된 것도 코로나19 탓이다.

친구랑 나는 여느 때처럼 왓챠에 볼만한 게 없나 뒤적거리다가 〈미안하다 사랑한다〉가 올라온 걸 봤다. 아마 소지섭의 결혼 소식 때문일 것이다. 둘 다 〈미사〉를 보지 않았고 왜인지 한번 볼까 하는 생각에 플레이를 눌렀다(이게 스트리밍 사이트의 악몽이다). 드라마는 육십 분 남짓한 시간 동안 진정한 충격을 경험하게 했다. 〈미사〉 1화는 호주 올 로케이션인데 그 사실을 몰랐던 나와 친구는 배경이 1990년대 스타일로 재현된 동유럽이라고 확신했다. 그들의 패션과 헤어스타일을 이해할 수 없는 것은 나중 문제다. 진짜 문제는 그들의 눈빛과 말투를 이해할 수 없다는 데 있다. 소지섭은 시종일관 나라 잃은 표정을 유지하다가 틈만 나면 소리를 질렀다. 그의 전 여자친구인 최여진은 소지섭을 버리고 돈 많은 백인 남자와 결혼식을 올린다. 분노한 소지섭은 그녀의 결혼식에 찾아가 말한다. "밥을 먹어야 하는데 집에 김치가 없어." 최여진이 말한다. "사다 먹어." 그러자 소지섭이 소리친다. "니가 담가준 김치 아니면 안 먹어!!" 임수정은 남성이 없으면 아무것도 못하는 퇴행성 유아기 현상을 겪는 여자로 그려진다. 그녀가 짝사랑하는 남자는 정경호로, 그는 노래도 못하면서 틈만 나면 노래를 부른다. 왜인지 정경호는 욕조에서 거품 목욕을 하고 임수정을 불러 욕조에 빠트린다. 왜인지 임수정은 '심쿵'하고 다음 컷이면 정경호는 갑자기 피아노 앞에 앉아서 〈You are so beautiful〉을 부른다. 임수정은 또다시 심쿵하고 그들은 갑자기 다음 컷에서 호주인지 동유럽인지 어딘가를 걷다가 멀쩡히 차도로 가고 있는 차를 피한답시고 인도에서 쓰러진다. 다친 임수정을 위해 정경호는 또다시 이상한 팝송을 부른다…… 소지섭은 임수정에게 사기를 치지만 임수정은 그 사실을 모르고 그를 따라다닌다(어떻게 모를 수 있지라는 의문이 들지만 이야기 전개가 워낙 빨라 생각할 틈이 없다). 그들은 목적지 없이 걷다가 길에서 음식을 먹고 길에서 잠을 잔다. 그들에게는 대사관이라는 개념도 집이라는 개념도 없다. 그들은 진정한 유목민이다…… 이 기이하고 추상적이며 극단적인 드라마는 겨우 십육 년 전에 만들어졌고 우리는 크나큰 충격을 받으며 드라마를 껐다(솔직히 말하면 빨려들어 1화를 다 봤고 2화를 재생할 뻔했지만 겨우 정신을 차렸다). 2020년인 지금은 많은 것이 달라졌겠지? 촬영 기술, 연기 방식, 젠더 감수성, 사회적 인식 등등. 우리는 기대감을 갖고 최근 화제작인 〈부부의 세계〉를 재생했다(이게 스트리밍 사이트의 악몽……). 그리고 깨달았다. 전혀 나아진 게 없음을……

디지털 프롬나드

사실 드라마에 대한 비판만큼 무의미한 일도 없다. 그건 드라마 자신이 종종 그리듯 가부장적인 남성 가장이 TV 채널을 뉴스나 다큐멘터리로 돌리며 훈계를 하는 것과 다를 바 없다. 드라마에 심각한 혐오 표현 따위가 나오지 않는 이상 비판은 금물이다. 드라마 비판은 오로지 나는 드라마를 보지 않는다, 라는 말로 끝내야 한다.

이상우가 최고로 치는 드라마는 데이비드 사이먼의 〈더 와이어〉로, 1화만 봐도 대화를 주고받는 방식, 서사가 전개되는 양상이 어떻게 저렇게 썼을까 싶은 놀라운 작품이다. 오한기가 좋아하는 드라마는 〈오티스의 비밀 상담소〉다. 나도 이 드라마를 좋아한다. 〈오티스〉는 어떻게 드라마가 정치적으로 올바르면서 동시에 재미있을 수 있는가에 대한 모범 사례. 금정연과 내가 요즘 나누는 대화의 주제 중 하나이기도 하다. 정치적으로 올바르면서도 끔찍하게 웃기고 비관적인 블랙코미디를 쓰자! 물론 우리는 쓰지 않는다. 누군가가 우리에게 억만금을 주지 않는 한 말이다(억만금을 준다 해도 쓸 수 있을지 미지수……).

왜 갑자기 드라마 이야기냐 싶겠지만 코로나19로 인해

여행, 관광, 산책 등의 여가가 중단되거나 침해되는 상황에서 기대치 못한 호황을 누리는 게 있다면 넷플릭스나 왓챠 같은 스트리밍 사이트나 인터넷 쇼핑몰일 것이다. 다시 말해, 실제 세계에서 산책을 못 하게 된 사람들은 웹에서 산책을 한다.

산책을 너무 아무데나 갖다붙이는 거 아닌가 싶을 수도 있지만, 디지털 산책은 이미 많이 쓰이는 개념이다. 2018년 있었던 서울시립미술관 삼십 주년 전시의 제목은 〈디지털 프롬나드〉다. 프롬나드는 불어로 산책이라는 뜻이다. 미디어 이론가 레프 마노비치는 웹서핑(그의 용어로 내비게이션)을 두 가지 유형으로 나눈다. 산책자형과 탐험가형. 산책자형은 플라뇌르가 도시를 산책하며 아케이드와 백화점, 쇼핑몰에 이끌리듯, 웹을 떠돌며 각종 플랫폼과 인터넷 쇼핑몰에 이끌린다. 반면 탐험가형은 게이머로 지칭할 수 있는데 이들은 목적과 성취가 뚜렷하다. 아메리카를 발견한 콜럼버스처럼 이들은 뭔가를 얻기 위한 곳으로 인터넷을 이용한다.

도시 산책과 웹서핑은 생각보다 일치하는 지점이 많다. 간단하게 짚고 넘어가자.

1. 지각의 산만

발터 벤야민이 영화를 수용하는 관객의 성향을 말할 때

사용한 개념으로 플라뇌르에게도 적용된다. 도시 산책자는 자연 또는 시골의 산책자와 달리 내면에 집중하지 못하고 현란한 소비문화에 정신이 팔린다. 광고로 눈이 돌아가고 목적지를 잃고 방황한다. 그러나 이것이 오히려 잠재력이 된다. 발터 벤야민은 미술작품을 보는 등의 전통적이고 관조적인 수용 방식은 금방 종교적 숭배가 될 수 있으며 이는 또한 파시즘과 연결될 수 있다고 봤다. 지각의 산만은 이를 극복할 것이다! 그러나 기대와 달리 영화나 도시 문화는 다른 의미의 부정적 몰입과 연결됐다. 환영은 언제나 힘이 세다.

인터넷, 스마트폰의 해악으로 늘 언급되는 것이 산만함이다. 집중력과 주의력이 저하되고 긴 글을 읽지 못하는 현대인! 두 시간짜리 영화도 못 참는 인내심 부족! 그러나 벤야민이 지적했듯 이건 단점이 아닌 잠재력이다. 산만한 지각은 우연성, 다양성, 개방성과 연결될 수 있다. 한병철은 『피로사회』김태환 옮김, 문학과지성사, 2012에서 멀티태스킹을 원시사회 또는 동물의 특성과 연결하며 폄하했지만 관조하고 몰입하는 인간이 동물보다 뭐가 나은지 잘 모르겠다.

문제는 인터넷 환경에서도 다른 종류의 몰입이 발생한다는 것이다. 유튜브, 페이스북, 트위터 등 플랫폼은 우리를 다양성이 아닌 편향성으로 이끈다. 알고리즘은 유사한 것을 계속해서 추천한다. 데이터 저널리스트 메러디스 브루

서드가 말한 것처럼 알고리즘은 프로그래머의 편견이 반영된 통계일 뿐이다. 이로써 편향적 현실 인식은 곧 진짜 현실이 되고 둥근 지구는 평평한 지구가 되며 코로나19는 코뮤니즘이 된다.

2. 어둠

플라뇌르는 도시의 밤 문화, 창녀와 연결된다. 인터넷은 다크 웹, 그리고 디지털 성매매와 연결된다. 인터넷이 포르노 문화를 빠르게 흡수한 것은 남성 플라뇌르가 대도시의 여성을 타깃으로 삼은 것과 거의 유사한 구조를 가지고 있다. 대도시와 인터넷은 어지럽고 혼란스럽고 스스로 증식하며 욕망에 충실하다.

3. 자아

이건 1, 2와 연결된다. 과거에는 산책이라는 개념이 뚜렷하지 않았다. 자아라는 개념이 불투명하거나 없었기 때문이다. 그리스시대의 산책은 산책보다는 소요라는 말이 어울리며 단지 걷는 것이 아닌 회랑 등의 공간을 거닐면서 대화하는 것을 뜻한다. 아리스토텔레스의 소요학파는 여기서 유래했다.

장 자크 루소의 시기 즈음해서 산책은 내면을 살찌우기 위한 것으로 탈바꿈했다. 조용한 곳을 '혼자' 걷는 사람은 내면에 집중한다. 그는 사색하고 머리로 글을 쓴다. 반면 홀로 걷는 도시 산책자는 자아를 확장한다. 그는 도시의 타인들과 소비문화 속에서 자아를 발견하고자 한다. 자신과 맞는 것을 찾아 소비하기, 예쁜 발을 가진 여자 쫓아가기. 디지털 산책 역시 마찬가지다. 편향성은 거듭되고 자아는 비대해진다. 인터넷은 더이상 다른 사람의 목소리를 듣는 창구가 아니다. 또다른 나의 목소리를 듣는 장소다. 내 위주의 플레이 리스트가 끝없이 돌아가는 곳이다.

이러한 산책의 문제점에 대한 처방은 우연성, 익명성 등으로 이야기된다. 대표적으로 상황주의 인터내셔널의 표류 derive 개념이 있다.

상황주의자들의 표류는 심리지리학의 방법론 중 하나다. 심리지리는 도시와 일상에서 강제된 양식을 거부하고 새로운 인식을 마련하기 위한 연구다. 표류는 우연에 몸을 맡기고 도시를 방황하는 것, 고착된 도시 구획에 저항하는 것이다. 기 드보르와 아스거 요른의 〈파리 심리지리학 가이드: 사랑의 열정을 위한 담화〉는 파리의 지도를 콜라주하여 제작한 것이다. 본능적으로 이끌리는 장소를 오려내 화살표로 표시하여 연결하기. 흥미롭게도 기 드보르는 표류에 가장 적합한 이동 수단을 택시라고 했다. 버스나 지하철과 달리 택시에는 정해진 길이 없기 때문이다. 『아무튼,

택시』는 그러므로 상황주의적 실천이다.

버지니아 울프는 밤의 런던을 걸으며 군중 속에 섞여 길을 잃고 헤매는 것, 남들과 구분되지 않는 익명성 속으로 침잠하는 것을 즐겼다. 리베카 솔닛은 이러한 울프의 산책을 인용하며 다음과 같이 말한다. "훼방받지 않는 집중이 아니라 가벼운 주의산만이 상상력을 추동하곤 한다. 그럴 때 생각은 우회로로 간다. (……) 술집에서의 식사, 한밤중의 거리 산책, 도시의 자유로움은 우리의 자유에 결정적인 요소들이다. 우리의 정체성을 규정하기 위해서가 아니다. 정체성을 잃기 위해서이다." 『남자들은 자꾸 나를 가르치려 든다』, 김명남 옮김, 창비, 2015

소풍과 논쟁

내가 요즘 보는 드라마는 〈마블러스 미시즈 메이즐〉로 상우씨가 알려준 것이다. 1960년대의 뉴욕을 배경으로 스탠드업 코미디언이 되려고 하는 여성의 분투를 다룬 드라마이다. 과장되고 수다스럽고 뻔뻔하지만 그게 드라마의 배경과 딱 들어맞는다. 4화에는 뜬금없이 제인 제이콥스가 등장한다. 그녀는 『미국 대도시의 죽음과 삶 The Death and Life of Great American Cities』 1961이라는 책으로 잘 알려진 전설적인 도시 이론가이다. 다시 말해 다큐멘터리면 모를까 드라마에 나올 유형의 사람은 아닌데 〈미시즈 메이즐〉은 그녀가 마

틴 루터 킹이라도 되는 것처럼 뻔뻔하게 등장시킨다. 그 점
이 좋다. 당신이 모른다면 어쩔 수 없지만 이 사람은 중요
한 사람이야, 라는 태도. 게다가 지금 읽고 있는 책 중 하나
인 리처드 세넷의 『짓기와 거주하기Building and Dwelling』2018에
도 그녀는 중요한 인물로 등장한다. 사소한 우연이지만 이
런 우연이야말로 읽기의 진정한 즐거움 중 하나다. 예상치
못한 마주침과 연결, 일종의 콜라주. 세넷은 제인 제이콥스
를 토론토에 은거한, 맛이 강한 향신료 같은 사람이라고 표
현한다. 그는 그녀와의 인맥을 은근 자랑하며(자랑할 만하
다) 소풍과 논쟁을 통해 가까워졌다고 말한다. 제인 제이콥
스는 논쟁의 끝에서 늘 이렇게 물었다고 한다. "그래서 당
신은 어떻게 할 겁니까?"

✳

코로나19에 대해 써야겠다고 생각한 건 코로나19 시대
에 대해, 또는 코로나19 이후의 세계에 대해 뭔가를 말할
수 있기 때문이 아니다. 단지 다른 것을 쓰는 게 힘들기 때
문이다(반면 데이비드 린치는 최근 기고에서 늘 하던 말을
했다. 그는 격리 상태에서 램프를 만들고 명상을 했고 명상
이 당신을 구원해줄 거라고 말했다. 역시 거장인 걸까, 구
제불능인 걸까).

나만 그런 건 아닐 것이다. 막막하고 붕 떠 있는 것 같은 기분, 지금까지의 생각이나 행동, 방향이 무의미한 게 될지도 모른다는 의문. 어느 날은 모든 게 원상 복귀되고 사람들은 늘 그랬듯 망각할 거라고 생각했다가 어느 날은 다시는 예전으로 돌아가지 못할 거라는 생각에 빠진다. 걱정이나 불안과는 다르다. 어떤 이들은 희망을 말하고 어떤 이들은 전환을 말하는데, 그런 생각도 들지 않는다. 그것보다 토대가 사라진 느낌, 미래에 대한 근거가 생각보다 허약했으며 우리는 지금까지 허공을 짚으면서 그게 땅이라고 믿어왔다는 생각이 든다. 그러니 뭔가를 계획하거나 전망하기보단 중지하게 된다. 문득 일본의 철학자 아즈마 히로키가 주장하는 '관광의 철학'은 어떻게 되는 걸까, 라는 생각도 든다. 관광의 철학은 평소 접하지 않는 정보를 접하면서 생기는 '오배誤配', 우연한 상황과의 만남에서 오는 깨달음을 중요시한다. 코로나19 이후에도 그런 게 가능할까.

이상우는 지금 베를린에 있다. 우리(나, 금정연, 오한기, 이상우)는 아이메시지 단체 채팅창에서 종종 안부를 전하며 부질없는 이야기를 나눈다. 어느 날 밤에는 스마트폰이 빛을 발하기에 봤더니 금정연과 이상우가 주고받은 시적인 문자가 수백 개 있었다. 최근 들어 읽은 가장 좋은 텍스트였고 그 문자들을 '서신 교환'이라는 제목으로 출간하고 싶었지만 그만뒀다.

독일은 안전하다고 상우씨가 소식을 전했다. 하지만 백인들은 이제 인종차별을 노골적으로 드러낸다고 했다. 한기씨의 답장이 왔다.

한기: 독일에서는 검은 펜이 아니라 파란 펜이 기본이라는데 맞나요

상우: 헉. 처음 들음.

한기씨랑 간짜장 먹고 싶어요

한기: 헉 저도.

탕수육도

상우: ㅜㅜㅜㅜㅜㅜㅜㅜㅜ

한기: 정연씨 동네에서 감자탕 먹고 무덤 간 게(무덤은 서오릉을 뜻함: 지돈 주) 상우씨 본 마지막날인 듯.

〈체르노빌〉 괜찮나요 봐야겠져?

상우: 괜찮아여

지돈: 〈미시즈 메이즐〉 4화에 제인 제이콥스 나오네요 깜놀

상우: ㅋㅋㅋㅋ 저도 깜놀.

시즌 2가 더 좋은 거 같아요

벤앤제리스 드시면서 행복하시길ㅜㅜㅜㅜ

폴 비릴리오는 이렇게 말했다. "아리스토텔레스가 말했듯이 '우연성이 실체를 보여준다'면 '실체'의 발명은 '우연

성'의 발명이기도 하다. 그렇다면 난파는 배의 미래주의적 발명이고 추락은 초음파 비행기의 발명이며 체르노빌의 용해는 원자력발전소의 발명이다."『유체도시를 구축하라』, 이와사부로 코소, 서울리다리티 옮김, 갈무리, 2012 그러므로 플라뇌르는 대도시의 발명이고 코로나19는 자본주의의 발명이며 미래는 이 둘의 발명이다.

인생에서
두 번
저항하기란
어렵다 ①

파리가 나의 정신적 고향임은 명백한 사실이다. 태어나고 자란 건 대구지만, 서른 살이 넘도록 유럽 대륙을 밟아보지 못했지만(모스크바에 가긴 했지만 러시아를 유럽이라고 할 수 있을지 의문이다) 그래도 내 (정신적) 고향은 파리다. 고향이라는 단어와 파리라는 단어의 결합이 우스꽝스럽지만 어쩔 수 없다.

9월 3일이었고 파리에 도착한 지 이틀째 되는 날이었다. 금정연과 이상우와 나는 유심 카드를 사고 짐을 푼 뒤 근처 빵집에서 바게트와 커피를 샀다. 기온이 삼십 도가 넘었지만 따뜻한 카페 알롱제를 마셨다. 스타벅스의 아이스 아메리카노는 잠시 잊어두자. 파리나 로마에서 아이스커피를 시킨다는 건 이천 년 유럽 문명에 대한 모독이다!라고 아무도 말하지 않았지만 우리는 잠자코 김이 모락모락 올라오는 커피를 마셨다. 이런 게 타 문화에 대한 존중 아닌가. 파리에 왔으니 미국식 편리함에 물든 습관을 버려! 덥긴 하지만 말이다.

한마디로, 만반의 준비가 끝났다. 우리는 공쿠르역에서 나비고(파리의 교통카드)를 사려고 했다. 문제는 여기서부터였다. 아니, 심상찮은 기운을 느낀 건 사실 숙소에 도착한 바로 그 순간부터였다.

샤를드골공항에서 택시를 탔다. 기사인 중년의 흑인 남성은 친절했고 프랑스어로 말을 걸었다. 내가 말했다. 즈느 빠흘레 빠 프랑세Je ne parle pas français(저 프랑스말 못해요).
아임 어 투어리스트. 남성은 고개를 끄덕이고 계속 프랑스
어로 말했다. 음…… 그는 TV를 보며 운전했는데 이슬람
계열의 흑인들이 나오는 토크쇼 같았다. 심각한 표정으로
방송을 보다 종종 웃었고 그때마다 내게 말했다. 프랑스어
로…… 숙소까지 삼십 분 좀 넘게 걸린 것 같다. 그동안 우
리는 종종 말을 섞었고 서로의 말을 이해하지 못했다. 그러
나 상관없었다. 각자 할말을 했으니 그걸로 충분했다. 이것
이 프랑스식 대화라는 사실을 나중에야 깨달았다. 프랑스
인들은 듣는 것보다 말하는 걸 좋아한다. 듣는다는 개념이
없는지도 모르겠다. 어쩌면 그들은 자기가 한 말을 자기가
들으려고 말하는지도 모른다……

택시에서 내린 내 눈앞에 보인 건 공사중이라서 다 뒤집
히고 엉망이 된 인도와 차도였다. 숙소가 분명한 건물의 현
관 앞에서는 한 흑인 사내가 노상방뇨를 하고 있었다. 나는
말문이 막혀 그를 쳐다봤다. 내 한 손에는 캐리어의 손잡이
가 쥐어져 있었고 다른 손에도 캐리어의 손잡이가, 어깨에
는 가방이, 다른 어깨에도 가방이 걸려 있었다. 남자는 오
줌을 누다 인기척을 느꼈는지 뒤를 돌아봤다. 눈이 마주쳤
고 그는 미소 지었다. 파리에 온 걸 환영합니다, 뭐 이런 미
소였다. 그리고 오줌은 계속 현관과 벽을 향해, 쏴아 하는
소리와 함께 쏟아졌다. 거리에는 약간 경사가 있었고 얕은

112

물길이 아래로 흘러내렸다. 그는 흔들림이 없었다. 언제까지 눌 생각이지…… 나는 가방을 들고 기다렸다. 화장실에서 다음 순서를 기다리는 사람처럼……

다시 공쿠르역으로 돌아가자. 첫날의 아픈 기억은 어느새 사라졌고 나는 친구들과의 즐거운 여행에 조금 들뜬 기분이었(을지도 모른)다. 지하철 창구 직원은 백인 여성이었는데 우리에게 잔돈을 집어던졌다. 나는 깜짝 놀랐다. 우리가 뭘 잘못했나? 아니었다. 나중에 사람들에게 들은 바에 의하면 이것 역시 파리의 문화였다. 파리의 모든 지하철 창구 직원은 돈을 집어던진다. 미국식 친절함 따위는 잊어버려! 여긴 파리야!

―제 고향은 파리인데 아무도 여기가 제 고향이라는 사실을 모르는 것 같아요.

나는 정연씨와 상우씨에게 말했다. 두 사람은 측은한 표정으로 나를 봤다. 이제 그만 정신 차릴 때도 되지 않았을까. 파리 사람들은 지속적으로, 잔잔히 나를 괴롭혔고 나는 천천히 적응했다. 하지만 그건 나중 이야기다. 처음 일주일 동안은 거의 정신을 잃을 뻔했다. 나와 금정연과 이상우는 소매치기를 당할 뻔했고 거리에서 인종차별을 당했으며 줄을 설 때마다 새치기를 당했다. 동전 던지기 역시 매번 이어졌다. 물론 호의도 있었다. 하지만 이것 역시 나중 이야기다.

그러나 그럼에도 파리는 나의 (정신적) 고향이었다. 어떤 의미에서는 이러한 격차 때문에 파리에서의 경험이 더 극적이었을지도 모르겠다. 비교를 해보자. 파리에 비하면 베를린 사람들은 천사에 가까웠고 런던은 편리함으로 무장한 초현대 도시였다. 파리는 퉁명스러웠고 냄새났으며 작은 도시임에도 불구하고 인종적인 격차나 갈등이 눈에 띄게 보였다. 그런데 도시는, 특히 19세기에 이미 완성된 도시의 형태와 디테일은 다른 곳과 비교되지 않았다. 발터 벤야민은 1929년 『보그』 독일어판에 무기명으로 기고한 「거울 속의 도시─작가들과 화가들이 '세계의 수도' 파리에 바치는 사랑의 고백들」에 이렇게 썼다. "세상 모든 도시 중에 파리만큼 책과 완벽히 하나가 된 도시는 없다."

그러니 파리에서 스탕달 신드롬을 겪은 건 필연이다. 내가 십대, 이십대에 영향받은 텍스트의 대부분이 파리와 연관된 것이었고 나는 (과장을 조금 보태) 파리의 모든 곳에서 역사를 볼 수 있었다. 상우씨는 이렇게 말했다.

─지돈씨 관광 가이드 하면 잘할 듯.

─……

1차 스탕달 신드롬은 마들렌사원에서 왔다. 우리는 오페라가르니에역에 내려 마들렌사원을 지나 콩코르드광장으로 가는 길이었다.

—상우씨, 저 스탕달 신드롬 온 거 같아요.

내가 말했다. 마들렌사원을 올려다보는 순간 아찔한 기분이 들었다. 지붕의 조각이 머리 위로 떨어져내릴 것 같았다. 고소공포증을 거꾸로 뒤집어놓은 기분이랄까. 지진이라도 난 것처럼 땅이 울렁거렸다.

—아무래도 코린트식 기둥 때문인 것 같아요.

내가 (비틀거리며) 말했다. 상우씨와 정연씨는 햇살 때문에 찌푸린 건지, 그냥 찌푸린 건지 알 수 없는 얼굴로 나를 멀뚱히 보고 있었다.

—더워서 그런 거 아닐까요.

상우씨가 말했다.

그러나 1차 스탕달 신드롬은 서막에 불과했다. 2차 스탕달 신드롬은 황당하게도 마가렛호웰 매장에서 왔다. 콩코르드광장으로 가는 길에 들른 매장에서 나는 마가렛호웰과 바버의 컬래버 재킷을 입었고 약간의 어지럼증을 느꼈다. 정연씨가 물었다.

—마가렛……호웰이 뭐예요, 지돈씨?

나는 자칫하면 파리에서의 한 달 생활비를 다 쓸 뻔했지만 정연씨의 질문 덕분에 정신을 차릴 수 있었다. 파리에 온 지 이제 겨우 이틀 지났어, 정신 차리자. 상우씨가 나를 위로했다. 앞으로 기회 많을 테니 다음에 사요.

그러나 콩코르드광장에서 정신을 차리는 건 불가능에

115

가까웠다. 마들렌사원에서 광장으로 걸어가는 길 양옆으로 고급 호텔과 상가들이 즐비했다. 나는 관광객처럼(관광객이지만) 주변을 둘러보느라 정신이 없었다. 물론 들어갈 수 있는 매장은 하나도 없어 보였고 들어가고 싶은 생각도 들지 않았다. 어떤 의미에서 이 길은 현기증을 증폭시키기 위해 존재하는 것 같았다. 자동차와 오토바이들은 가차없이 달렸고 인도와 차도를 구분하는 건 불가능에 가까웠다. 걸어간다기보다 자석에 붙는 쇳가루처럼 콩코르드광장으로 끌려가는 느낌이었다.

광장에 들어서자 그 느낌은 몇 배로 강해졌다. 우선 길을 건너야 하는데 어디로 건널지 알 수 없었다. 차들은 빵빵거리며 회전 교차로를 돌고 오벨리스크와 분수대를 종횡했다. 유럽에서는 차들이 보행자를 존중하고 클랙슨도 안 울린다면서! 나는 지금까지 사람들이 한 말이 사대주의의 콩깍지임을 즉각 눈치챌 수 있었다. 파리 사람들은, 최소한 콩코르드광장의 운전자들은 보행자 따윈 안중에도 없다. 광장 중앙의 오벨리스크로 가려면 날아가는 수밖에 없다는 생각이 들었다. 아마 그즈음이었을 것이다, 내가 정신을 잃은 건. 왜냐하면…… 어느새 콩코르드광장의 중앙에 서 있었기 때문이고, 시야에는 개선문과 샹젤리제거리, 루브르와 튈르리, 그랑 팔레의 지붕과 앵발리드와 센강이 한눈에 들어왔기 때문이고, 포석 위로 올라오는 열기와 번

찍거리는 금빛 조각상들, 사방에 펼쳐진 광경들로 인해 다시 정신을 잃을 것 같았기 때문이다.

—지돈씨, 지돈씨.

정연씨가 걱정스러운 눈길로 나를 바라보고 있었다. 나는 도저히 안 되겠다고 말하고는 근처의 여신상에 몸을 기대고 휴식을 취했다. 상우씨와 정연씨는 약간 떨어져서 나를 멀뚱히 보며 사진을 찍었다……

반면 1948년 11월 11일 파리에 도착한 제임스 볼드윈이 콩코르드광장에서 본 건 폭력과 피의 역사였다. 그는 콩코르드광장을 지날 때마다 사형수 호송차가 도착하는 소리, 군중의 함성을 들었고 오벨리스크에서는 프랑스혁명의 기요틴을 봤다. 제임스 볼드윈은 파리에 놀러온 게 아니었다. 그는 미국의 인종차별을 피해서 파리로 도망쳤다. 검둥이인 자신이 뉴욕에 계속 살면 둘 중 하나였다. 누구에게 죽든가 누구를 죽이든가.

흑인이자 동성애자였던 작가 제임스 볼드윈은 삼중의 아웃사이더였다. 피부색 때문에 미국 주류 사회에서 멸시받았고 동성애자여서 흑인 커뮤니티에서 억압받았으며 게이 커뮤니티에서는 흑인이라는 이유로 차별받았다. 그는 인생의 절반 가까이를 파리에서 보냈고, 파리에서 지내는 동안 미국적인 그 어떤 것도 그립지 않았다고 썼다. 엠파이어스테이트 빌딩, 코니아일랜드, 데일리 뉴스, 타임스스퀘어…… 그것들은 원래 없던 것처럼 기억에서 사라졌고 다시 못 보게 되더라도 아무런 상관이 없었다. 그러나 미국적인 것이 아닌, 내면에 쌓인 관계는 그리웠다. 가족과 조카들, 할렘의 일요일 아침과 프라이드치킨, 흑인음악과 세계 어디서도 찾을 수 없는 그들 고유의 스타일. 검은 얼굴이 닫히고 열리는 모습, 검은 눈이 바라보는 모습, 모든 곳을 비추는 것 같은 빛이 그리웠다.

제임스 볼드윈은 가난과 차별에 분노하고 악에 받친 작가 지망생이었으나 투덜거리기 좋아하는 백인 남성 작가 솔 벨로가 보기엔(그도 작가로 성공하기 위해 파리 체류중이었다, 당시는 야심 있는 예술가 지망생이라면 모두 파리로 향했다) 보부아르―사르트르 커플의 호위를 받으며 카페드플로르나 레되마고에서 놀고먹는 흑인 놈팡이에 불과했다. 솔 벨로는 에이전트에게 보내는 편지에 파리와 볼드윈에 대해 이렇게 썼다. "빼어나게 아름답지만 예상치 못한 영역에서 야만적입니다. 계산적인 정서에서 말입니다. (……) 지미 볼드윈이라는 친구가 있는데 완전히 빈털터리에 염치없이 남한테 빌붙어 살아요." 그러거나 말거나 제임스 볼드윈은 파리를 충분히 활용했다. 당시 파리 사람(백인)들은 미국과 달리 흑인을 냅뒀고 심지어 매력을 느꼈으며 특히 중산층 지식인들이 푹 빠진 재즈 덕분에 가끔 찬탄의 대상이 되기도 했다(1949년 5월 제1회 파리 국제 재즈 페스티벌에 참여한 마일스 데이비스는 이렇게 말했다. "파리는 내가 사물을 바라보는 방식을 영원히 바꾸어놓았다. 나는 파리에 있는 것이 너무 좋았고 사람들이 나를 대하는 방식도 너무 좋았다.").

제임스 볼드윈이 파리에서 처음 쓴 글은 「만인의 저항 소설Everbody's Protest Novel」이라는 에세이였다. 테미스토클레스 호에티스라는 B-17 폭격기 무전병 출신 그리스계 미국인이 편집장으로 있는 영어 문예비평지 『제로』의 창간호에 실린 에세이로 그는 카페 레되마고의 이층에서 이 글을 썼다. 「만인의 저항 소설」은 발표 즉시 화제를 모았다. 볼드윈은 에세이에서 저항 소설의 창시자이자 자신의 후원자이며, 『제로』에 글이 실리게 소개해준 선배 흑인 작가 리처드 라이트를 비판했다. 저항 소설은 희생자의 이미지만 강화하며 무엇보다 태생적으로 감상적이다. 검둥이에게 잘해라, 유대인에게 잘해라, 그런 유의 소설에 제임스 볼드윈은 질렸고 정직하지 못하다고 생각했다. 흑인다운 목소리, 동성애자다운 목소리를 내야 한다는 요구는 억압적이다. 그는 특정한 정체성에 고착된 언어가 아닌 언어와 관점을 찾길 원했다. 그것은 몇 배나 힘든 싸움이었고 오해의 연속이었으며 자신도 길을 찾지 못해 헤매기도 했다. 그러나 그래야만 했다. 자신이 겹쳐 있는 형태의 소수자이기 때문에,

어디에도 정체성을 뿌리내리지 못하는 존재였기 때문에 해방은 복합적인 문제가 되었다.

에세이가 발표된 뒤 리처드 라이트와 제임스 볼드윈은 생제르맹 대로의 식당에서 대판 싸우고 관계는 끝장난다. 차별에 더해 후배 작가의 질타까지, 글쓰기에 진절머리가 난 리처드 라이트는 배우로의 전업을 결심한다. 마침 피에르 슈날이 리처드 라이트의 소설 『미국의 아들』을 오슨 웰스가 각색한 각본을 활용해 영화로 만들 예정이었고 그는 주인공으로 섭외되었다. 영화는 문학의 미래다. 레이먼드 챈들러, 노먼 메일러 등 수많은 작가가 그랬듯 리처드 라이트도 그런 착각에 빠졌다. 시몬 드 보부아르와 사르트르는 그 생각을 이해하지 못했다.

※ 이 글은 실화를 바탕으로 쓰였다. 그러나 약간의 과장이 포함되어 있을지도 모른다……

※ 이 글에는 〈I am not your negro〉(라울 펙, 2016)와 『사랑, 예술, 정치의 실험: 파리 좌안 1940-50』(아녜스 푸아리에, 노시내 옮김, 마티, 2019), 『말의 색채』(마르그리트 뒤라스, 유지나 옮김, 미메시스, 2006), 『발터 벤야민, 사진에 대하여』(발터 벤야민·에스터 레슬리, 김정아 옮김, 위즈덤하우스, 2018)의 내용이 포함되어 있다.

인생에서
두 번
저항하기란
어렵다②

파리의 모든 것은 식민지 경영의 잔재다. 마르그리트 뒤라 스는 말했다. "세계는 상실로 나아가고 있다."

뒤라스는 도미니크 노게즈와 1983년 6월에 진행한 인터 뷰에서 어느 날 아침 일곱시에 불현듯 식민지를 발견했다 고 말했다. 평소와 다를 바 없는 파리의 아침이었고 노쇠하 고 아침잠이 없는 그녀는 일상적인 방식으로 하루를 시작 했지만, 파리 6구의 거리를 산책하면서 알게 됐다. 인도와 차도, 하수도를 청소하는 수많은 흑인이 있었고 은행과 카 페에서 나오는 포르투갈인 가정부들도 있었다. "그 사람들 은 그곳에 있다가 정해진 시간이 되면 사라져버리죠. 우리 를 그 장소에 내버려둔 채."

본명이 마르그리트 도나디유인 뒤라스는 1914년 프랑 스의 식민지인 인도차이나반도의 코친친에서 태어났다. 유 년 시절을 프놈펜에서 보내고 파리에서 법대를 졸업한 그 녀는 프랑스 식민성에서 비서로 일했고 몇 년 뒤 프랑스의 식민지 경영을 찬양하는 『프랑스 제국』이라는 책을 갈리마 르에서 출간하지만 제2차세계대전 발발과 함께 식민성에 서 해고된다. 1943년 레지스탕스 조직에 가담해 로베르 앙 텔므, 미테랑 등과 반나치 활동을 했으며 전후에는 생브누 아 거리 5번지에 있는 자신의 아파트에서 동료들과 함께 공산당원으로 활동하지만 곧 스탈린주의를 비판하게 된다. 그녀는 알제리전쟁을 공개적으로 비판한 몇 안 되는 프랑스인이었고 일찍이 낙태죄 폐지를 주장한 페미니스트였으며 타협하지 않는 소설가이자 영화감독이었다. 그러나 그럼에도 1970년대 후반에야 비로소, 머리로는 진작부터 알고 있었고 마음속에 늘 담아두고 있었음에도, 자신이 일상을 향유하고 있는 파리가, 파리 거리의 모든 것이, 식민지 그 자체라는 사실을 깨닫게 된 것이다.

그러므로 1979년 8월의 어느 날 밤부터 새벽까지의 파리를 담은 단편영화 〈부정적인 손들Les mains négatives〉은 그녀의 표현에 따르면 "끔찍한 것"이 된다. 영화는 밤의 바스티유광장에서 시작한다. 검푸른색으로 물든 파리의 밤과 환하게 불을 밝힌 상점들, 붉은색, 오렌지색 헤드라이트가 보이고 화면은 트래블링 숏으로 도로의 흐름을 따라 서서히 나아간다. 카메라는 레퓌블리크광장을 지나 오페라가와 샹젤리제, 개선문에 이른다. 노출 때문인지 그림자 때문인지 알 수 없는 어둠에 묻힌 거리의 사람들이 프레임 안에서 어른거린다. 뒤라스의 내레이션은 고대의 동굴과 현대의 인간을 잇는 시적이고 낭만적이며 비극적인 이야기를 들려준다.

〈부정적인 손들〉과 짝을 이루는 뒤라스의 단편영화가 하나 더 있다. 〈세자레Césarée〉는 튈르리정원과 콩코르드광장이 배경인 단편영화로 1979년 8월의 어느 아침과 오후에 촬영됐다. 뒤라스는 〈부정적인 손들〉을 전날 밤부터 새벽까지 찍었고 이어서 〈세자레〉를 촬영했다고 말했다.

〈세자레〉에는 개인적인 사연이 있다. 이런 걸 사연이라고 말해야 할지 모르겠지만, 내가 가장 좋아하는 영화인 〈리프라이즈Reprise〉2006에 〈세자레〉의 일부가 등장한다. 〈리프라이즈〉는 오슬로의 문청 필립과 에릭의 흥망성쇠를 다룬 청춘…… 영화다. 다소 들뜨고 과장되며 낭만적인 영화지만 노르웨이 사람인 감독 요아킴 트리에는 뒤라스와 모리스 블랑쇼, 조르주 바타유와 고다르와 로브그리예를 사랑하는 누보로망 – 누벨바그 키드였고 그래서 역시 이십대 내내 유사한 키드였던 나를 사로잡았다(물론 다른 요인도 있다. 오슬로의 풍경과 주인공들의 세련된 옷차림, COS코스가 국내에 수입되기 전에 COS적인 옷을 입고 있었다고 해야 할까. 지금은 COS도 시대에 뒤떨어져 보이지만 말이다). 나는 여러 지면에서 이 영화 이야기를 했다. 요아킴 트리에는 〈리프라이즈〉 이후 피에르 드리외라로셀의 『도깨비불』을 원작으로 한 〈오슬로, 8월 31일〉2011을 찍었고 할리우드로 가서 제시 아이젠버그와 이자벨 위페르 등을 캐스팅한 〈라우더 댄 밤즈〉2015를 찍었으며 다시 노르웨이로 돌아와 기이한 종교 오컬트 레즈비언 로맨스 성장 영화 〈델마〉2017를 찍었다. 그의 영화는 일관되게 세련되고 적당히 속물적이며(절대 예술적이지 않다) 종종 힙스터스럽지만 주인공들이 걷는 장면이 자주 나온다.

아무튼 〈리프라이즈〉에서 에릭과 필립은 거실의 소파

에 누워 TV로 영화를 보는데 그 영화가 바로 뒤라스의 〈세자레〉다. 카메라는 튈르리정원을 트래블링 숏으로 따라간다(도미니크 노게즈는 이를 "고결한 트래블링"이라고 말한다). 마욜의 조각상이 프레임의 왼쪽에서 등장해 오른쪽으로 사라지고 에이미 플래머의 다소 신경질적이지만 고요한 바이올린 연주가 들린다. 영화 속 영화에서 뒤라스가 말한다. *끄 레 뚜……?* 에릭이 필립에게 묻는다. *끄 레 뚜가 뭐야?* 필립이 대답한다. *음…… 단 하나 남은 게 모든 것이다……?*

세자레는 1952년 하이파 지역에서 발견된 고대 도시다. 뒤라스는 세자레라는 장소와 유대계 공주 베레니케, 그리고 로마의 황제 티투스에 대한 이야기를 파리의 중심에 있는 (훔쳐온) 오벨리스크와 (훔쳐온 것들로 가득한) 박물관을 배경으로 들려준다. 그러나 내레이션의 내용은 중요하지 않거나 알고자 하는 사람들에게만 중요하다. 에릭과 필립이 불어를 알아듣지 못했듯 나 역시 불어를 전혀 모르는 상태로 뒤라스의 단편영화를 본다. 아주 가끔 몇 단어를 알아듣고 궁금한 부분은 유튜브의 자동번역 기능을 빌린다. 영어로 번역된 대본 전체를 구글에서 찾을 수도 있다. 그러나 뒤라스가 부여한 의미를 알기 전과 후 어느 쪽이 더 마음에 드느냐고 묻는다면 전이라고 대답할 것이다. 의미를 알고 나면 시시해진다는 얘기가 아니다. 명확하지 않고 다소 미적지근한 소리로 들릴 수 있지만 전이 더 좋은 이유는 단지 시간과 순서의 문제일 뿐이다(그리고 가끔은 이것이 문제의 전부이기도 하다). 작품이나 사태를 파악할 때 모든 것을 다 알아야 한다는, 그래야 정확하게 이해할 수 있다는 생각이 우리를 속박한다. 다른 쪽에서는 그런 강박은 버리고 자유롭게 받아들이고 해석하면 된다는 생각, 그래서 아주 엉터리로 내용을 해석하거나 나이브한 이해에서 멈추게 만드는 이데올로기가 우리를 지배한다. 책을 끝까지 보지 않고 이야기하면 안 돼 또는 괜찮아, 영화의 장면이 어떤 작품의 오마주인지 알아야 해 또는 상관없어, 지젝을 이해하려면 라캉을 봐야 되고 들뢰즈를 이해하려면 스피노자를 봐야 되고 결국 플라톤과 그리스 철학, 구약과 신약까지 거슬러올라가는데 어떤 사람은 플라톤을 원문으로 봤고, 원문에는 사실…… 등등. 전자는 불가능한 것을 가능한 것처럼 만들기 때문에 문제적이고(모든 것을 아는 것은 불가능하고 정확하게 아는 것도 불가능하다) 후자는 무성의함, 불성실한 태도, 자기변명, 반지성적인 유행을 묵인하기에 문제적이다. 당신이 만약 작품 또는 사태에 반응하고 그 순간의 맥락에서 충실하게 접근했다면 무엇도 부족하지 않다. 다만 충실도를 판단하는 것이 어렵고(이것 역시 불가능에 근접한다) 매번 다시 시작해야 하기 때문에 힘들 뿐이다.

다시 뒤라스로 돌아가자. 〈부정적인 손들〉과 〈세자레〉는 파리를 가장 아름답게 담은 영화들이다. 파리를 어두침침하고 공사중인 폐허로 담았지만 그래서 다른 영화에서보다 아름답다. 물론 뒤라스도 그 사실을 알았을 것이다. 이것이 진짜 파리다!라고 주장하지 않았을 뿐, 그녀는 파리에서 발견하고 싶은 것을 발견했다. 말년에 프랑스 북부의 해변 도시 트루빌에서 지낸 그녀는 이렇게 썼다. "이곳에서 보면 파리는 실패작이고 받아들일 수 없는 도시다. 흑인들의 숙소를 공격한 방화 사건이 이 년 동안 여섯 차례나 일어난 곳이다. 운전 예절을 배우지 못한 자들이 욕을 해가며 거칠게 차를 몰고 다니고 차로 사람을 죽이는 곳이다. 이방인들을 제일 불친절하게 맞이하는 곳도 파리다. 이 도시에 무슨 일이 일어난 게 분명하다. 파리는 더 이상 움직이지 않는다."

요아나 하지토마스와 칼릴 요레이는 아티스트 듀오다. 그들은 2020년 5월 15일 아트 플랫폼인 이플럭스의 온라인 전시 〈프롬 마이 윈도우/프롬 유어 윈도우〉에 영상 작업을 공개했다. 〈마르그리트에게 보내는 편지A Letter to Marguerite〉라는 제목의 이 작품은 뒤라스의 〈부정적인 손들〉을 다시 만든 것으로 코로나19로 록다운 된 파리의 풍경을 담는다. 영상은 개선문이 보이는 도로에서 시작한다. 뒤라스의 영화와 달리 자막이 내레이션을 대신한다. 샹젤리제의 신화적 의미와 시네마를 연결하고 정체성과 사랑, 코드와 정체성, 감시와 처벌, 몰수된 자유와 우연에 대해 이야기한다. 텅 빈 밤의 질감은 뒤라스의 파리와 전혀 다르다. 뒤라스의 영화는 밤과 새벽, 아침과 낮을 구분하기 어려운 데 반해 〈마르그리트에게 보내는 편지〉는 훨씬 어둡고, 그래서 더 선명히 밤이라는 사실을 인지할 수 있다. 디지털로 촬영된 영상이기 때문일까. 영상의 후반부에 세차게 비가 내리는 도시의 풍경이 나온다. 어둠에 묻힌 거리는 오직 번개가 칠 때 잠깐 보일 뿐이다.

"파리엔 흑인이 너무 많아. 난 나 자신을 우윳빛으로 만들고 싶어."1940년대 중반 파리에 도착한 프란츠 파농은 친구인 망빌에게 말했다. 내가 처음 파리에 와서 느낀 것도 비슷하다. 첫날 공항에서 숙소에 도착하기까지, 짐을 풀고 집 주변을 산책하는 동안 만난 사람 대부분이 흑인이나 아랍계였다. 나는 백인이 되고 싶다는 생각은 하지 않았다. 이미 오래전부터 백인(남성)이 되고 싶었거나 아니면 한국에 사는 동안 스스로를 백인(남성)으로 착각하고 있었는지도 모르기 때문이다. 백인(남성)의 정의는 다음과 같다. 세계가 자기 집 앞마당이라고 생각하는 사람. 그들은 두려울 게 없고 두려운 게 있다면 그것은 잘못된 것이다, 라고 믿는다(그런 의미에서 플라뇌르적 산책을 실천하는 데 가장 최적화된 것은 백인(남성)이다).

파리 북역과 동역에 대한 악명은 익히 들어 알고 있었다. 사람들은 그곳에 가지 말라고 했다. 특히 밤에는 절대 가면 안 돼. 숙소에서 동역은 걸어서 십오 분 거리였고 북역은 이십오 분 거리였다. 자주 산책하던 생마르탱 운하에서 한 블록만 벗어나면 동역이 나왔다. 햇살이 반짝이는 생마르탱 운하와 달리 동역 쪽으로만 가면 하늘 가득 먹구름이 끼었다. 잿빛으로 변한 골목에서 약쟁이와 걸인들이 걸어나오고 체육복을 입은 중동 갱스터가 아이폰을 훔쳐갈 것 같았다. 북역에 들른 적이 있는데 역 주변은 흑인들로 가득했다. 다들 덩치가 산만했고 인상이 살벌했다. 다가와서 말을 거는 사람도 있었다. 웨어 아 유 프롬? 코리아? 두 유 노우 봉준…… 나는 마음속으로 비명을 지르며 도망쳤다……

금정연과 이상우는 이틀 간격을 두고 차례로 파리를 떠났다. 이상우는 새벽 비행기를 예매했는데 늦지 않으려면 심야에 버스를 타야 했다. 그러나 나이트 버스는 동역 바로 앞의 정류장에서만 탈 수 있었다.

―괜찮을까요?

내가 말했다. 솔직히 나는 밤의 정류장을 생각하는 것만으로 공포에 질려 있었다. 상우씨는 괜찮을 거라고 말하면서 엄지손가락을 들었다. 그러나 그의 엄지는 가늘게 떨리고 있었다…… 우리는 새벽 두시 반쯤 집을 나섰다. 골목에서 잠을 자던 흑인 노숙자가 접근했다. 틈을 주면 안 돼! 나는 마음속으로 외치며 재빨리 걸음을 옮겼다. 후드 티를 입은 사내들이 골목에서 드럼통에 불을 피우고 있었고(영화 같지만 영화가 아니다) 멀리서 사이렌소리가 들렸다.

버스 정류장에는 사람들이 꽤 모여 있었지만 동양인은 없었다. 백인과 흑인, 중동계 사람들. 보디가드처럼 덩치가 큰 흑인도 있었는데 그는 정류장을 지키는 일종의 경비였다. '일종의'라고 말한 이유는 그가 가장 무서웠기 때문이다. 이렇게 외모만 보고 자꾸 무서워해도 되나 하는 생각이 들었지만 불안감을 떨칠 수 없었다. 북역에서 흑인 청년에게 가방을 도둑맞고 얼굴에 침 세례를 받은 선배 소설가 이야기도 떠올랐다. 굳어 있는 나를 보고 상우씨가 말했다. 지돈씨, 어서 들어가요. 상우씨가 버스에 타고 난 뒤 나는 킥보드를 타고 전속력으로 질주했다. 과속 단속 카메라에 킥보드를 탄 내 모습이 찍혔을지도 모른다……

결론부터 말하면 상우씨도 나도 무사했다. 파리 생활에 적응하고 난 뒤 나는 친구와 종종 동역과 북역으로 산책을 갔다. 역 주변에는 여전히 유색인이 많았지만 안전했다. 한 흑인은 역사 안에 있는 피아노를 연주했다. 그는 근처에 사는 노동자였고 취미로 피아노를 배웠지만 지금은 그만뒀다고 했다. 그러나 시간이 나면 가끔 밤 산책을 나와 역에 있는 피아노를 연주한다고. 노숙자로 보이는 흑인이 접근한 적도 있지만 우람한 근육을 가진 경찰에 의해 제지당했다. 노숙자는 우리에게 담배를 빌리려고 했던 거였다.

인종차별과 인종에 대한 편견에 대한 이야기는 끝도 없이 이어질 것이다. 만약에 그날 밤 나와 상우씨가 린치를 당했다면 어땠을까. 그것이 어떠한 종류의 실제—이를테면 포털 댓글에서 흔히 볼 수 있는 조선족/중동계/흑인이 실제로 범죄를 많이 저지른다, 그러니 이민 또는 난민을 반대하는 건 어쩔 수 없다, 라는 주장을 증명하는 증거로 사용될 수 있을까. 우리의 경험은 실제라고 믿는 현상과 어떤 관련이 있는 걸까. 알제리에는 이런 속담이 있다. '프랑스 사람이 에스파냐 사람에게 침을 뱉으면, 에스파냐 사람은 이탈리아 사람에게 침을 뱉고, 이탈리아 사람은 몰타 사람에게, 몰타 사람은 유대인에게, 유대인은 아랍인에게, 아랍인은 흑인에게 침을 뱉는다.'(여기에 황인의 자리는 없지만 흑인이 선배 소설가에게 침을 뱉었다는 일화를 생각하면 어디 들어가는지는 뻔하다.)

인종차별과 인종에 대한 편견과 오해, 그것을 불식시키고자 하는 노력은 끊임없이 반복된다. 차별과 혐오의 감정은 거의 본능처럼 느껴지며 극복이 불가능해 보이기도 한다. 신경인류학은 혐오를 진화 과정에서 발달한 필수적인 감정으로 본다. 다시 말해, 그것을 극복하기 위해 우리는 매번 처음부터 다시 시작해야 한다. 인종차별에 반대하는 사람이 다른 차별에는 무감각할 수도 있다. 프란츠 파농이 대표적인 예이다. 그는 인종과 식민지 문제에 있어 누구보다 첨예한 사상가였지만 동성애 혐오를 노골적으로 드러냈다. 파리도 마찬가지다. 자유, 평등, 박애의 나라는 파리 코뮌과 68혁명을 거쳤고 수많은 사상가를 낳았지만 일상에서의 차별은 시계를 거꾸로 돌리는 것처럼 보인다. 2008년 공쿠르상을 받은 아프리카계 흑인 여성 작가인 마리 은디아이는 사르코지가 당선된 뒤 프랑스의 보수화에 저항해 파리를 떠나 베를린으로 이주했다. 그러나 코로나19 이후 베를린에서도 동양인에 대한 차별과 혐오 소식이 들린다. 인종 문제에 계급 갈등이 들어오고 계급 갈등을 팬데믹이 격화시키고 팬데믹 안에서 동성애 혐오가 자라고 퀴어 이슈에 성차별이 얽혀 있으며 성차별은 다시 인종 갈등과 겹치고 이 모든 것은 정치에 이용되거나 환원되며 일상에 스며든다.

에드가르 모랭은 레지스탕스였고 전후 뒤라스, 로베르 앙텔므 등과 함께 라 뒤 생브누아 그룹에서 활동했다. 토론과 술, 대화와 산책이 끊이지 않았다. 전후의 파리는 낭만과 혼란의 시기였고 무엇보다 정치적인 시대였기에 사람들은 전선을 선택해야 했다. 뒤라스와 에드가르 모랭은 공산주의를 선택했다. 미래와 양심은 스탈린주의에 있다고 그들은 한때 믿었다. 그러나 그 믿음은 곧 박살났고 파리의 공산주의 진영은 분열됐다. 많은 사람들이 소련을 비판하길 거부했다. 에드가르 모랭은 이렇게 말했다. "인생에서 두 번 저항하기란 어렵다." 한번 나치와 부르주아에 대항해 싸운 사람들은 공산주의에서 자신들의 자리를 찾았다. 그런데 자신을 받아준, 자신의 고향 같은 곳과 싸워야 하는 것이다. 이것은 누구에게나 힘든 일이다. 그래서 사르트르는 시오니즘과 팔레스타인 문제를 외면했고 이 때문에 장 주네는 사르트르를 포기했다. 저항은 특정한 대상이나 시기에 국한되지 않는다. 우리는 매 순간 우리의 본성에 저항해야 한다. 가장 가까운 대상이나 친구들에게 저항해야 할지도 모르고 믿어왔던 것에 저항해야 할지도 모른다. 차별과 혐오는 예외적인 행위가 아닌 일상적인 상태에 가깝다. 그러므로 저항 역시 그래야 한다. 저항은 우리가 일상적으로 가져야 할 상태다.

※ 이 글에는 『사랑, 예술, 정치의 실험: 파리 좌안 1940-50』(아녜스 푸아리에, 노시내 옮김, 마티, 2019)과 『고통』(마르그리트 뒤라스, 유효숙 옮김, 지만지, 2013), 『말의 색채』(마르그리트 뒤라스, 유지나 옮김, 미메시스, 2006), 『물질적 삶』(마르그리트 뒤라스, 윤진 옮김, 민음사, 2019), 『프란츠 파농: 혁명가와 페미니즘』(T. 데니언 샤플리-화이팅, 우제원 옮김, 인간사랑, 2008), 『프란츠 파농』(알리스 셰르키, 이세욱 옮김, 실천문학사, 2013)의 내용이 포함되어 있다.

두 사람이
걸어가

6월 12일

　박솔뫼에게 이상우의 신작을 받으러 가지 않겠느냐는 친절한 제안을 받았다. 오한기도 함께 가기로 했으나 안토니오 반데라스와의 약속 때문에 못 온다고 했다. 안토니오 반데라스? 네. 한기씨는 회사에서 시나리오를 검토하는 일을 하고 있었고 안토니오 반데라스가 출연하는 시나리오가 들어왔다. 연세대학교 어학당에 다니는 아들이 실종된다. 아버지인 전직 기타리스트가 아들을 찾아 한국에 오고 신촌 LP바 사장 하정우와 콤비를 이뤄 사건을 해결한다.

　—장르가 뭐예요?

　—리얼리즘.

　—?? 어느 부분이……?

　—세상에는 온갖 시나리오가 다 있습니다. 문제는 어떤 기준으로 영화화가 결정되는지 알 수 없다는 거죠.

　한기씨가 말했다.

　—그걸 알았다면 우리 삶이 조금 나아졌을까요?

　—……

　오한기와 나는 한 번도 판권을 팔아보지 못한 소설가들이고 그건 앞으로도 변함없을 것이다. 우리는 핸드폰을 부여잡고 잠시 눈물을 흘렸다.

　합정 콜마인에서 이상우의 신작을 담당한 조은혜 편집자를 만나 책을 받았다. 솔뫼씨와 나는 책을 만든 과정에 대한 이야기를 들었고, '이상우 없는 이상우 북토크'에 대한 이야기를 나눴다. 상우씨의 책은 표지와 구성이 독특했다. 한국의 공식 출판물, 특히 문단이라고 말해지는 곳에서는 처음 보는 형식이다. 본문에서 제목이 나오는 타이밍, 판권면의 위치, 표4―즉 추천사―에 대한 적극적인(?) 거부…… 신인 작가가 이렇게 책을 내려고 했으면 출판사 대표나 편집위원에게 머리끄덩이를 잡혔을지도 모른다. 예전에 문창과 선생님에게 책에서 제일 중요한 건 표지라고 했다가 된통 혼난 기억이 있다. 쓸데없는 데 신경쓰지 말고 소설이나 열심히 써. 작가는 작품으로 말하는 거야. ……. 역사상 가장 위대한 소설로 꼽히는 『신사 트리스트럼 샌디의 인생과 생각 이야기』김정희 옮김, 을유문화사, 2012에도 이런 구절이 나온다. "책이 스스로를 대변해야 하는 거지요." 물론 저자인 로렌스 스턴은 이 구절 뒤에서 작품에 대해 장장 열 페이지 넘게 대변한다. 그러니까 문제는 작품은 아무런 말도 하지 않는다는 사실이다. 또는 말을 하지만 그 언어가 우리와 판이하게 달라서 알아듣는 사람이 아무도 없다는 사실이다. 그런 의미에서 책을 만드는 것, 사람들에게 글을 보여주는 모든 과정과 그 과정의 요소들은 일종의 번역이다(가장 대표적인 번역은 보도자료 작성이고 이것 때문에 편집자 친구들의 곡소리가 트위터에 메아리친다). 『두 사람이 걸어가』는 천재 번역가 이상우의 데뷔작이다.

은혜씨에게 같은 시기에 출간된 다른 책들도 받았다. 책 받는 버릇하면 안 되는데. 출판사에서 가급적이면 책을 받지 않지만 문학과지성사의 경우는 기회가 되면 받는다. 내가 책에 쓰는 돈이 너무 많기 때문에 괜찮지 않을까? 호혜의 공동체? 증여, 바타유의 개념으로. 뭐 아무튼 그렇다. 이상우의 신작 외에 받은 책은 장현의 시집 『22: Chae Mi Hee』와 고지마 노부오의 『포옹가족』이다. 『22: Chae Mi Hee』를 펼쳤는데 다음 구절이 나왔다.

1. 박솔뫼 작가의 수상을 축하합니다.

2. 어쩌면 내가 아는 박솔뫼의 소설은 여기에 없다.

2-1. 혹은 너무 많거나.

『포옹가족』은 1960년대 일본이 배경인 블랙코미디다. 첫 페이지를 읽는데 가장인 남자가 가정부가 깨끗하지 않다고 투덜대면서 시작한다. 웃기지만 찝찝한 시작. 나에게 일본은 늘 그런 존재다. 예쁘지만 찝찝하고 멋있지만 찝찝하고 맛있지만 짜고……?(싱겁나?)

솔뫼씨와 잠깐 함께 걷다가 홍대입구역에서 헤어졌다. 오래 있지 못해 아쉬운 마음에 횡단보도 앞에 있는 그를 찍었다. 베이지색 옷, 검은 배낭, 마스크. 솔뫼씨는 옷을 잘 입는다. 그리고 (이런 말은 실례지만) 언제나 귀여운 자세다. 사람에게 자세는 중요하다. 여담이지만 케빈 스페이시를 좋아하지 않는 건 그의 자세 때문이다. 서 있는 자세가 음습하다.

연남동의 카페 연남장에서 이상우의 신작을 아이폰 카메라로 찍었다. 연남장은 샹들리에가 거슬리지만 공간이 넓어 작업하기 좋다. 나는 샹들리에가 싫다. 초등학교 때 새 아파트로 이사간 친구 집에 놀러간 적이 있다. 사십 평형대의 아파트였고 거실에는 샹들리에와 밝은 갈색 소파가 있었다. 소파에는 죽도가 놓여 있었고(친구는 방과후에 검도를 배웠다) 나는 죽도를 들고 장난치다가 샹들리에를 깼다. 부엌에 있던 친구 어머니는 와장창 소리를 듣고 나왔는데 어떤 표정을 지었는지 기억나지 않는다. 다만 나는 쫓기듯 나왔고 그 친구의 집에 다시는 가지 않았다. 엄마가 너랑 놀지 말래. 학교에서 만난 친구가 말했다. 첫 손절의 기억이다. 문득 금정연의 아내인 지은 과장님의 말이 다시 생각난다. 나쁜 친구들이랑 놀더니 나쁜 물 들었네~~

상우씨 책 사진이 꽤 잘 나온 거 같아서 인스타그램에 업데이트하고 간만에 전체 공개로 돌렸다. 홍보!해봄. 내 책은 안 올리면서⋯⋯ 내 이야기보다 남 이야기 하는 게 좋다. 사실 좋다는 단어로는 표현이 안 된다. 거의 행복하다. 특히 그 사람이 내가 좋아하는 사람이라면 말할 것도 없다. 좋아하는 사람의 이야기를 지어내서 하면 두 배로 더 행복해진다. 내 이야기는 지루하고 쑥쓰럽고 무의미하다. 나는 남 이야기 할 때의 내가 좋다. 무슨 말인지 앎?

6월 13일

"나는 소설은 쓰지 않을 수 없어 쓰지만, 비소설은 누가 강요해야만 쓴다." 보스니아 출신인 알렉산다르 헤몬의 『나의 삶이라는 책』이동교 옮김, 은행나무, 2019 첫 문장이다. 밑줄을 긋고 사진을 찍었다. 인스타그램에 업데이트하고 '나는 둘 다'라고 코멘트를 달려고 했지만 뭔가 마음에 걸려 그만뒀다. 둘 다 강요해야만 쓰는 걸까 둘 다 쓰지 않을 수 없어 쓰는 걸까. 사실대로 말하면 둘 다 아니다.

6월 15일

영등포 CGV에서 〈매드맥스: 분노의 도로〉 4D를 봤다. 3D나 4D, 스크린X 따위는 퇴행적이다. 원근법의 시대가 끝났듯 입체감은 착시에서 오는 게 아니며 극장은 놀이동산이 아니다. 근데…… 〈매드맥스〉 4D는 왜 이렇게 실감나는지…… 모래 폭풍 속으로 들어가는 장면에서 의자가 요동치고 물과 바람을 얼굴에 쏘아대는데 사막에 있는 줄. 함께 간 친구는 반쯤 넋이 나가 소리쳤다. 발할라! 유운성 평론가는 〈매드맥스〉가 디지털의 표면이라는 논리적 비장소에서 전개된다는 사실을 숨기지 않는다고 말했다. 크리스토퍼 놀런식의 노스탤지어가 없다고. 부녀/부자 관계에 집착하는 놀런의 영화와 그런 것 따위 관심도 없는 〈매드맥스〉를 대비하면 뭔가 선명해진다. 아날로그는 보수적인 기호다. 재밌는 건 그걸 정치적으로 진보적인 성향의 사람들이 선호한다는 사실이다.

〈매드맥스〉는 다섯번째 봤고 한 번도 실망하지 않았다. 내게 〈매드맥스〉는 말없는 우정에 대한 영화다. 퓨리오사가 눈으로 말하고 맥스가 눈으로 말하고 다시 퓨리오사가 눈으로 말하고 맥스가 엄지를 든다. 소설에도 그런 게 있는지 생각해봤다. 다행히 있고 심지어 외우기까지 한다.

"내장사실주의에 동참하지 않겠느냐는 친절한 제안을 받았다. 물론 나는 수락했다. 통과의례는 없었다. 그게 더 낫다. (……) 내장사실주의가 뭔지 잘 모르겠다."

『야만스러운 탐정들 1』로베르토 볼라뇨, 우석균 옮김, 열린책들, 2012 역시 우정에 대한 작품이다. 다만 이쪽은 말이 많다.

6월 16일

박솔뫼에게 '이상우 없는 이상우 북토크'를 6월 29일 저녁 여덟시 인스타그램 라이브로 진행한다는 연락을 받았다. 참여자는 박솔뫼, 오한기, 강동호, 정지돈. 금정연은 가족 여행 때문에 불참.

6월 18일

"나는 일종의 정신 나간 저널리스트라고 말할 수 있다."
캐시 애커의 말이다. 그녀는 1960~70년대 뉴욕 펑크 신과
아방가르드 문학이 낳은 포스트모던 바이섹슈얼 소설가로
국내에 아직 번역된 바 없다. 어쩌다보니 그녀에 대한 강연
을 하게 됐고 사실 강연이라기보다 이야기였다. 그것도 그
녀에 대한 게 아닌 그녀를 둘러싼 사람들에 대한 이야기.
그러나 그게 곧 그녀에 대한 이야기다.

캐시 애커는 정신 나간 저널리스트답게 수많은 텍스트
를 허락 없이 가져다 쓰고 찢고 변형하고 파손했다. 거짓말
을 했고 허세도 부렸고 평생 명성과 욕망을 추구했지만 속
물적인 느낌은 없다. 집이 부자라는 걸 알았을 때 살짝 실
망했지만(할머니에게 유산을 받았다나), 사실 나도 미국
삼촌에게 유산을 받게 된다면 거절할 생각은 없다. 정연씨
와 나는 서른여섯 살 이후로 돈 생각 아닌 다른 생각은 하
지 않는다. 최근에야 우리가 돈을 벌 생각을 하는 게 아니
라 돈이 왜 없지, 라는 생각만 한다는 사실을 깨달았지만.

돈을 벌기 위해 한 번이라도 노력한 적 있나요? 내가 정
연씨에게 물었다. 정연씨는 트위터에 이렇게 썼다. 성공의
사다리를 올라라! 뉴저널리즘의 대표자 중 한 명인 톰 울
프는 입체파의 창시자인 피카소와 브라크를 비교하며 피
카소가 성공을 하자 곧 속물이 되었다고 말했다. 본드 스트

리트에서 맞춘 정장을 입고 키드 가죽장갑, 실크 셔츠를 입고 상류층 속물들과 파티장에서 잡담을 나눴다고. 브라크는 그런 옛 동료를 보고 한숨을 쉬며 피카소가 곧 파멸하리라 생각했다. 그러나 가장 고약한 일이 일어났다. 피카소는 성공의 사다리를 계속 올라 '20세기의 화가 피카소'가 된 데 반해 브라크는 한때의 작가로 남은 것이다. 우리 꼴이 딱 브라크 같지 않으요? 나는 정연씨에게 말했고 정연씨가 대답했다. 지돈씨, 브라크가 누구예요?

6월 19일

약속이 세 개나 있는 믿을 수 없는 날이었다.

1. 첫번째 약속

카페 프히베에서 예전 직장 동료를 만났다. 동료는 팔로마울에서 산 가방과 옷을 자랑했고 나는 지인과 트레이드한 이스트팩 가방을 자랑했다. 동료는 요즘 돈 생각을 많이 한다고 했다. 돈을 많이 벌어야겠어요. 어떻게? …… 우리는 한동안 생각에 잠겼고 많은 돈은 어느 정도인지(한국인의 35.7%가 총자산 10억원 이상이 부자라고 답한 설문 조사가 있다), 그 정도 돈을 벌려면 어떻게 해야 할지 따위의 이야기를 나눴다. 돈을 벌기 위해서는 돈 생각만 해야 한다. 그 돈으로 무엇을 할 것인가가 아니라 오로지 돈 그 자체. 사람들이 돈을 못 버는 것은 돈으로 시간이나 여유, 안정 따위를 사고 싶어하기 때문이다. 그런 마음가짐으론 돈을 벌 수 없지! 내가 말했다. 저한테 왜 이러세요? 동료가 말했다. 나한테 하는 말이에요…… 내가 말했다. 우리는 당이 떨어짐을 느꼈고 두번째 음료를 주문했다……

2. 두번째 약속

김대중도서관 근처의 카페에서 박솔뫼와 홍상희와 금정연을 만났다. 오랜만에 만난 상희씨는 오토바이에 빠져 있었고 골목에는 정말 좋아 보이는 인도산 오토바이가 있었다. 그는 내가 아는 사람 중에 가장 유럽인에 가까운 사람이다. 물론 진짜 유럽인이 아니라 유럽인의 이데아와 가까운 사람으로, 20세기 초중반 광속으로 반짝이며 지나간 교양 있고 고전적이지만 진보적인 유럽인, 보부아르와 뒤라스와 사강을 섞은 것 같은 사람. 상희씨의 취미는 바이올린 연주와 초콜릿 베이킹이며 시간이 나면 이탈리아어와 프랑스어를 공부하고 지방의 한적한 단독주택에서 고양이들과 함께 살며 휴가철에는 시칠리아로 한 달간 여행을 떠나 렌터카를 타고 섬을 돌며 담배를 물고 수영을 한다. 이 모든 이야기에는 조금의 과장도 없지만 이렇게 말하면 상희씨는 부끄러워한다. 사실이지만 모아놓고 보니 좀…… 멋있네?

육아와 마감에 지친 금정연은 늘 그렇듯 조금 넋이 나간 표정으로(박솔뫼의 표현에 따르면 정신없는 아기의 표정으로) 커피를 홀짝이며 앉아 있었다. 솔뫼씨는 정연아, 내 말 좀 들어봐봐, 라며 말했다.

—제가요, 누워서 생각을 해봤거든요. 나윤이(정연씨 딸)와 저의 공통점을요. 나윤이도 언젠가 그 생각을 하지 않을까요.

—무슨 생각이요?

—한 달 동안 한 가지 음식만 먹는다면 뭘 먹어야 할까.

—?? 왜 그런 생각을 해요?

왜 안 해요! 솔뫼씨가 말했다. 자기 전에 생각하지 않을까요? 아무래도 김밥이겠죠?

우리는 각자 생각에 빠졌다. 한 달 동안 한 가지 음식만 먹는다면 뭘 먹어야 할까. 왜 이런 생각을 해야 하는지 모른 채……

3. 세번째 약속

책방서로에서 금정연과 북토크를 했다. 토크의 제목은 '담배와 영화와 시와 나윤이'. 이틀 연속 하는 토크라 지쳐 있었지만 나윤이 얘기를 하고 나윤이 사진을 보여주니 시간이 금방 갔다.

토크가 끝나고 금정연과 근처 술집에서 모쓰나베를 먹

으며 대화를 나눴다. 오랜만에 이 시간에 연남동에서 술을 마시니…… 지옥 같네요. 정연씨가 말했다. 지돈씨, 글쓰기 너무 힘든 것 같아요.

—늘 그러시잖아요.

—갈수록 힘든 정도가 더 깊어지는 것 같아요.

그건 나도 마찬가지였다. 나는 동력이 사라진 것 같은데 이유가 뭘까 생각했다. 아무래도 독자가 없는 것 같아요.

—지돈씨는 인기 많잖아요.

—그럴 리가…… 근데 여기서 독자는 진짜 독자 말고 다른 의미에서의 독잔데, 저는 언제나 저 자신이 제1의 독자 였거든요. 제가 읽고 싶은 글을 썼는데 어느 순간 그 제1의 독자를 잃어버린 느낌이에요.

인터뷰에서 글을 쓰는 것은 곧 읽는 것이라고 말한 적이 있다. 마찬가지로 글을 읽는 것은 곧 쓰는 것이다. 상우씨는 이번에 쓴 신작의 몇몇 부분을 여러분을 생각하면서 썼다고 말했다. 특히 여러분의 아기. 그러므로 앞으로 내가 쓸 소설의 독자 역시 어떤 아기들이며 작가 역시 그 아기들이다.

6월 20일

슬로우스테디클럽에서 디가웰 셔츠를 샀다.

6월 23일

　어제 이충민 선생님의 부고를 들었고 오늘 빈소에 다녀왔다. 솔뫼씨와 워크룸의 김뉘연씨를 통해 소식을 전달받았고 장례식장에 가야 할지 고민했다. 가도 되는 걸까? 이충민 선생님과 어떤 사이인지 생각할 수밖에 없었다. 사실 어떤 사이라고 할 만큼 교류가 있진 않았다. 선생님을 정식으로 본 건 한 번뿐이고 이후에 우연히 카페에서 마주친 게 다였다. 가끔 SNS로 소식을 전하는 정도였다.

　그러나 선생님에 대해 생각할수록 가야 한다는 생각이 들었고 가는 동안 여러 기억이 떠올랐다. 내 소설의 독자로 이충민 선생님을 처음 알게 됐다. 불문학 전공자이고 번역자이신데 지돈씨 작품을 좋아한대요. 이충민 선생님에 대해 알려준 사람이 상희씨였나? 선생님은 수줍음이 많았지만 작품에 대해 좋은 이야기를 아끼지 않았다. 연재중인 장편소설을 읽고 코멘트를 남기는 거의 유일한 사람이었고 그래서 어느 순간부터 그의 평가를 기대하기도 했다. 한번은 나를 비판하는 비평에 선생님이 직설적인 코멘트를 달았다. 진짜 짜증나네요, 개념을 마구 혼동하고 있으니. 나도 진짜 짜증이 나는 비평이었는데 선생님 덕분에 짜증이 즐거움으로 변했다. 악취미지만 나는 싫은 것을 공유하면서 사람들과 친해진다. 세상에는 싫거나 어이없는 게 너무 많다. 그런 걸 이야기하는데 갑자기 성인군자인 양 구는 사람과는 대화할 기분이 들지 않는다. 넌 왜 이렇게 부정적이니? 같은 말을 하면 영원히 안녕이다.

이충민 선생님이 시니컬한 타입인지는 모르겠지만 번역한 책과 쓴 글들을 보면 엄숙하거나 점잔 빼는 타입은 아니었던 것 같다. 그는 거침없는 동시에 철저하고 성실했다. 왜 돌아가시기 전에 좀더 뵈려고 노력하지 않았을까. 최근 그는 앙투안 볼로딘이라는 프랑스 소설가의 선집을 번역 중이었다. 나는 그의 청탁으로 두번째로 나온 책 『메블리도의 꿈』워크룸프레스, 2020의 후기를 썼다. 책이 나오고 서로 감사 인사를 전했지만 바쁘다는 핑계로 뵙진 못했다. 그를 친구나 동료라고 하면 너무 유난 떠는 것 같았고 내 작품을 칭찬하면 쑥스러워 빼기만 했다. 나이와 위치, 상황과 무관하게 선생님을 믿고 있고 동료라고 생각했다는 사실을 돌아가신 뒤에야 알았다. 웹에서 그의 동료들, 그의 책을 따라 읽던 사람들이 남긴 글을 봤다. 선생님의 연구가 이대로 사라지면 안 된다는 이야기도 있었고 『담화의 놀이들』란다 사브리, 새물결, 2003 번역은 거의 인류애적 봉사라는 말도 있었다. 나 역시 『담화의 놀이들』로 그의 글을 처음 접했다. 남미 문학 번역가인 박세형씨가 홍상희와 박솔뫼에게 『담화의 놀이들』을 추천했고 상희씨가 다시 나에게 추천했던 책이다. 『담화의 놀이들』 첫 문장은 언제나 기억할 수 있다. "태초에 억지가 있었다." 늦었지만 선생님에게 감사 인사를 드린다.

6월 25일

    나는 거절 못하는 병에 걸렸다. 강연이나 북토크가 너무 많다. 안 하겠다고 결심하면 꼭 거절하지 못할 제안이 온다. 내가 하는 행사 소식들을 본 사람들은 가끔 말한다.

    —부자 되겠어요.

    —아파트 사셨다면서요?

    관계자들은 알 것이다. 이 일이 얼마나 돈과 상관없는지. 내가 받는 돈은 재난지원금 정도랄까? 행사를 일종의 재난으로 생각한다면…… 하지만 독자들을 만나는 건 언제나 고맙고 감사한 일이다, 라고 말하는 그런 종류의 작가가 되고 싶다. 물론 독자들을 만나는 건 언제나 고맙고 감사하다. 그런데 군이 북토크로 만나야 하는 걸까. 유튜브로 뵐까요? 아니면 다른 수단은 없을까. 독자들이 정말 작가를 보는 걸 기뻐할까요. 만일 그렇다면 나도 기쁘다……

6월 28일

    "행복할 때에는 축하하는 의미에서 단것을 먹는다. 속상할 때는 위로하는 의미에서 단것을 먹는다. 나는 술을 마시지 않는다. 담배도 피우지 않는다. 마약도 하지 않는다. 그저 설탕을 먹는다. 어마어마하게 많이."

데이비드 실즈의 『우리는 언젠가 죽는다』김명남 옮김, 문학동네, 2010에 나오는 문장이다. 내가 쓴 줄 알았다. 친구는 말했다. 정지돈을 죽이면 피에서 콜라와 아이스크림이 나올 거라고. 나는 그건 오해라고 말했다. 나는 콜라를 마시는 게 아니라 영화를 보는 거야. 영화를 볼 때가 아니면 콜라는 마시지 않거든. 심지어 오한기는 콜라에 얼음을 넣지 않고 마신다. 나는 그 정도는 아니라고 했다. 내가 마시는 건 콜라라는 이미지고 얼음을 가득 채운 잔에 콜라를 부었을 때 나는 소리다.

그리고 아이스크림을 먹는 게 아니라 책을 읽는 거야. 책을 읽을 때가 아니면 아이스크림을 먹지 않는 건 아니지만, 잘 안 먹으니까. 문제는 책과 영화를 보지 않는 날이 없다는 사실이다.

6월 29일

2013년, 2014년은 시간적으로 칠팔 년 전이지만 훨씬 멀게 느껴진다. 반면 2018년은 엊그제 같다. 2016년 말에서 2017년에 어떤 결정적인 단절이 있었다. 그전에 있었던 일은 전생이나 다른 삶에서 있었던 일 같고 현실이 아닌 소설 속에서 있었던 일 같다. 그러나 소설 속에서 있었던 일은 현실에서 있었던 일이다. 가끔 데자뷰와 건망증을 동시에 겪는다고 누군가 말했다. 이 일을 잊었다는 사실을 기억하는 것 같아.

6월 30일

"링은 낮잠을 자다 도시에 핵폭탄이 떨어지는 꿈을 꾸었다며, 죽음보다 죽음을 기다리던 눈꺼풀로의 밝음이 훨씬 강렬했다고 마지막으로 만났을 때도 해변의 아틀리에에서 이렇게 유리창을 등지고서 말했었다. 쟤네 누구야?"『두 사람이 걸어가』, 이상우, 문학과지성사, 2020

라이드
시작 전에
브레이크를
확인합니다

산책의 아이러니

산책을 좋아하는 사람이라면 모름지기 매일 산책을 해야 하는 법이다. 매일 가는 산책 코스도 있어야 하고 가장 좋아하는 산책 코스가 어디냐고 하면 눈감고도 안내해줄 수 있어야 하는 법이다. 가장 유명한 산책 광인은 칸트일 것이다. 칸트는 매일 새벽 네시 오십오분에 일어나 차를 마시고 딱 한 번 파이프 담배를 피우고 아침 강의를 하고 같은 시간에 점심을 먹고 산책을 했다. 산책에 관한 그의 철칙은 단 두 개다. 혼자서 할 것, 입으로 숨쉴 것. 그래야 건강에 도움이 된다고 믿었다. 그는 땀흘리는 걸 질색해서 여름에는 그늘에 가만히 서 있었다. 그게 산책이었다. 산책이 끝나면 독서와 글쓰기를 하고 밤 열시에 침대에 누워 '키케로'의 이름을 반복해서 부르고 잠들었다. 불면증은 없었다. 칸트처럼 강박적이진 않지만 다윈도 매일 산책을 했다. 그는 자신의 다운하우스 정원을 폭스테리어와 함께 거닐었다. "극도의 고요함과 소박함"이 있는 이 시간 동안 진화론의 기초가 되는 아이디어를 떠올렸다, 라고 하면 좋겠지만 실상은 정반대에 가깝다. 진화론은 진작에 떠올렸고 그가 산책에서 한 일은 진화론의 발표를 미루는 것이었다.

일하기 전에 산책하는 것은 낭만적인 일이다. 상상 속에서는 그렇다. 실제로는 산책을 하고 나면 일을 다 한 느낌이다. 피로가 몰려오고 잠깐 눕고 싶다. 누우면 자고 싶고(일어난 지 얼마나 됐다고) 자고 일어나면 다시 산책을 하고 싶다. 원고 쓸 준비를 위해 산책하며 생각을 정리해야지.

하지만 사실대로 말하면 이 모든 과정은 내 머릿속에서 일어나는 일이다. 나는 누워서 멍하니 핸드폰을 바라보고 있다. 약속 시간이 되기 직전까지 움직이지 않는다. 마감이 코앞일 때까지 글을 시작하지 않듯이.『미루기의 천재들』김하현 옮김, 어크로스, 2019의 저자 앤드루 산텔라는 이렇게 썼다. "작가는 가장 최후의 최후의 최후의 순간까지 기다렸다가 작업을 시작하기 위해 자신의 모든 것(커리어와 성공, 어길 수 없는 마감일까지)을 거는 사람이다."

―아무래도 저는 산책을 좋아하지 않는 거 같아요.

나는 한기씨에게 말했다.

―제가 진짜 좋아하는 건 산책하는 걸 상상하는 거 같아요.

―그게 산책을 좋아하는 거 아니에요?

한기씨가 말했다.

7월 중순이었고 우리는 절두산 순교성지 입구에 있는 카페의 테라스에 앉아서 금정연을 기다리고 있었다. 한기씨는 진회색 반팔 티셔츠를 입고 검은색 반스 어센틱을 신고 있었다. 십 년 전과 같은 차림이다. 십 년 전에는 스케이트보드를 잘 타진 못해도 캘리포니아의 친구들과 어울리는 청소년 비슷한 느낌이 났는데 지금은……

―아니죠. 그건 상상하는 걸 좋아하는 거죠.

―산책을?

―그렇죠.

―그러니까 산책을 좋아하는 거 아니에요?

―산책하는 걸 상상하는 걸 좋아한다니까요!

내가 말했다. 산책은 막상 하면 피곤하고 걸을 곳도 마땅치 않고…… 집에 정원도 없고……

―축구 하는 거 상상하는 거 좋아하세요?

한기씨가 말했다.

―……아니요.

―저도 안 좋아해요. 그치만 산책을 상상하는 건 좋아하죠. 왜냐하면 산책을 좋아하니까.

한기씨의 논리에 따르면 어떤 것에 대해 상상하는 것은 그걸 좋아하는 가장 완벽한 증거이자 방법이다. 사랑하는 사람을 기다리는 시간만큼 행복한 게 어디 있을까. 네가 오후 네시에 온다면, 난 세시부터 행복해지기 시작할 거야, 라고 어린 왕자도 말하지 않았나. 그런 의미에서 우리는 이미 행복해지기 시작했다. 왜냐하면 지금은 세시이고 금정연은 세시 삼십분에 도착할 예정이었기 때문에……

문제는 우리가 왜 만나는지 알 수 없다는 사실이었다. 우리는 일정 시기가 되면 약속을 잡고 만났는데 대부분 아무짝에도 쓸모없는 대화를 나누고 헤어진다. 육아와 가사,

돈벌이와 집필 활동으로 바쁜 분들인데 왜 만나는 걸까. 스트레스 해소를 하는 것 같지도 않다. 낮시간에 만나서 커피를 마시고 잠깐 걷다가 헤어진다. 요즘 가장 많이 하는 이야기는 가명 만들기다. 가명을 만들어서 작품을 발표하자. 아무도 우리가 쓴 작품이라는 사실을 모르게. 그러면 조금 더 팔리지 않을까? 최근에 만든 가명 중 하나는 '돈기호'다.

—그건 너무…… 티나지 않을까요?

—그럴까요?

—누가 봐도……

—돈키호테에서 따왔다고 하면 되지 않을까요.

—……(뭐가 된다는 건지.)

물론 우리가 만나는 표면상의 이유가 있긴 하다. 우리는 공동 작업을 위해서 만난다. 그 작업이 소설이 될지 시가 될지 시나리오가 될지, 그 무엇도 아닌 뭔가가 될지 알 수 없지만 말이다. 코워킹 스페이스에서 브레인스토밍을 하면 뭔가 나오지 않을까요. 스타트업 힙스터처럼!

잘 알려지진 않았지만 우린 이미 몇 번의 공동 작업을 했다. (지금은 한국에 없는 상우씨까지 합세해서) 시나리오 형식의 이상한 픽션을 쓰기도 했다. 제목은 '펫시티'이며 내용은 다음과 같다. 1954년 앨런 튜링이 기르던 앵무새 마부제는 자살한 튜링의 뇌를 쪼아먹은 후 절대 지능의 존재로 거듭나고, 1963년 새들을 규합해 인간과의 전쟁을 선포한다. 그리고 2002년 미래 사회, 길고 긴 전쟁이 끝난 후 인류는 결국 새에게 지배당하게 되는데……

경기문화재단 홈페이지에 연재했던 글인데 당시 경기도지사는 지금은 은퇴한 정치인 남경필이다. 그가 우리의 시나리오를 보진 않았겠지만 이 자리를 빌려 감사 인사를 드린다. 아마 그가 글을 봤다면 연재를 허락하지 않았겠지만 말이다.

─행복한 시절이었죠.

한기씨가 말했다. 그때 시나리오에서 한기씨가 담당했던 건 광기였다. 지금도 한기씨가 쓴 파트를 보면 오싹하다. 이 사람…… 제정신인가? 한기씨는 부탁했다. 제가 썼다는 사실을 말하지 말아주세요.

오한기는 소설가로 알려져 있지만 사실 시나리오와 산문, 시 모두에 뛰어난 사람이다. 대학교 때 트리플크라운이라는 별명으로 불렸다. 시, 소설, 시나리오, 세 종목 석권. 그가 더이상 시를 쓰지 않는 건 안타까운 일이다. 그래도 시를 가끔 읽긴 하는 것 같다.

오한기는 2016년 『GQ』 9월호에 송승언의 시 「사랑과 교육」을 추천하면서 이렇게 썼다.

"산책하기 좋은 계절이다. 그러나 나는 움직이는 걸 싫어한다. 산책도 잘 하지 않는다. 산책을 좋아하고 자주 생각하긴 한다. 산책하기 좋은 날이야. 산책할 때 나는 이렇게 중얼거린다. 산책하기 좋은 날이다 정말. 햇빛과 새 지 저귐이 생각난다, 야구 점퍼, 오리, 소나기가 떠오른다. 사 랑에 대해서도 생각한다. 그리워하고 상상한다. 산책을 할 땐 현재와 연애하지 않는다. 과거나 미래와 연애한다. 그러 나 과거와 미래는 나를 사랑하지 않는다. 과거는 슬프고 미 래는 잘 떠오르지 않는다. 산책은 되돌아오는 것이다. 좋은 날에 걸으면 반드시 죽고 싶다는 것. 되돌아올 걸 알기 때 문에 누군가는 죽고 싶다."

참고로 송승언의 시 「사랑과 교육」은 이렇게 시작한다.

"좋은 날이야/ 산책하기 좋은 날이다 정말"

나는 이것을 산책의 아이러니라고 부른다. 꿈꿀 땐 행복 하지만 막상 시작하면 피곤한 행위들. 산책에서 제일 좋은 파트는 산책하기 직전이다. 연애에서 제일 좋은 파트는 연 애가 시작되기 직전이며 극장에서 제일 좋은 파트는 예고 편을 볼 때이고(영화사 로고가 뜰 때?) 여행에서 제일 좋 은 파트는 계획을 짤 때이다(물론 나는 계획 짜는 걸 싫어 하고 그래서 여행을 싫어한다).

Are you ok?

산책에 대해서 앞서 말한 문장에는 조금의 과장이 섞여 있다. 산책할 때 좋은 일은 무수히 많다. 날씨가 좋고 몸이 가벼우면 거의 모든 순간이 기쁘다. 익숙한 길과 낯선 길이

섞이고 우연히 발견한 상점에서 마음에 드는 포트와인을 사고(얼마 전에 연남동에서 있었던 일이다) 약간 지루하다 싶을 땐 이동 수단을 바꾼다. 최근의 행복은 공유 자전거와 킥보드가 다양해졌다는 사실이다. 내가 주로 이용하는 건

   1) 따릉이

   2) 일레클

   3) 라임

이다. 각각 장단점이 있어 하나도 버릴 수가 없다. 따릉이의 장점은 싸다는 거다. 일레클의 장점은 체력이 거의 들지 않는다는 점인데 아쉽게도 주차 불가 구역이 너무 많다. 반면 라임은 가까운 곳에 있고 어디든 주차할 수 있지만 가격이 비싸다. 거의 택시비 수준.

정연씨와 나는 파리에서 라임을 탔다. 정연씨는 라임을 처음 타는 거라 상당히 긴장했다.

―균형잡기 어렵지 않아요?

정연씨가 물었다. 그러나 대부분의 전동 킥보드는 막상 타면 굉장히 쉽다. 시동 거는 법만 배우면 된다. 정연씨도 출발할 때 조금 흔들리긴 했지만 금방 요령을 익혔다.

―정연씨, 괜찮죠?

―……(달리는 중이라 대답 못함.)

우리는 레퓌블리크광장에서 20세기 중반 지어진 브루탈리즘 주거 단지가 있는 19구까지 라임을 타고 시속 이십

킬로미터로 질주했다. 누가 봐도 관광객이었지만 마음만은 파리지앵이었다. 파리지앵은 요즘 출퇴근할 때 라임 탄다며? 누가? 르몽드에서 그러던데! 울랄라~ 문제는 19구로 가는 길에 포석이 깔린 구간이 있다는 사실이다. 오스카 니마이어가 설계한 프랑스 공산당 당사 앞의 로터리인데 크진 않지만 차와 사람, 자전거, 오토바이 등으로 늘 북적한 곳이다.

타본 사람은 알겠지만 포석은 킥보드의 천적이다. 돌 위를 지날 때면 안마의자에 앉은 듯 온몸이 덜덜 떨린다. 회전 교차로에 진입하는 차들은 클랙슨을 울려대고 길을 건너는 사람들은 양보가 없다. 포석 위를 지날 때 정연씨는 온몸이 떨리는 걸 느꼈다. 손이 너무 떨려서 핸들을 놓칠 뻔하기까지 했다. 날렵한 자전거를 탄 백인 남자(아마도 진짜 파리지앵)가 정연씨 옆을 지나며 말했다.

—Are you ok?

정연씨는 옆을 볼 수 없었다. 아래턱부터 위장까지 진동 중이었다.

—Are you ok?

백인 남자가 다시 물었다.

—⋯⋯(앞을 보며 *끄덕끄*덕.)

—굴욕⋯⋯

정연씨가 한기씨에게 그날의 경험을 회상하며 말했다.

나는 라임을 타다 넘어진 적도 있다고 말했다. 샹젤리제 쪽의 어느 골목이었던 것 같다. 익숙해졌다고 건방 떨다가 균형을 잃었고 아스팔트 위로 내동댕이쳐졌다. 그 결과 아끼는 살로몬 운동화에 구멍이 났다.

그럼에도 불구하고 라임 타는 걸 멈추지 않았다. 파리에서 처음 라임을 탔을 때의 감각이 너무 강렬했기 때문에 멈출 수 없었다. 9월 초순이었고 레퓌블리크광장에서 마레 지구로 가는 길이었다. 방금까지 흐렸던 날씨가 맑아졌고 햇살은 구름 사이로 떨어져 회백색 벽과 거리 위에 드리웠다. 가로수가 바람에 흔들리며 소리를 냈다. 라임을 타고 골목으로 접어들었는데 빛에 의해 사선으로 갈라진 거리에는 사람이 하나도 없었고 나는 라임 바퀴가 굴러가는 고요한 소리를 들으며 빛 속으로 들어갔다.

라임 홈페이지에 들어가면 이런 카피가 뜬다. "삶이 새롭게 열리다." 스크롤을 내리면 "우리는 도시 생활이 아름다운 삶이라고 믿습니다." 사실 파리의 외관을 생각했을 때 라임보다 자전거가 더 어울리지만 전동 킥보드가 주는 다른 감각이 있다. 이동이 자유로운 무빙워크 위에서 파리 시내를 구경하는 느낌이랄까.

이동 수단은 도시를 감각하는 가장 중요한 수단이다. 그것은 일종의 매핑mapping 도구로 무엇을 타느냐에 따라서 도시는 다르게 구성된다.

폴 비릴리오에 따르면 자동차의 차창은 스크린으로 기능한다. 사람들은 외부와 감각적으로 격리된 상태에서 생경한 속도로 지나가는 풍경을 본다. 도시는 하나의 경관이 된다. 박해천은 자동차 좌석을 극장의 관객석으로 연결한다. 이러한 자동차 인터페이스는 건축가 로버트 벤투리의 움직이는 시선으로서의 공간 경험과 겹쳐진다. 로버트 벤투리에 따르면 현대 건축에서 건축 자체는 중요하지 않다. 중요한 건 스쳐지나가는 시선에 포착되는 상징이다. 그는 말한다. 간판이 건축보다 중요하다!

발터 벤야민의 산책자들이 도보로 이동한다면 로버트 벤투리의 운전자들은 도로를 달린다. 도로를 달리는 사람들에게 도시는 그래픽이다. 도로는 출발지와 목적지를 잇는 선이며 도시 경관은 영화 〈트론〉에 나오는 전기적 디스플레이의 전시장이다. 벤야민에게 중요한 건 거창한 게 아니라 하찮은 것이었다. 마천루나 기념비가 아니라 아케이드 곳곳에 숨겨져 있는 일상적인 사물들. 그런 면에서 보면 발터 벤야민과 로버트 벤투리는 정반대의 인물 같지만 흥미로운 건 두 사람이 생각보다 겹친다는 점이다. 로버트 벤투리에게 중요한 것 버내큘러vernacular한 경관이었다. 그는 모더니스트인 르 코르뷔지에처럼 위대한 건축물에 집착하지 않았다. 오히려 팝적이고 유치한 간판, 폰트, 이미지에 매혹됐다. 발터 벤야민과 초현실주의자들이 그랬듯이 말이다.

발터 벤야민은 파리에 대해 이렇게 말했다.

"파리 전도로 한 편의 흥미진진한 영화를 만들어낼 수는 없을까? 파리의 다양한 모습을 시간적인 순서대로 펼쳐 보임으로써 말이다. 그리고 수 세기 동안 진행된 가로나 불바르, 아케이드나 광장들의 변화를 삼십 분이라는 시공간 안에 응축시킴으로써 말이다. 산책자는 바로 이러한 일을 하고 있는 것이 아닐까?"『아케이드 프로젝트 1』, 조형준 옮김, 새물결, 2005

벤야민이 영화를 혁명적인 매체로 생각했던 이유 중 하나는 영화에서 체험하는 분산적 지각이었다(실제 영화의 역사가 이러한 지각으로 나아갔느냐는 다른 문제다). 그가 긍정적으로 본 분산적 지각은 산책자의 스쳐지나가는 산만하고 무심히 집중하는 시각과 겹치는데, 이것은 앞에서 말한 바에 따르면 산책자보다는 운전자의 시선에 오히려 가깝다. 자동차의 차창이 스크린이 되고 우리는 도시 그래픽 – 영화를 무심하게 바라본다. 현 위치는 내비게이션 위의 점으로 표시되고 목적지의 좌표 역시 현실의 그래픽 위로 겹쳐진다.

그러나 자동차의 가장 큰 문제는 중간에 멈출 수 없다는 점이다. 자동차의 움직임은 도로와 주차장에 한정된다. 운전자는 어디 갈 때마다 주차장 유무부터 생각한다. 강변북로를 타면 매력적인 곳이 보여도 중간에 길을 이탈할 수 없다. 문제는 또 있다. 자동차는 외부와 내부를 분리한다. 감각이 차단되거나 최소화되는 것이다. 그런 면에서 발터 벤야민의 야심 또는 꿈이 가장 잘 실현될 수 있는 것은 도보도 자동차도 아닌 전동 킥보드다. 외부로부터 들어오는 감각은 그대로 유지하며 세계를 그래픽으로 환원하지도 않고 다양한 위치에 접속 가능한 이동 수단. 라임을 타면서 느끼는 건 이때의 감각이 VR과 유사하다는 것이다(또는 AR과 MR?). 자동차＝영화, 전동 킥보드＝VR?(자전거는 전동 킥보드와 다른데 그건 자전거가 처음 발명되었을 때보다 훨씬 육체적으로 변모했기 때문이다. 자전거＝육필 원고＝김훈.『자전거 여행』을 생각해보라.) 영화를 대체할 매체로 혼합/확장 현실 게임이 언급되는 건 그러므로 당연한 귀결이다.

물론 이건 이론적 과장이다. 실제로 서울에서 라임을 타면 금방 위협을 느낀다. 킥보드는 자전거도로, 자동차 도로와 겹쳐 있고 사람들은 킥보드의 등장에 익숙하지 않다. 〈백 투 더 퓨처 2〉의 호버 보드처럼 공중을 날지 않는 이상 지면에는 위험 요소가 다분하다. 그럼에도 아날로그와 디지털, 자동기계와 신체감각이 뒤섞인 이동 수단은 우리가 도시를 감각하는 경험의 새로운 차원을 요구한다. 앞으로 자동차와 기차(지하철), 비행기는 장거리 이동에만 쓰일지도 모른다. 단거리 이동 방법이 새로운 수단으로 대체되면 철도와 도로 중심의 도시계획은 무의미해진다. 과거에는 역세권이 아닌 역과 역 사이, 노변은 죽은 공간이었다. 그런 의미에서 지도 앱-내비게이션 역시 중요해진다. 지도 앱과 새로운 이동 수단이 완벽하게 연동되는 순간 도시의 전 영역이 활성화될지도 모른다. 좋은 일일까?

'크리티컬 매스'는 세계 곳곳에서 매달 한 번씩 열리는 자전거 타기 행사이다. 참가자들은 자전거의 권리를 주장하고 도시의 기존 인터페이스를 교란시킨다. 이와사부로 코소는 2004년 8월에 있었던 주행을 맨해튼 교통의 해방이라고 명명했다. 당연히 경찰들에게는 눈엣가시고 코소의 지인인 한 여성은 네 번이나 체포됐다고 한다. 반면 한국의 크리티컬 매스는 그보다 훨씬 점잖다. 한국의 시위가 그렇듯 말이다. 코소는 「보행자 도시, 자동차 도시, 자전거 도시」라는 에세이를 다음 문장으로 끝맺는다. "자전거를 탄 발터 벤야민 같은 존재가 있어도 좋지 않을까?" 내 생각에 발터 벤야민은 자전거도 킥보드도 타지 않았을 것 같다. 그러기엔 너무 약골이니까. 그러나 대신 이러한 도구를 이용한 미래를 상상했을 것이다. 그 미래가 어두워지기 전에 사람들에게 돌려주기 위해서.

내가 팔을
들어올릴 때,

내 팔이
올라간다는 사실을
제거하면 남는 것이
무엇인가?

나는 더이상 영화를 보러 가지 않고,

움직이는 이미지가 더이상 나에게 오지 않는다.

그것은 나와 함께 가고 나와 동행한다.

—에른스트 크라프트, 『비행과 전송Fliegen und Funken』

1924

1.

최근 밀란 쿤데라의 『농담』을 다시 봤다. 정확히 말하면 다시 보려고 했다. 이십대 후반 재밌게 본 기억이 있기 때문에, 그때의 기억을 더듬으며 새로운 소설에 참고라도 할 수 있을까 하는 생각이었다. 그러나 다시 볼 수 없었다. 너무 재미가 없었던 것이다. 미학적이고 윤리적인 문제 때문이 아니라, 그냥 『농담』을 읽는 행위 자체에 흥미를 느낄 수 없었다. 어떤 의미에서 나는 조금도 '전진'할 수 없었다. 소설의 서사를 전진시킬 수 없었으며 물리적인 의미에서 페이지를 넘길 수 없었다. 예전에는 분명 넘어가는 페이지를 아까워하면서 읽었는데 말이다.

당시 나는 『농담』을 출퇴근길 지하철에서 봤다. 스물아홉이었고 거의 십 년을 다닌 대학교는 수료만 한 상태였다(졸업을 하려면 토익 720점 이상이 필요했다. 왜 예술대에 이런 기준이 있었는지 알 수 없는 노릇이다. 물론 나는 대학 내내 토익을 거들떠 보지도 않았다). 여러 해 등단을 준비했지만 실패했고(본심에도 오르지 못했다) 아르바이트를 하며 버티는 생활에는 한계가 왔다. 취업을 해야겠다고 생각했고 운좋게 유통 관련 대기업 홍보팀의 인턴이 될 수 있었다. 테헤란로에 있는 회사로, 선릉역에서 걸어서 오 분 거리였다. 매일 아침 일곱시에 일어나 지옥철을 타고 회사에 갔고 퇴근 후에는 강남역 토익 학원에서 수업을 들었다. 『농담』은 이 시기 지하철에서 읽은 책이다.

출퇴근 시간 2호선을 타고 강남을 오간 사람은 알 것이다. 지옥철이 은유나 수사가 아님을. 지옥은 사회가 필연적으로 생산하는 일종의 상태다. 일시적으로 또는 부분적으로 생산되는 이러한 상태는 인간들로 하여금 다른 삶 또는 상태를 꿈꾸게 한다. 다시 말해 지옥은 사회의 필수 요소이며 엔진이고 동력원이다. 사회와 지옥은 너무 긴밀히 접합되어 있어 지옥을 떼어내면 사회가 망가진다. 이를테면 지옥철이 없고 차가 막히지 않는 출퇴근 시간, 모든 사람이 원하는 시간만큼 일하고 자유롭게 이동하는 사회는 사회가 원하지 않기에 불가능하다. 나인 투 식스를 유지해야 하는 필수적인 이유에 대한 담론은 사회의 유지를 위해 우연히 구성된 픽션일 뿐이다. 그런 의미에서 지하철은 독서하기 가장 좋은 공간이다. 픽션에서 픽션으로 갈아타기. 사회는 픽션의 커뮤니케이션을 통해, 픽션 트랜스퍼로 유지된다. 사람들은 대부분 지하철에서 책이 아니라 스마트폰을 보지만 스마트폰도 픽션이다. 지그프리트 질린스키는 비디오가 발명된 오십 년 전부터 시청각의 서적화가 진행되기 시작했다고 말했다. 스마트폰은 그 연장이다. 폰으로 유튜브를 보건 틱톡을 보건 웹툰을 보건 핵심적인 사실은 같다. 사람들은 픽션을 환승하고 있으며 픽션에 의해 운반되고 있다는 사실이다.

2.

　『농담』이 재미있었던 이유는 지하철 때문이다. 독서는 일반적으로 침대에서, 편안한 서재의 안락의자에 앉아 이루어지는 것이라고 생각하지만 나는 그렇지 않았다. 일단 서재라고 부를 만한 공간이 없었다. 서울에서 자신의 서재를 꾸릴 수 있는 이삼십대가 몇이나 될까. 여담이지만 움베르토 에코는 자신에게 책을 보내려면 책 보관비까지 같이 보내라고 말했다. 출판사에서 한푼이라도 더 뜯어내려는 노대가의 수작은 아니고, 책이라는 사물이 그만큼 물질적인 존재라는 사실을 강조하기 위함이다. 책이 책인 것은 안의 내용 때문이 아니라 종이로 된 묶음이기 때문이다.

　아무튼 나는 한 번도 책상에서 마음에 드는 독서를 한 기억이 없다. 대부분 정보 습득, 자료 수집, 연구 따위를 위한 독서였다. 인생에서 가장 완벽한 독서는 대부분 이동중에 일어났다. 차, 지하철, 비행기로 이동하다가 도보 등을 이용해 다른 교통수단으로 옮겨갈 때 일어나는 필연적인 공백과 움직임이 독서에 스며든다. 마음이 급할 때는 걸어가며 책을 읽는다. 환승 통로에서 읽고 에스컬레이터에서 읽고 화장실에서 읽고 횡단보도에서 읽고. 이동의 리듬과 서사의 리듬, 문장의 리듬이 전진과 후퇴를 오가며 비트를 맞출 때 픽션은 진정한 의미에서 움직인다.

3.

그러므로 내가 예술에서의 움직임에 대해 가장 먼저 하고 싶은 말은 작품 내적인 의미에서의 움직임 또는 이동이 아니다. 영화에서의 배우의 동선, 카메라의 무빙, 공간의 변화, 소설에서의 서사의 전개에 따른 주인공의 이동, 이동수단의 등장과 활용, 이야기의 공간적 교차, 무용, 미술에서의 움직임 등등은 부차적인 문제다. 책에서 가장 중요한 움직임은 페이지를 넘기는 행위에 있다. 종이책이 현재의 코덱스codex 형태가 된 건 서기 4세기에서 5세기경이다. 그전까지 종이는 왼손으로 받치고 오른손으로 펼치는 두루마리 형태의 볼루멘volumen이거나 위에서 아래로 펼치는 로툴루스rotulus였다. 조르조 아감벤은 볼루멘에서 코덱스로 전이되는 과정에서 무언가 절대적으로 새로운 것이 일어났다고 말한다. 바로 페이지다. 볼루멘은 하나의 덩어리다. 그에 반해 코덱스는 불연속적이고 구분되는 단위들이다. 볼루멘은 처음, 중간, 끝이 유기적으로 결합해 있으며 지속성을 통해서만 모든 단위를 구현할 수 있다. 반면 코덱스는 글 한쪽이 다른 쪽을 끊임없이 분리시킨다. 우리가 페이지를 넘기면 이전 페이지는 사라지며 새로운 페이지가 부상한다. 페이지를 넘기는 순간 책은 지금의 책이 되었다. 분절된 페이지는 이동과 환승을 통해, 다시 말해 페이지 넘김으로 결합된다.

4.

『농담』은 사회주의국가에서 던진 하나의 농담 때문에 일어난 비극을 그린 소설이다. 밀란 쿤데라는 이 소설로 세계적인 명성을 얻었다. 역사의 실수에 관한 비극적 농담! 그러나 쿤데라 소설의 진정한 핵심은 재빠른 환승이다. 사회주의와 전체주의에 대한 농담과 희비극은 쿤데라의 전유물이 아니며 20세기 초중반 부상한 거의 모든 작가의 상투어에 가깝다. 반면 환승에 대한 집착은 쿤데라만의 특징이다. 그의 소설은 대부분 짧은 장으로 구성되어 있다. 스스로 클래식에 빗대어 말했듯 3악장이나 4악장의 구성을 택할 필요 없이, 할말이 끝나면 즉각 다른 위치로 이동한다. 장들 사이를 재빠르게 움직이는 손놀림. 손놀림에는 가속이 붙고 챕터는 과거와 현재, 몽상과 현실 사이를 갈아탄다. 이동은 형식 속에 도래한다. 그러므로 쿤데라의 소설을 영화화한 작품 대부분이 성공하지 못했음은 당연한 일이다. 쿤데라의 소설은 형식 속에서 구현되었어야 했다. 시퀀스는 더 잘게 분절되고 이어져야 한다. 그리고 무엇보다 먼저 영상을 전송하는 매체가 책처럼 손안에 들어와야 한다. 손안의 영상은 다음 영상으로 계속해서 건너뛰고 이어진다. 관객들은 손가락을 이용해 시퀀스를 재빨리 옮겨갈 수 있다. 틱톡처럼 말이다. 영상의 서적화가 이루어진 이후부터, 어쩌면 코덱스가 발명된 서기 4세기경에 이미 틱톡은 예견되었는지도 모른다. 물론 지인들 대부분은 틱톡을 보고 난 뒤 이렇게 말했다. 이건 진짜 아니야…… 너무 자극적이야! 사람들이 모두 바보가 되고 있어!! 앱 삭제. 하지만 그들은 이미 세 시간 동안 틱톡만 본 뒤였다(유튜브 지옥에 이은 틱톡 지옥!). TV가 처음 나왔을 때도 비슷한 일이 있었다. 영화와는 다른 TV의 핵심은 화면 크기나 공간이 아닌 채널의 이동에 있다. 손가락 끝으로 채널 이동하기. TV와 스마트폰의 다른 점은 스마트폰은 움직이며 시청이 가능하다는 것이다. 미디어는 분화되면서 이전 미디어의 특성을 흡수한 뉴미디어를 생산한다. 우리는 (교통수단으로) 이동하며 (채널을) 이동하고 (새로운 플랫폼으로) 이동한다. 이러한 움직임에 종착지가 있을까? 이러한 현상은 집중력과 몰입도, 기억력의 저하를 야기하는, 더 나아가 인간적 감수성을 떨어뜨리는 불행일까.

5.

현대의 산문체 작품들은 현대의 심리에 부합하는 가치를 가질 수 있다. 오직 그 작품들이 단숨에 쓰여질 수 있을 때만. 이삼십 줄, 말하자면 최대한 백 줄 정도의 생각이나 혹은 회상, 이것이 현대의 소설이다.

장편서사시는 내게 필요하지도 가능하지도 않은 것으로 생각된다.

지금은 큰 책들이 쉬는 시간—지하철 안, 심지어 지하철 에스컬레이터 위에서—에 읽힌다. 그러면 뭣 때문에 책이 이렇게 커야만 하는가? 나는 저녁 내내 책 읽는 독자를 상상할 수 없다. 우선 수백만 대의 TV가 있고, 둘째, 콜호스 사람들은 신문을 읽어야만 하며, 기타 등등.

—유리 올레샤, 『매일 한 줄씩Ни дня без строчки』1965

6.

나는 지금 서울에서 부산으로 이동하는 기차에서 이 글을 쓰고 있다. 이동중에 글을 쓰는 일은 이제 거의 습관이 됐다. 예전에는 상상도 못한 일이다. 문자도 마음 편히 자리잡은 상태에서만 보낼 수 있었다. 그러나 지금은 문자나 메일은 물론 에세이나 칼럼, 심지어 소설도 이동중에 쓴다.

작업실에서 쓴 글과 이동하면서 쓴 글에 차이가 있을까. 카페에서 쓴 글과 집에서 쓴 글은 차이가 있을까. 노트북으로 쓴 글과 스마트폰으로 쓴 글은?

나는 글쓰기를 세 가지로 나눈다. 앉아서 쓴 글, 누워서 쓴 글, 서서 쓴 글. 앉아서 쓴 글은 전통적인 구조의 리얼리즘 소설에 가깝다. 누워서 쓴 글은 모더니즘, 우리가 흔히 생각하는 의식의 흐름과 같은 형식. 서서 쓴 글은? 서서 쓴 글은 앉아서 쓴 글과 누워서 쓴 글의 단점이 결합된 것이다. 서서 쓰니까 앉아 있을 때처럼 긴 시간 집중하거나 계획을 세울 수 없으므로 글의 구조는 임의적이고 즉흥적이다. 그렇다고 해서 누워 있을 때처럼 편안하지도 않으니 내면 깊숙이 들어갈 수도 없다. 조금 더 설명하면 서서 쓴 글은 걸으면서 쓴 글이라고 할 수 있다. 무언가에 쫓기듯이, 의식 깊숙이 들어가는 게 아니라 표층에 머물면서, 전체의 구조나 다음 챕터에서 어떤 일이 일어날지 전혀 예상하지 못한 상태에서 글쓰기. 기억과 관찰을 토대로 하지만 부정확하고 우연적이며 가볍고 산만한 글쓰기. 여기에 어떤 미덕이 있을까.

7.

최근 몇 년 동안 산 옷 중 가장 마음에 든 건 나일론 소재의 검은색 점퍼다. 리버서블이 가능한 이 점퍼는 요즘 스타일에 충실하게 드롭 숄더와 오버사이즈가 특징이다. 2010년에 론칭한 일본 브랜드 NAME.의 2018년도 S/S 제품으로 헤드 디자이너는 꼼데가르송 출신의 시미즈 노리유키(시미즈 노리유키는 2019년을 끝으로 NAME.을 떠나 WELLDER라는 브랜드를 론칭하는데 이 이상은 옷에 관심 있는 분만 찾아보시길……). 흥미로운 건 NAME.의 브랜드 철학이다. 모토는 '기술복제시대의 예술작품'. 발터 벤야민의 저 유명한 에세이에서 따왔다. NAME.은 아우라가 상실된 시대의 대중이 가진 욕구를 반영한 복제 가능한 제품을 제작하면서 기술과 산업성이 바탕이 된 촉각적이고 개성적인 옷을 만든다고 설명한다.

패션 브랜드에 웬 발터 벤야민이냐는 철 지난 소리는 하지 말자. 패션은 일찍이 모든 예술적, 철학적, 정치적 요소를 흡수하기를 즐겼고 그 때문에 비웃음거리가 되기도 하지만 그 때문에 사회적 변동을 먼저 선취하기도 한다. 베를린 기반의 미술가 히토 슈타이얼은 동료인 조르지 가고 가고시츠, 밀로스 트라킬로비치와 2019년 〈MISSION ACCOMPLISHED: BELANCIEGE〉라는 작품을 발표했다. 베를린장벽 붕괴에서 트럼프 당선으로 이어지는 신자유주의와 포퓰리즘, 소셜 네트워크의 시대를 거대 패션 하우스인 발렌시아가가 어떻게 반영하고 이용하는지 이야기하는 렉처 퍼포먼스Lecture Performance 겸 영상 작업이다(소문에 의하면 히토 슈타이얼은 패션을 증오한다고 한다. 그는 손에 잡히는 대로 아무거나 걸치고 한번 입은 옷을 며칠씩 입는다고⋯⋯).

NAME.이나 발렌시아가가 얼마나 철학과 사회 현실에 충실하느냐와는 별개로 흥미로운 것은 아우라의 상실과 부활이다. 대중문화의 시대에 아우라의 상실은 숙명이다. 동시에 명품이나 고급 예술은 아우라의 상실에 맞서 아우라에 대한 욕망을 자극하는 제품이나 기획에 열중한다.

여기서 말하는 아우라는 정확히 뭘 뜻할까. 흔히 '후광'으로 번역되는 아우라는 작품이 가지고 있는 비견될 수 없는 가치, 완성도, 그로 인한 카리스마, 분위기 또는 가격(?) 등으로 여겨진다. 그러나 발터 벤야민은 아우라가 작품 자체에 내재되어 있는 게 아니라고 말한다. 아우라는 "공간과 시간으로 짜인 특이한 직물"로 작품 자체가 아닌 작품과 맞닥뜨리는 장소이며, 바로 '지금, 여기'를 뜻한다. 과거 예술에서는 우리가 그곳으로 가야 했기 때문에 아우라가 발생했다면 현대 예술에서는 "사물을 자신에게 더 가까이 끌어오려고" 하기 때문에 아우라가 상실된다. 그러므로 아우라의 핵심은 '의식ritual'과 '거리distance'다.

8.

프랑스의 브랜드 몽클레르는 몽클레르 지니어스라는 이

름으로 디자이너들과 무시무시한 가격의 컬래버 라인을 진행중이다. 이번 몽클레르 지니어스는 자칭 '로드 오브 다크니스', 암흑의 주인인 릭 오웬스다. 릭 오웬스는 컬래버레이션을 위해 특별한 버스를 제작했다. 완전히 검은색으로 칠한 거대한 크기의 투어 버스로 내부는 캠핑카처럼 머물 수 있게 개조했으며(역시 검은색으로 치장된 매트리스와 벽이 있고) 타이어 휠에는 몽클레르 로고가 박혀 있다. 릭 오웬스는 이 버스를 타고 자신의 아내이자 뮤즈인 미셸 라미와 미국의 서부를 횡단하는 여행을 떠났다.

사실 릭 오웬스가 익스클루시브 버스를 만든 건 마이클 하이저의 초대 때문이다. 마이클 하이저는 최초의 대지 미술 작가이자 대표적인 장소 특정적 미술 작가 중 하나로, 거대한 규모의 인공 협곡인 〈더블 네거티브〉나, LA 카운티 미술관에 올려놓은 삼백사십 톤짜리 화강암 바위 등으로 알려져 있다. 고고학자인 아버지 아래에서 자란 하이저는 어린 시절 유럽과 페루 등을 다니며 고대 유적을 실제로 봤고 십대 초반에 본 나스카평원의 지상화는 일생 동안 그를 사로잡는 이미지가 되었다고 한다.

마이클 하이저의 작품은 제정신이 아니라고 생각될 정도의 규모와 무게를 자랑하는 것들이 대부분이다. 그의 말에 따르면 '크기'야말로 가장 미개척된 분야 중 하나다. "왜냐하면 굉장한 헌신과 시간이 필요하기 때문이죠. 나에게 그건 최고의 도구예요. 크기로 공간과 대기를 장악하죠. 대기가 양감을 갖게 돼요. 그러면 당신은 그 속에, 바로 형태 속에 서 있게 되는 거죠.”

작품의 크기는 또한 거리와 로지스틱스logistics라는 시스템을 요구한다. 크기가 큰 작품은 제작하는 것보다 운반하고 보관하는 게 문제다. 마이클 하이저의 〈공중에 뜬 바위〉는 핵연료 전문 운송 트럭에 실려 이 주간 미국의 스물두 개 도시를 거쳐 운반됐다. 다시 말해, 이 작품의 핵심은 전쟁을 방불케 하는 운송 작전이다. 마이클 하이저가 구상하고 제작하는 작품은 대부분 이런 식이며 사실 〈공중에 뜬 바위〉는 양반이라고 할 수 있다. 그래도 미술관에 둘 수 있고 이동이 가능하기 때문이다.

1972년 마이클 하이저는 비행사를 고용해 네바다에 부지를 물색했다. 거의 아무도 찾지 않는 버려진 네바다의 땅을 산 그는 고대 유적 규모의 작업을 시작했다. 이름부터 '시티city'인 이 작업은 수백 킬로미터에 달하는 거대한 조각 또는 건물로 구성된 복합체로 오십 년째 작업중이다. 한마디로 피라미드를 손수 만들고 있는 셈이다.

릭 오웬스는 바로 이 작품, 〈시티〉가 있는 곳으로 초대받았다. 워낙 외진 곳에 있기 때문에 비행기도, 열차도 없으므로 갈 수 있는 방법은 차량밖에 없고, 일반 자동차는 험한 지형 때문에 타이어가 펑크나기 일쑤다. 이 작품을 보기 위해서는 성지순례에 가까운 여정이 필요하다. 그리고 현대판 성지순례에는 엄청난 시간과 돈이 든다.

9.

1995년 8월 3일 오전 8시 15분, 샤를드골공항의 에어프랑스 2874편은 영화평론가 하스미 시게히코와 앙드레 라바르트 등을 싣고 스위스로 향했다. 하스미 시게히코 스스로 부자연스럽다고 말한 이 여정은 장뤼크 고다르의 뜬금없는 발언 또는 요청 때문에 이루어진 것이다. 고다르는 로카르노 영화제 심포지엄에서 〈영화의 역사(들)〉의 최신편을 방금 완성했으며 이걸 보려면 자신의 작업실에 와야 한다고 말했다. 영화를 감상하기에 최적의 환경이라나. 하스미는 고다르의 영화를 보기 위해 레만호수의 작은 마을로 향하는 이 여정을 조금은 우스꽝스러운 어조로 그리고 있다. 그에 따르면 고다르는 '신'이고 작업실에서 영화를 보는 행위는 '참배'이며 이 모든 걸 행하는 자신의 마음은 '신앙'이다. 다시 말해 성지순례, 아우라의 현현.

그러나 위에서도 말했듯 여기에는 좀 우스운 지점이 있다. 하스미 시게히코는 고다르를 신이지만 동시에 백치라고 말하기도 한다. 영화를 완벽한 상영 환경에서 봐야 한다는 건 아이러니한데, 왜냐하면 〈영화의 역사(들)〉은 그 이후 수많은 장소에서 상영되었으며 나의 경우에는 집에서

노트북으로도 봤기 때문이다. 발터 벤야민이 아우라의 상실을 야기했다고 말한 매체인 영화가 다시 아우라의 장소가 되는 아이러니. 여기엔 마이클 하이저식의 필연적이고 거창한 아우라와는 다른 전도된 아우라, 기술복제시대의 변색된 아우라가 있다.

커다란 유리문의 살롱에서 고다르의 영화를 보고 난 하스미 시게히코 일행은 택시를 타고 로잔역으로 돌아왔다. 고다르는 직접 택시를 불러줬을 뿐 아니라 바지 주머니에서 꼬깃꼬깃한 스위스 지폐 얼마를 꺼내 돌아가는 길에 역에서 샌드위치를 사먹으라고 했다고 한다. 하스미 시게히코는 '신/백치'의 명에 따라 샌드위치를 먹었지만 맛은 없었단다. 그는 이 에피소드는 별거 아니라고 말했지만 내가 보기에는 이것이야말로 핵심에 가깝다.

10.

'데드스왑'은 아나키스트 해커들의 용어로 파일을 온라인이 아닌 오프라인에서 주고받는 행위를 뜻한다. 온라인으로 쉽게 전송할 수 있는 파일이 담긴 사물을 들고 직접 바다 건너 다른 대륙까지 가야 하는 것이다. 비트와 웹, 온라인이 거리와 시공의 개념을 소거했지만 아나키스트들은 이동과 움직임을 부활시켰다. 왜인지는 모르겠지만 말이다.

11.

내가 상상하는 책은 특정 장소에서만 볼 수 있는 책이다. 내용을 복사해서 퍼뜨리는 게 아무런 의미도 없는 책. 이동할 수 없이 특정 장소에 못박힌 책. 이런 책은 울리세스 카리온이 주창한 아티스트 북과도 다르다. 여기서 중요한 건 책의 물질성이나 고유성, 책 자체가 예술작품이라는 사실이 아니다. 중요한 건 책을 보는 데 수반되는 의식과 거리다.

12.

지난 초여름 을지로를 걷다 우연히 미술평론가 이한범씨를 만났다. 그는 근처에 작업실이 있다며 시간이 되면 잠깐 책을 보고 가지 않겠느냐고 했다. 작업실에 있는 책이요? 아니요. 작업실 근처에 있는 책인데……

한범씨를 따라 도착한 곳은 을지로의 오래된 건물이었다. 지원커피숍, 고려월드, 인쇄나라, 동진기업, 문덕인쇄 등등 노란색과 붉은색이 조화롭지 않게 어우러진 간판이 건물의 전면을 장식하고 있었다. 토요일이라 입구 셔터가 내려져 있었다. 한범씨는 셔터 아래 개구멍을 열고 들어오라고 했다. 나는 거의 포복 자세로 기어들어갔다.

그의 책은 작업실이 있는 건물 이층 205호의 사무용 원룸에 있었다. 정확히 말하면 205호가 곧 책이지만 말이다.

한범씨와 디자이너 강문식씨가 함께 만들고 있는 책의 이름은 'no. hwp'다. 두 사람은 아주 느리게 한 페이지씩 채워넣는 작업을 진행중이다. 거의 일 년에 두세 페이지 정도 쓴다고 할 수 있을 것 같다. 205호에는 한범씨의 텍스트와 문식씨의 그래픽 작업물이 배치되어 있다. 내가 방문했을 때는 겨우 첫 페이지를 쓴 상태였으므로 페이지/벽은 거의 비어 있었다. 조금씩 채워나가야죠. 한범씨가 말했다. 두번째 페이지는 2020년 10월에, 세번째 페이지는 12월에 쓰여질 예정이다.

'no.hwp'에서 파생된 작업물은 웹에서도 볼 수 있지만 책을 읽기 위해선 당연히 이곳에 방문해야 한다. 205호가 곧 책이니까 말이다. 이 책/방은 매주 토요일 14시에서 20시 사이에만 열람/방문할 수 있다. ISBN은 서울시 중구 인현동 1가 100-4번지 205호. 개구멍으로 들어갈 때 옷이 더러워질 수 있으므로 흰옷은 피할 것.

※ 이 글에는 『디지털 시대의 영화』(토마스 엘세서·케이 호프만, 김성욱·하승희·이재연 옮김, 한나래, 2002)와 「나는 과거를 응시한다: 『매일 한 줄씩』에 나타난 유리 올레샤의 자전적 글쓰기」(김성일, 2012), 『우연한 걸작』(마이클 키멜만, 박상미 옮김, 세미콜론, 2009), 『영화의 맨살』(하스미 시게히코, 박창학 옮김, 이모션북스, 2015)의 내용이 포함되어 있다.

죽어서
승리를 거둔
사람들이
살아서 승리를
거두었다면 ①

플라뇌르의 여성형은 플라뇌즈다. 학계의 통설상 플라뇌즈는 존재하지 않는 전설 속의 유니콘 같은 존재다. 여성이 플라뇌르가 되기에는 사회의 편견과 위협 요소가 너무 컸다. 여성은 거리로 나서는 순간 응시의 주체가 아니라 객체가 된다. 쉽게 말해 남자들이 자꾸 쳐다보고 집적댄다는 말이다.

김승옥의 단편소설 「야행」1969을 영화로 만든 김수용의 영화 〈야행〉1977에서 밤거리를 걷는 윤정희 역시 시선의 대상이 된다. 단지 길을 걸을 뿐인데 온갖 남자들이 와서 말을 건다.

─저 댁이 어디신지, 어디서 많이 뵌 분 같군요. 커피라도 한잔?

1970년대 후반의 어색한 영화적 제스처와 이제는 레트로한 감성으로 소환되는 폰트 디자인과 육교, 고가도로의 도시 풍경 속에서 윤정희만 홀로 요즘 사람처럼 보인다. 그녀는 서울 시내를 산책하고 술집에서 혼술을 한다. 단체로 온 남자 손님들은 이 기회(?)를 놓치지 않고 휘파람을 불고 플러팅을 한다.

소설 「야행」의 주제는 1960년대 후반 명동의 헌팅 풍경이라고 해도 될 정도다. 소설은 거리를 돌아다니는 남자와 여자, 그리고 서로에게 접근해서 하루를 보내려는 심리를 남성의 시각으로 집요할 정도로 묘사하고 있다. 소설의 시작은 다음과 같다.

현주는 자기 몸에 늘어붙고 있는 사내의 시선을 느꼈다. (……)
"댁이 어디십니까?"
사내가 앞을 가로막으며 말을 걸어왔다.

그리고 소설의 마지막.

"집이 어디세요?"
어떤 사내가 그 여자의 앞을 가로막으며 말을 걸어왔다.

이러한 판국이니 도시 산책이 가능할 리가 없다. 김수용의 영화는 윤정희의 직장인 은행과, 신성일과의 사실혼 관계를 유지하는 장소인 한강 이촌아파트 내부, 그리고 도시의 밤거리를 동일한 수준으로 다루고 있어 상황이 좀 낫지만 큰 맥락에서는 다르지 않다. 요즘 분위기에서는 상상도 못할(그러나 언제나, 어디선가 만들어지고 있는) 강간당하는 것을 꿈꾸는 여성의 심리가 서사의 중심이며 그러한 심리를 자기 파괴, 구원, 세태 비판(?) 등의 주제와 연결시킨다.

중요한 건 이러한 한계에도 불구하고 김수용의 〈야행〉이 자신도 모르게 특정한 가능성을 실천하고 있다는 사실이다. 여성 혐오적 이데올로기를 기반으로 만들어진 작품임에도 불구하고 여성의 신체와 욕망을 도시와 함께 카메라에 담는 순간 전체 서사에 포섭되지 않는 재현-이미지가 발생한다. 황혜진에 따르면 이러한 장면들은 의식하지 못한 사이에 "근대의 스펙터클과 여성 산책자"를 창조하며 "남성적 시선에 의해 대상화되어 있음에도 불구하고 미세하게 텍스트의 불균질을 생산한다. 불균질은 이들이 서울이라는 공간을 활보하는 이미지로 등장하는 지점에서 발생한다." 작가의 의도와 무관하게 특정 장면과 이미지는 관객의 눈에 의해 외부로 이탈할 수 있으며 새로운 의미와 욕망으로 재창작될 수 있다.

윤정희가 인적이 드문 덕수궁과 명동 거리를 걷는 장면은 〈야행〉 스스로도 의식하지 못한 영화적 성취다. 산책은 내면의 충동이라는 서사적 기제 안에서 작동하지만, 서울의 풍경과 윤정희의 신체는 그러한 서사에 무관심하다. 또는 서사와 무관하게 우리는 그 장면을 소비할 수 있다. 윤정희의 '리즈 시절'로 이미지를 소환하고 시간이 지나도 촌스럽지 않은 헤어스타일과 트렌치코트 따위를 인터넷 게시물로 만들 수 있다. 잘 차려입고 서울을 걷는 여성 위에 드리워져 있던 이데올로기와 서사적 장막이 더는 무의미한 것이다.

영상매체가 길 위에서 이루어지는 여성들의 일과 대화, 일상을 다룬 것은 얼마 되지 않은 일이다. 남자들이 주체인 영화에서는 거리를 배회하는 장면이 일상이다. 반면 여성의 경우에는 소수에 불과하며 거리가 배경이 되면 언제나 성적인 요소가 따라다녔다. 아녜스 바르다의 〈5시부터 7시까지의 클레오〉1962는 플라뇌즈를 그린 기념비적인 영화지만 불륜이라는 테마의 흔적이 남아 있다. 〈섹스 앤 더 시티〉1998~2004가 대히트작이 된 건 대사나 드라마 때문이 아니라 단지 여성들이 거리에서 대화를 하고 음식을 먹고 걷는 일상을 향유하는 모습을 전시했기 때문이다. 그것만으로도 볼 이유가 충분한 것이다(물론 그 거리가 뉴욕이긴 하지만……). 그러나 여기서도 여전히 '섹스'는 전면에 드러난다. 이제는 산책과 대화의 배경에서 성적인 욕망이 빠져도 좋지 않을까. 그냥 (여성이) 걷고 대화하는 것만으로 충분하지 않을까. 그러기엔 아직 사회가 성숙하지 못했나. 그러나 사회를 기다릴 필요는 없다. 예술은 시대를 반영하지 않는다. 시대가 예술을 반영한다.

아스팔트의 딸

여성 산책자들이 본격적으로 등장한 최초의 시기는 1920~1930년대이다. 한국과 일본에서 유사한 시기에 모

던걸(일본어로 모가モガ)이 등장했고 이들은 사회적 배경과 새로운 문화적 요인 때문에 많은 주목을 받았다. 그런데 이러한 모던걸들은 왜 플라뇌르로 개념화되지 못했을까. 그들이 자주 비판받은 요인 중 하나가 여성은 상품 소비문화의 수동적인 노예에 불과하다는 시각이었다. 플라뇌르 역시 동일한 문화에서 탄생했지만 남성들이 관찰자이자 소비자로서 양가적인 태도를 가지고 있는 반면 여성은 그렇지 않다는 것이다. 모던걸은 허영과 사치를 일삼는 성적 방종의 상징이었다.

당대의 모던보이이자 플라뇌르였던 박태원의 구보 역시 다를 게 없었다.

여자들은 그렇게 쉽사리 황금에서 행복을 찾는다. 구보는 그러한 여자를 가엾이, 또 안타깝게 생각하다가, 갑자기 그 사내의 재력을 탐내본다. (……) 여자는 확실히 어여뻤고, 그리고 또…… 구보는, 갑자기 그 여자가 이미 오래전부터 그자에게 몸을 허락하여온 것이나 아닐까, 생각하였다. 그것은 생각만 해볼 따름으로 그의 마음을 언짢게 하여준다. 역시, 여자는 결코 총명하지 못했다. 또 생각하여보면 어딘지 모르게 저속한 맛이 있었다. (……) 남자는 여자의 육체를 즐기고, 여자는 남자의 황금을 소비하고, 그리고 두 사람은 충분히 행복일 수 있을 게다.

그러나 실제 플라뇌르적인 역할을 맡은 남성들이 모던 보이가 되고도 그 양가적인 태도로 인해 아무런 변화의 주체가 되지 못한 데 비해, 여성들은 새로운 직업과 소비문화의 최전선에 뛰어들면서 기존의 젠더적 억압에 균열을 일으켰다. 리타 펠스키는 소비주의 문화가 조장하는 쾌락주의는 개별 남성 자본가에게는 중요한 경제적 이익을 가져오지만, 여성들로 하여금 자신의 욕망의 만족에 빠져들게 하면서 남성의 권위를 침식할 뿐 아니라, 남성이 주도하는 가부장적 가족 구조의 신성함을 교란시키고 토대를 흔들리게 하는 파괴적인 힘을 가진다고 보았다. 간단하게 말하면 사회의 변화는 소비에서 온다.

나는 여기서 다소 뜬금없지만 아즈마 히로키의 『관광객의 철학』을 떠올렸다. 아즈마 히로키는 관광객을 새로운 철학적 개념으로 내세운 이유에 대해 이렇게 이야기한다. "관광객론의 본질은 얼마간 그 비본질적인 스타일에 있었다. 내가 시도한 것은 지금까지 '타자'나 '유목민' 같은 좌익적이고 문학적이자 정치적이며 어쩐지 낭만적인 말로 쓰였던 개념을 '관광'이라는 극히 상업적이고 즉물적이며 세속적인 말과 연결 짓는 것이었기 때문이다."

관광객은 소비자와 겹친다. 이 둘 모두는 세계를 사유하고 경험하는 태도의 전환을 뜻한다. 우리는 사실 관광하고 소비하는 것에 불과하면서도 진정한 경험을, 겉만 훑고 오는 관광이 아닌 깊이 있는 삶을 체험하길 원하고(실제로 가는 곳은 현지인 맛집에 불과하다) 생각 없는 소비자가 아닌 주체적이고 합리적인 소비자가 되길 원한다(실제로는 가성비나 운운한다).

아즈마 히로키는 이러한 합리적이고 계몽적인 태도가 한계에 봉착했다고 본다. 그는 관광객의 철학을 사유하는 목적을 세 가지로 요약한다. 첫번째 목적은 지구화를 사유하는 새로운 틀을 만드는 것이다. 지금 세계는 동시에 같은 음악을 듣고 같은 옷을 입으며 심지어 미국 영화를 한국에서 먼저 개봉한다. 다시 말해 쇼핑/관광으로 평평해진 세계를 어떻게 사유하느냐의 문제다. 두번째 목적은 인간과 사회를 우연성의 관점에서 생각하는 것이다. 여기서 아즈마 히로키는 발터 벤야민의 산책자 개념을 언급한다. "관광객의 시선이란 세계 전체를 파사주=쇼핑몰로 여기는 시선이다." 이러한 관광객-산책자-소비자는 우연성에 개방된 상태로 사물, 사람들과 만나고 교류한다. 백화점이 단순한 속물적 소비의 공간인가. 백화점을 비판하는 계몽주의적인 정신으로는 〈캐롤〉2016의 두 주인공이 백화점에서 만나는 사건을 설명할 수 없다. 〈캐롤〉은 소비주의적 공간이 해방적 공간으로 전환될 수 있음을 보여준다. 세번째는 진지함과 경박함을 넘어서는 새로운 담론을 구축하는 것이다.

아즈마 히로키는 그 예로 테러와 관광을 든다. 전통적인 시각에서 테러는 매우 근본적이고 진지한 행위이지만 현대의 테러리스트는 웹과 할리우드 영화의 경박한 언어로 무장한 관광객과 다를 바 없다. 그렇다고 해서 그들을 단순히 가벼운 존재로 치부할 수도 없다. 소비 역시 마찬가지다. 문학은 소비의 대상인가 아닌가. 책이 굿즈가 되는 일은 경악할 일인가? 시위를 소비의 관점에서 바라보는 일 역시 마찬가지다. 진지한 계몽주의적 지식인/예술가들에게 시위를 소비하는 일은 있을 수 없는 행위지만 시위는 소비되지 않으면 성공할 수 없다. 촛불시위가 소비 심리와 동떨어져 있을까. 소비자로서 시위를 사용하는 것은 진지하지 않기 때문에 거부되어야 하는 걸까. 시위를 비판하는 이들은 시위를 두고 으레 선동되어서 한다, 겉멋으로 한다, 무슨 내용인지도 모르고 한다, 라고 말한다. 그러나 시위는 오직 그럴 때에 진정으로 힘이 생긴다. 이것을 샹탈 무페가 말한 포퓰리즘적 계기라고도 할 수 있지 않을까. 샹탈 무페는 포퓰리즘을 에르네스토 라클라우에 따라 기존과 다르게 정의한다. 그가 말하는 '포퓰리즘 계기'는 빠르게 증가하는 불만족스러운 요구들로 정치적 혹은 사회경제적 전환에 대한 압박에 처한 지배 헤게모니가 불안정해진 때이다. 여성들의 소비가 일어난 것, 그들이 거리를 점령하고 소비의 주체가 된 것이 바로 이러한 때 아닌가.

『개벽』『신여성』 등에서 기자로 일하며 소설을 썼던 식민지 시기의 소설가 이선희는 1934년 『별건곤』에 기고한 「다당여인」에서 이렇게 썼다.

떼파트 쇼-윈도의 황홀한 색채가 나를 유혹하고 울트라 모-던니즘을 숭배하는 젊은 남녀의 야릇한 채림새가 내 호기심을 끈다. 거리로 나가거라. 입술을 빩앗케 물드리고 눈섭을 가늘게 그리고 윙쓰를 사방으로 보내며 레뷰식으로 깡충깡충거러라. 단연이 갑싼 모-던니즘의 여왕이 될 테니. 나는 이것이 조흔지 납븐지 모른다. 하기는 아마 조선의 녀성이 다 이 모양이 되어서는 안 될 것이다. 그러나 내 눈은 변變으로 아름다운 것을 구하고 내 가슴은 허영과 향락으로 차 잇지 안은가. 나는 도회의 딸이다. 아스팔트의 딸이다. 티-룸 이것의 탄생은 퍽이나 유쾌한 일이다. 활동사진에도 실증이 난 내게 유일한 사교장社交場이다. 일전 엇던 잡지에 찻집이 넘우 만허서 차만 마시면 사느냐고 하기는 했지만, 장곡천정長谷川町으로 가다가 낙랑樂浪 파-라 이 집을 내가 제일 조와한다. 쏙 드러서면 그 화려하고 경쾌한 맛이라니.

이선희의 등단작 「가등」1934은 연인과 관계를 지속해야 하는지를 놓고 갈등하는 명희가 종로와 백화점, 혼마치를 배회하는 풍경을 담은 짧은 소설이다. 그녀는 날마다 밖으로 나갈 계획을 세우는 모던걸이다. 어머니는 또 어딜 가느냐며 그녀를 구박한다. 명희는 생각한다. "이 방안만이 내가 사는 세상이라면 차라리 나무칼로 목이라도 따 죽는 게 낫지."

그녀의 연인은 전형적인 룸펜이다. 예술적이고 지적인 고뇌와 멀쩡한 허우대 덕분에 과거에는 꽤나 그럴듯해 보였으나 세월이 지난 지금은 피해의식에 찌든 인물이 되었다. 그는 명희를 "사치한 것과 모던한 것"을 좋아하는 경박한 사람으로 생각한다. 명희는 그와의 약속을 어기고 홀로 거리를 떠돌지만 두 사람은 우연히 마주친다. 둘은 별수없이 찻집에서 대화를 나눈다. 할일이 없다고 괴로워하는 남자를 달래는 명희를 위한답시고 그는 이렇게 중얼거린다.

나는 살지도 못하고 죽지도 못하고 엉거주춤하는 괴로운 존재입니다. (……) 명희씨는 흰 새와 같이 아름답고 종다리와 같이 노래 불러주십시오.

당신은 다만 즐겁고 유쾌히 살아주십시오. 그리고 모든 문제는 남자인 우리에게 미뤄주십시오.

그러고는 돌연 찻집에 대한 불만을 털어놓는다.

명희씨는 대단히 사치한 것과 모던한 것을 좋아하시지요. (……) 명희씨가 그다지도 찬미하는 이 찻집이 무엡니까. 무에 그다지 좋습니까.

지금은 도시 전설 같지만 스타벅스가 처음 한국에 론칭했을 때 식사 한끼 값보다 비싼 커피는 비난의 대상이었다. 된장녀 논란(이라고 말하기도 싫지만)도 그와 함께였다. 백화점, 카페, 쇼핑몰 등 소비문화를 비판하는 것은 어렵지 않다. 중요한 건 이러한 장소 또는 장치들이 소비의 주체로 끌어들인 대상이 누구이며, 그들이 그 안으로 들어간 이유를 생각하는 것이다. 그곳에서 무엇을 할 수 있고 무엇을 하며 어떤 일이 일어나는가를 보는 것이다. 여성은 그들이 처한 차별적인 환경 때문에 소비와 현대 도시, 기술문명의 가능성을 먼저 감지할 수 있었다. 그러므로 사실상 플라뇌르는 단 한 번도 플라뇌르였던 적이 없다. 플라뇌르는 처음부터 플라뇌즈였다.

카페에서 나온 명희는 연인과 헤어지기로 결심한다. 소설의 마지막은 다음과 같다.

명희는 생각했다.
'나는 그를 떠나리라'고.
그냥 집으로 돌아갈 생각은 없었다. 명희는 사람도 없

는 거리를 방향도 없이 자꾸 걸었다.

※ 이 글에는 『경성의 모던걸: 소비, 노동, 젠더로 본 식민지 근대』(서지영, 여성문화이론연구소, 2013)와 『관광객의 철학』(아즈마 히로키, 안천 옮김, 리시올, 2020), 『좌파 포퓰리즘을 위하여』(샹탈 무페, 이승원 옮김, 문학세계사, 2019), 『소설가 구보씨의 일일』(박태원, 문학과지성사, 2005), 『이선희 소설 선집』(이선희, 현대문학, 2009), 『생명연습』(김승옥, 문학동네, 2014), 「〈야행〉에 나타난 여성 산책자 연구」(황혜진, 『씨네포럼』 34호, 동국대학교 영상미디어센터, 2019)의 내용이 포함되어 있다.

죽어서
승리를 거둔
사람들이
살아서 승리를
거두었다면 ②

일 년 반 동안 파주출판단지로 출퇴근했다. 영등포의 중고차 매장에서 삼백팔십만원에 구입한 하늘색 뉴모닝을 타고 다녔다. 흔한 차종이었지만 자유로에서 차를 본 회사 동료들은 내가 운전자임을 바로 알았다고 했다. 차가 펭귄처럼 뒤뚱뒤뚱하면서 질주하거든. 시속 백 킬로미터로. 회사에는 정지돈이 운전대를 잡지 않고 운전한다는 믿을 수 없는 소문이 돌았다. 지가 일론 머스크야? 어떤 사람은 운전하면서 책을 읽는 모습을 봤다고 했고(J. G. 발라드의 『크래시』를 읽고 있었다고) 어떤 사람은 햄버거를 먹으며 운전하는 모습을 봤다고 했다(진정 놀라운 건 햄버거를 먹으며 졸고 있었다는 사실이다. 물론 차는 전진하고 있었다……). 회사를 그만두고 차를 팔아버린 건 정말 다행이지 뭐야. 동료가 말했다.

자랑할 만한 일은 아니지만 내 운전 실력은 형편없었다(위의 과장된 소문들이 실력의 문제인지와는 별개로). 그럴 수밖에 없었다. 서른 살까지 차에 관심 없던 나는(지금도 관심 없음) 회사에 취직하기 위해 후다닥 운전면허를 땄다. 출판사 영업직이라 그런가, 합격 통보 이후 담당 부서의 부장은 입사 조건 중 면허와 차를 요구했다. 여담이지만 그는 슈트를 입고 출근할 것도 요구했는데, 출판사에 대해 아는 게 없던 나는 그러려니 하고 받아들였다(그때까지만 해도 슈트를 입어본 적도, 가져본 적도 없었다). 출근을 시작한 뒤에야 입사한 회사는 물론이고 파주출판단지 전체에 슈트를 입은 사람이 없다는 걸 알았다. 회사 사람들을 보며 생각했다. 저분들은 어떻게 후드 티를 입고 다니지? 회사 사람들은 나를 보며 생각했다. 쟤는 왜 슈트를 입고 다니지……(의복의 관점에서 보면 출판단지는 실리콘밸리와 크게 다르지 않다. 해커와 시인이 유사한 정신 구조를 가지고 있는 것처럼……)

운전면허를 따기 전까지만 해도 평생 면허 없이 살 생각이었다. 자동차와 운전면허가 인류의 적이라고 생각했다. 자전거를 타는 사람은 자전거의 눈으로 세계를 보고 자동차를 타는 사람은 자동차의 눈으로 세계를 본다. 자동차는 산업 시대의 첨병이자 석유 복합체의 기관이고 글로벌 거대 기업과 신자유주의 체제의 산물이며 환경오염의 주범, 도시 생태계의 파괴자, 남근의 상징이다! 진지한 작가라면 차를 멀리해야 돼. 오직 읽고 쓰고 달릴 뿐……

작가가 되고 보니 작가들은 글이나 인터뷰에서 했던 말, 풍기는 이미지와 달리 돈이 생기는 즉시 커다란 외제 차를 샀다(비싼 산악자전거를 사거나 하이엔드급 오디오를 사거나……). 그런 차를 사는 게 나쁘다는 말이 아니다. 문제는 한 번도 자동차에 대해 제대로 쓴 글을 본 적이 없다는 사실이다. 산책과 자전거에 대해 쓰는 건 괜찮다. 하지만 생각해보라…… 진정성 넘치는 시인이 벤츠를 모는 풍경을…… 이것이야말로 진정한 실재계의 틈입이다.

벤츠를 타건 픽시를 타건 무슨 상관이냐, 말할 수 있으면 좋겠지만 사실 그렇지 않다. 이동 수단은 이데올로기와 밀접한 관련이 있다. 선호하는 이동 수단을 말해보라. 당신이 누구인지 말해주겠다. 미국에서 볼보를 타면 좌파라는 뜻이다. 그래서인지 주변 출판계 사람 중 볼보를 타는 사람 또는 볼보를 타고 싶어하는 사람이 꽤 있다. 반면 출판계 밖의 지인들은 볼보에 관심 없다. 1987년에서 2019년까지의 통계에 따르면 수입차 판매는 벤츠와 BMW가 압도적인 1, 2위다. 볼보는 6위다. 볼보는 수입 초기인 1990년대에 반짝하다 사라졌지만 2017년 이후 판매가 급증했다. 문재인 정부 출범 이후다. 좌파들은 돈이 생기면 볼보를 산다…… 믿거나 말거나. 볼보는 세계 1위의 안전성으로 유명하고 특히 SUV인 XC 시리즈의 인기는 대단하다. 차를 좋아하는 사람들은 볼보의 교통사고 사망률이 낮은 이유가 볼보 오너들의 운전 성향 때문이라는 분석을 내놓는다. 좌파는 죽지 않는다. 다만 변절할 뿐…… 믿거나 말거나……

여담이지만 내 지인들은 대부분 아이폰을 쓴다. 최소한 갤럭시를 쓰는 사람은 없다. 그런데 경비원으로 일하던 시절, 스무 명이 넘는 직원 중 아이폰을 쓰는 사람은 한 명밖에 없었다. 모두 갤럭시를 썼다. 내가 속한 경비조의 조장은 말했다. 왜 불편하게 아이폰을 써? 책 읽는 모습을 본 조장은 말했다. 너 미쳤어? 1968년 미국 대선 후 영화평론가 폴린 케일은 이렇게 말했다. "어떻게 닉슨이 이길 수 있지? 내가 아는 사람 중 닉슨에게 투표한 사람은 한 명뿐이에요. 그 사람들은 다 어디에 사는지 모르겠어요." 비슷한 일은 언제나 일어난다. 〈명량〉2014이 천육백만 명의 관객을 동원했을 때 지인들은 입을 모아 말했다. 내 주변에 〈명량〉을 본 사람은 한 명도 없어! 대체 그 사람들은 다 어디 있는 거야!

버지니아 울프는 『등대로』1927를 출간하고 번 돈으로 자동차를 샀다. 문학사가들이 추측건대 차종은 1927년형 싱어 시니어 또는 싱어 주니어일 가능성이 크다. 자동차의 애칭은 '등대'. 그녀는 동생과 함께 넓은 공터에서 운전을 배웠지만 운전 실력은 평생 늘지 않았다(울타리를 몇 번이나 받았다). 그럼에도 버지니아 울프는 드라이브를 사랑했다. 운전이 주는 자유로움을 만끽했고 속도가 주는 새로운 감각을 공들여 찬양했다. 그녀와 레너드 울프는 자동차를 타고 영국뿐만 아니라 유럽을 여행했으며 그로 인해 전에는 생각도 할 수 없던 풍경과 마주쳤다. 그녀가 가장 사랑했던 지역인 서식스도 자동차가 없었다면 발견하지 못했을 것이다. 자동차는 '자기만의 방'이자 '자아를 소집'할 수 있게 만드는 도구였다.

버지니아 울프가 쓴 「서식스에서의 저녁: 자동차에서의 단상들」은 이러한 생각이 담긴 짧은 에세이다. 흥미로운 건 이 에세이가 실린 국내 단행본 뒤표지에 있는 문구다. 뒤표지에선 에세이를 이렇게 설명한다. "자동차의 등장으로 인해 사라져가는 옛것들을 문학적으로 비탄하는 애가."『끔찍하게 민감한 마음』, 양상수 옮김, 꾸리에, 2018 이 서술은 전혀 이상하지 않다. 울프는 산책의 수호성인 중 하나다. 우리의 인식 속에서 산책과 드라이브는 반대 항이다. 속도를 즐기는 사람이 산책을 좋아할 수 없는 노릇이다. 슬로 라이프, 느림의 미학. 그게 바로 산책 아닌가?

지금은 성폭력으로 더 유명해진 운동권 출신 유명 정치인의 인스타그램을 본 적이 있다. 그가 한창 전성기를 구가할 때의 일이다. 숲속의 해먹에 누워 셀카를 찍은 게시물이었다. 중년 남성의 셀카는 거북했지만 더 거북한 건 함께 올린 글의 내용이었다. 원래 해당 정치인에게 호감이 있었던 친구는 끔찍해하며 게시글을 소리내 읽었다……(그래야 끔찍함이 배가된다며, 특히 해시태그에 주목하라고 했다). "우리의 모든 삶이 인공적인 구조 속에 너무도 깊게 묻혀버렸다. 산업혁명 이후 현대의 모든 삶이 인간의 인위에 갇혀버렸다. (……) 무엇을 잃어버린 것일까? (……) 아마도 기다림일 것이다. 동력 기계와 정보통신 기기로 무장한 우리들의 삶에는 기다림이 실종되었다. 우리는 바람도 푸른 잎사귀도 별빛도 잊어버렸다. (……) 우리 삶 속에 자연을 받아들이자. #숲 #혼자놀기 #나뭇잎 #햇살 #책 #독서 #바람 #추억 #어린날 #고향 #참나무 #소나무 #토지_책 #기다림 #역사 #민초 #슬픔 #한 #사랑 #꿈 #미래"

지금은 자동차 문화가 남성들의 전유물로 여겨지지만 과거를 보면 그렇지 않다. 자동차는 여성들이 집을 벗어나게 해주는 도구인 동시에 집이기도 했다. 남성들이 여성 운전자를 의심하고 비웃는 것은 자신들에 대한 위협으로 느끼기 때문이다. 운전대를 잡는 순간 지배에서 벗어나 동등한 위치에 올라선다. 내 자리를 넘보는 소수자, 약자에 대한 혐오. 대중문화에선 종종 자동차를 이러한 상징으로 다룬다. 〈델마와 루이스〉1991가 대표적인 케이스다. 샤론 윌리스는 〈델마와 루이스〉를 다룬 글에서 이 영화가 정체성과 욕망, 시네마틱 픽션과 실제 삶에 대해 복합적인 질문을 가능하게 해주지만 다른 무엇보다 자신이 속으로 좋아해온 자동차 문화, 기계와 속도의 문화를 즐기게 해줬다고 말했다. 이데올로기적 배치들은 항상 우리를 특정한 발언과 생각 속으로 밀어넣는다. 중요한 건 그렇기 때문에 이데올로기에서 자유로울 수 없다는 식으로 생각하는 게 아니라(이 경우 나이브한 상대주의에 빠질 뿐이다) 자동차와 같은 코드들을 새롭게 발견하고 배치할 수 있는 능력이다. 상황주의의 전략으로 말하면 전환detournement이다. 더이상 전복적이지 않은 지배 문화의 요소를 혁명적 목적을 위한 수단으로 바꾸어놓는 것이다.

켈리 라이카트의 영화에서 어떤 여성들에게 자동차는 곧 집이다. 〈웬디와 루시〉2008에서 웬디는 실제로 차에서 자고 차에서 생활한다. 〈어떤 여자들〉2016의 세번째 에피소드 주인공인 한 여성은 애정과 관심을 자동차의 이동을 통해 표현한다. 또하나의 표현 수단은 말horse인데 재밌는 건 둘 모두 일반적으로 남성이 여성에게 관심을 표현할 때 쓰인다는 사실이다('야타족'을 떠올려도 좋다. 그게 뭔지 안다면……). 영화의 내용은 단순하다. 홀로 목장을 운영하는 여성이 우연히 먼 거리를 출퇴근하는 여성 변호사를 알게 된다. 그녀는 변호사에게 유대감을 느끼고 자신의 이동 수단으로 변호사에게 다가가려 하지만 변호사는 이 관계를 어색해한다.

이 에피소드의 원작 소설은 마일리 멜로이의 「트래비스 B」2002다. 소설의 주인공은 사실 남자다. 켈리 라이카트는 성별을 바꾸는 간단한 장치로 길과 이동 수단을 본래의 이데올로기에서 분리했다. 「트래비스 B」에서 말과 자동차는 어딘지 모르게 섬뜩하고 좋게 봐줘도 찌질하다. 반면 〈어떤 여자들〉에서는 주인공이 유일하게 기댈 수 있는 장소로 표현된다. 유대감을 느낀 관계가 단절된 후 주인공은 차를 타고 남부의 길고 텅 빈 도로를 달린다. 피곤함에 지친 그녀는 졸음운전을 하고 자동차는 도로를 벗어나 울타리를 넘어뜨려 벌판으로 들어간다. 일종의 버지니아 울프적 교통사고. 카메라는 광활한 벌판 위에 홀로 남은 자동차를 비춘다.

영화 잡지 『필로』 13호에는 켈리 라이카트의 인터뷰가 실려 있다. 주인공들이 계속 길을 떠도는 상태에서 이야기가 끝나게 되는 이유가 무엇인가라는 질문에 그녀는 이렇게 대답한다. 다들 그게 너무 슬프다고 하는데 남은 삶 내내 정착하는 건 좋을까? 탐색이 계속되길 바란다. 안 바라도 계속되기 마련이지, 그렇지 않나?

시카고는
아무 곳도
아니었다.

정해진 장소가
아니었다.

그저 미국이라는
공간을 향해
방출된 무엇일
뿐이었다①

서울에서 십팔 년을 살았고 그중 십사 년 육 개월을 마포구에서 살았다. 정확히는 상수동의 반지하 투룸에서 십사 년을 살았다. 처음에는 친구와 친구의 친구와 함께 살았고 또 다른 친구와 친구의 친구, 또다른 친구와도 살았으며 나중에는 어머니와 살았다. 그동안 대통령이 세 번 바뀌었고 한 명은 자살했고 한 명은 감옥에 갔으며 다른 한 명은 탄핵당하고 감옥에 갔다. 서울 시장은 세 번 바뀌었고 한 명은 감옥에 갔고 한 명은 사퇴했으며 한 명은 세 번 연임 후 임기 중에 자살했다. 네번째 대통령은 현직에 있으며 하루가 다르게 늙어가는 중이다. 정치에 푹 빠진 어머니는 TV에 대통령이 나오면 늘 말씀하신다. 정치는 만다고 하노.

동거인이 바뀌고 세상이 변하는 동안에도 나는 꾸준히 반지하 투룸에 살았다. 장마철 눅눅한 방에 누워 천장을 바라보며 평생 여기서 살지도 모른다는 예감에 사로잡히기도 했다. 아무리 일을 해도 돈은 모이지 않았고 모을 생각도 없었다. 미래에 내 삶을 저당잡히고 싶지 않아. 내 사전에 저축이란 단어는 없다!(라고 말하고 다녔지만 사실은 저축하기에 수입이 턱없이 모자랐다.) 방은 좁고 해는 조금밖에 들지 않았지만 사람들에겐 이 집이 지상이나 다름없다고 말했다. 굳이 말하면 반의반 지하랄까. 반반지하? 사분의 일 지하? 하지만 지하라는 사실은 변함없었다. 어머니는 지금이라도 주택부금 같은 걸 넣으라고 말씀하셨다.

평생 이래 살래?

　주변 환경은 괜찮았다. 횡단보도 하나 건너면 공포의 홍대였지만 집 근처는 조용했고 한강도 지척이었으며 당인리발전소에서 양화진으로 이어지는 산책 코스도 나쁘지 않았다. 절두산 순교성지와 양화진 외국인 선교사 묘원에는 종교의 자유를 위해 목숨 바친 사람들을 기념하는 공원이 있었다. 비록 나는 종교가 없고 어머니는 무교와 불교와 기독교와 샤머니즘을 필요에 따라 갈아타는 유목적 종교인이라 그들의 희생에 큰 감흥을 느끼진 않았지만 산책에는 일정 정도의 경건함과 형이상학이 필요한 법이다. 2010년대로 접어들며 당인리발전소 공원화 논의와 함께 상수동이 개발되기 시작했고 신발 공장을 베를린 스타일로 리모델링한 카페나 호주 멜버른에서 들어온 스페셜티 커피숍 등이 생겼으며 발 빠른 어느 패션 잡지는 상수를 한국의 브루클린이라고 명명했지만 몇 년 뒤 성수가 한국의 브루클린이라는 명명을 영원히 빼앗아갔다. 내 입장에선 다행이었다. 상수가 성수나 연남동처럼 됐으면 진작 쫓겨났을 테니까.

　작가라면 모름지기 단골 카페가 있어야 하는 법이다. 그래서 비참할 정도로 가난했던 습작 시기에도 자주 가는 카페는 있었다. 낯가림 때문에 직원이 스몰토크를 시도하면 커피에 코라도 박고 싶은 심정이었지만 꿋꿋이 대화도 했다. 작가를 만드는 것은 작품이 아니라 장소다. 20세기 초반 파리에 체류한 영미권 작가들이나 1970년대 파리로 망명한 라틴아메리카의 작가들 모두 작품을 쓰기 전에 적절한 장소부터 찾았다. 롤랑 바르트가 사랑한 쿠바 작가 세베로 사르두이는 센강 좌안의 카르티에라탱에 정착했다. 그러니까 그가 망명한 곳은 유럽이나 파리가 아니라, 라탱 지구의 카페였고 그들이 만들어낸 문학예술 공동체였다.

대구에서 서울로 망명한 내가 정착한 곳은 마포구 상수동의 카페 애플이었다. 인적이 드문 골목의 상가 건물 이층에 있던 곳으로 친절한 바리스타 겸 사장님은 날씨가 추울 때면 전기난로를 내 쪽으로 돌려줬다. 알고 보니 그의 연인이 같은 과 선배였고(교류는 없었다) 드나들던 단골들과 인사 정도 하는 사이가 되었다. 부르주아피그라는 술집도 있었다. 여기 사장의 연인도 나와 같은 과였고(선배였는지 후배였는지 모르겠다. 역시 교류는 없었다) 세상의 좁음에 감탄했다. 애플이 사라지고 단골이 된 카페는 위키드 케이크라는 디저트 카페로 르코르동블루 출신의 파티셰가 운영하던 곳이었다. 그 외에도 많은 곳이 있었다. 베르에블랑이라고 테라스가 좋은 카페가 있었고 AA디자인뮤지엄의 테라스도 자주 이용했으며 커피빈 홍대삼거리점 테라스도 좋아했다. 술을 마실 땐 니나노라는 이자카야에 갔고 새벽 세시까지 운영하는 이삭베이커리에서 생크림 소보로를 사

먹었으며 며느리밥풀꽃이라는 이름의 식당에서 고디탕을 먹었다. 이중에는 유명한 곳도 있고 그렇지 않은 곳도 있으며 프랜차이즈도 있고 중간에 업종이 바뀐 곳도 있지만 공통점은 하나다. 모두 사라졌다는 것이다. 이십대의 내가 가던 장소는 이제 어디에도 없다. 가끔 단골 가게에서 일하던 직원이나 사장과 우연히 마주치기도 한다. 우리는 갈 곳 잃은 지박령처럼 도시를 떠돌다 서로를 알아보지만 딱히 할 말은 없다. 여전히 서울에서 살아남기 위해 분투중이다, 아마 영원히 그래야 할 것 같다, 복권이라도 사세요, 같은 이야기를 할 필요는 없지 않나. 우리가 그 정도 사이는 아니니까……

지금 자주 가는 장소들은 어떻게 될까. 카페드플로르나 레되마고처럼, 하다못해 학림다방처럼 남아서 도시의 역사와 기억을 증언하는 장소가 될 수 있을까. 그럴 가능성이 보이는 카페도 있다. 나름 명성을 획득하고 예술가와 유명인, 업계 종사자 들이 자주 출몰하는 장소. 다시 말해 작가가 되려면 가야 하는 곳?(21세기 서울에 그런 곳이 있는지 의문이지만. 인플루언서가 되려면 가야 하는 장소는 있다. 너무 많이.) 하지만 나는 그런 장소에는 가고 싶지 않다(라탱 지구를 피해 파리 우안에 자리한 솔 벨로적 욕심이라고 할 수 있다. 솔 벨로를 좋아하지 않지만……). 내가 가장 싫어하는 곳은 '예술가들의 아지트'다(단어 조합부터

'극혐'). 옆자리엔 영화감독, 뒷자리엔 시인, 건너편에는 설치미술가…… 여담이지만 사대문 안을 지나치게 좋아하는 영화감독 홍상수의 신작 〈도망친 여자〉2019에서 수영(송선미 분)은 예술가들이 우글우글한 술집의 단골이 된다. 그녀는 그곳에서 만난 건축가에게 호감을 품지만 문제는 역시 그곳에서 만난 시인이 그녀를 스토킹한다는 사실인데…… (스포일러라 여기까지). 나는 아무나 오는 곳이 좋고 아무나 오는 곳이 오래 지속되고 기억되었으면 좋겠다. 그러나 아무나의 흔적은 기록되지 않는다. 내가 가던 장소들이 모두 사라진 이유가 그 때문일까. 우리 모두 아무나라서? 하지만 나는 아무나가 좋다. 금정연과 했던 대화가 떠오른다. 최상은 돈이 많고 유명하지 않은 것이다. 최악은 유명하고 돈이 없는 것이다. 이 미친 자본주의사회에서 우리가 원하는 건 아무도 모르는 부자…… 그러므로 예술가와 정치가는 최악으로 향하는 조건을 갖춘 셈이다. 알려지지 않고 사라지는 게 과연 나쁜가라는 생각도 든다. 이름을 남기려고 하지 않고 그냥 잊히는 것. 펠릭스 페네옹이나 조셉 주베르처럼 한 권의 책도 내지 않고 사라지기(그러기엔 이미 너무 많은 책을 냈지만). 하지만 문제는 사라짐에도 종류가 있다는 사실이다. 사람들은 망각을 두려워한다. 도시의 급격한 변화, 개발 지상주의, 젠트리피케이션에 밀려 상처 입고 기억을 잃은 도시. 역사가 없는 도시는 아무리 훌륭해도 장소가 되지 못한다. 그러나 대체 도시가 원하는 종류의 역사란 뭘까.

지리학자 이푸 투안은 장소place와 공간space을 구분한다. 장소는 안전을 의미하며 공간은 자유를 의미한다. 이를테면 집은 장소이며 도시는 공간이다. 그러나 도시에도 장소의 아우라가 부여될 수 있다. 뉴욕은 수많은 문학과 영화, 그리고 역사로 인해 장소가 되었다. 파리도 마찬가지다. 서울은 장소가 되기 위해 부단히 애쓰는 중이다(이를테면 "I·SEOUL·U 너와 나의 서울"). 물리학자 닐스 보어와 하이젠베르크는 덴마크의 크론베르크성에서 장소와 공간의 역학에 대해 생각했다. 단지 건축적으로 의미 있는 공간에 불과한 이 성이 장소가 된 것은 이곳이 『햄릿』의 배경이기 때문이다. 햄릿이 실존했는지의 여부와 무관하게, 셰익스피어가 크론베르크성을 배경으로 인간 실존에 대한 질문을 던졌기에(죽느냐 사느냐) 이곳은 장소가 되었다. 공간/위치와 장소/운동량의 불확정성원리. 그러므로 제인 제이콥스의 책 제목이 '미국 대도시의 죽음과 삶'인 건 자연스러운 일이다.

셰익스피어나 제인 제이콥스처럼 거창한 뭔가가 아니더라도 공간이 장소가 되기 위해선 많은 과정이 필요하다. 지인과 서울을 떠나는 것에 대한 얘기를 나눈 적이 있다. 지인은 서울이 싫어서 어떻게든 이곳을 떠날 생각이라고 했다. 가능하면 파리나 베를린으로. 나는 망설였다. 서울을 떠나? 그건 좀…… 헉. 설마 서울 좋아하는 거 아니야? '한남'이라서? …….

서울을 떠나기 두려운 건 경제적인 문제나 외국어 탓도 있지만 좋든 싫든 서울이 내게 장소가 됐기 때문이다. 육칠년의 시간이 걸렸다. 어떤 도시라도 이 이상, 어쩌면 더 많은 시간이 걸릴 것이고 피할 수 없는 상황이 아니라면 나는 그런 일을 다시 겪고 싶지 않다. 디아스포라는 이 과정을 평생에 걸쳐 거듭하는 사람이며 유목민은 이러한 과정을 필요로 하지 않는 사람이다(개념상 그렇다). 현대인은 장소를 잃은 대신에 공간을 얻었다, 라고 말해도 좋을까. 사이버스페이스, 코워킹스페이스, 인디스페이스……?

장소는 단지 사는 것만으로 만들어지지 않는다. 대구에서 서울로 올라와 처음 몇 년 동안은 같은 처지의 대구 친구들이나 학교 사람들을 만났다. 서울에 온 게 아니라 대학가나 서울 안의 대구에 온 것이나 다름없었다. 진정한 의미에서의 새로운 친구가 생긴 것은 '봄'이라는 이름의 카페 겸 와인 바에서였다. 이제는 옷가게로 뒤덮인 홍대의 걷고 싶은 거리(지만 걷고 싶지 않은 거리)에 있었던 곳으로 나는 지금까지와는 다른 종류의 세계와 사람들을 만나고 몇몇과 가까운 사이가 되었다. 그들과 어울리고—그분들은 심지어 서울에서 태어나고 서울에서 자란 진정한 의미의 서울 사람이었다!—매일 가는 장소들이 생기면서 서울이 편안해지기 시작했다. 대구에서는 한 번도 느끼지 못한 편안함이었다. 한기씨를 알게 된 것도 그즈음이다. 성남 시민이며(분당이 아니라는 걸 강조했다) 생물학과에서 문창과로 갓 전과한, 반스를 신고 다니는 미국 인디 문화에 나오는 너드(하지만 주인공) 느낌의 시네필⋯⋯(비록 나는 컨버스를 신고 다녔지만 한기씨를 보는 즉시 같은 종에 속하는 사람이라는 사실을 단숨에 깨달았다). 학교에 적응 못하고 교정을 떠돌던 나는 오한기를 만나고 나서야 비로소 학교라는 장소에 적응했다. 마찬가지로 등단한 그해, 금정연과 이상우를 만나지 못했다면 내가 문단이라는 일종의 장소를 견딜 수 있었을까. 상우씨 역시 그랬을 것이다. 우리와 대화를 하는 상우씨를 본 문단 사람들은 깜짝 놀라 말했다. 상우씨 말할 줄 알았어요? 그들은 이상우를 몇 년간 봤지만 말하는 모습은 처음이라고 했다. 늘 조용히 있다가 돌아가더라고요. 상우씨가 그동안 왜 한마디도 하지 않았는지는 굳이 설명할 필요가 없을 것 같다. 존 케이지는 1959년 8월 『음악적 만남』에 실린 「무에 관한 강연」에서 이렇게 말했다. "강연이 계속되면 될수록 우리는 어디로도 나아가지 못하며 이는 즐거운 일이다. 제자리에 있는 것은 초조하지 않다. 어딘가 다른 곳으로 가고 싶다고 생각할 때

초조해질 뿐이다. 우리는 그 어디에도 없었다. 그리고 지금, 또다시 우리는 서서히 그 어디에도 없게 되는 즐거움을 누리고 있다."『사일런스』, 나현영 옮김, 오픈하우스, 2014

시카고는
아무 곳도
아니었다.

정해진 장소가
아니었다.

그저 미국이라는
공간을 향해
방출된 무엇일
뿐이었다②

가끔 내가 할 말을 먼저 한 책을 만날 때가 있다. 내가 썼나 싶어서 저자 이름을 확인하기도 한다. 나라면 좋을 텐데, 쓴 걸 기억도 못하는 책들이 내 이름으로 출간되어 있고 십 사 개 언어로 번역됐으며 인세가 따박따박 들어오는 평행 우주가 있으면 좋을 텐데. 그곳에서는 다른 작가가 내 책을 보고 내가 할 말인데!라고 생각할지도 모른다. 그리고 그런 독서가 모여 그는 지금 이 우주에서 세계적인 작가가 된 걸 지도 모른다. 그러니 책을 출간한 모든 저자들은 인정해야 한다. 다른 평행우주에선 자신이 독자일 수 있음을, 지금의 나는 수많은 평행우주 속 독자인 내가 합해진 결과라는 사 실을 말이다.

보스니아 출신 작가 알렉산다르 헤몬은 평행우주에서 내 책의 독자였을 것이다. 그가 먼저 내 책을 인용했기 때 문에, 나는 그의 책을 보고 똑같이 할 수밖에 없다. 사실 내 가 쓴 거니까. 앞의 「두 사람이 걸어가」에 그의 문장(평행 우주에서는 내 문장)이 나온다. "나는 소설은 쓰지 않을 수 없어 쓰지만, 비소설은 누가 강요해야만 쓴다." 에세이를 시작하는 거의 완벽에 가까운 문장이다. 비슷한 유형의 문 장으로 찰스 부코스키가 『우체국』에 쓴 제사가 있다. "이 작품은 허구이며 아무에게도 바치지 않는다." 젊은 시절 알 렉산다르 헤몬은 찰스 부코스키 빠였다. 여담이지만 그가 가장 좋아했던 감독은 브라이언 드 팔마고 십대의 내게 충격을 준 첫번째 영화는 〈미션 임파서블 1〉이다. 평행 이론?
보스니아와 남한의 거리는 생각보다 멀지 않다.

구유고슬라비아 연방의 문화도시 사라예보에서 자란 알
렉산다르 헤몬은 급진적인 유럽 현대 예술과 대중적인 미
국 문화의 세례를 동시에 받고 자랐다. 고국인 보스니아 헤
르체고비나는 발칸반도 전공자 외에는 대체 누가 어떻게
싸우고 왜 싸우는지 아는 사람이 거의 없는, 내전과 학살
로 얼룩진 동유럽의 난해한 국가지만 그가 자랄 당시만 해
도 사회주의의 끝물이라는 역사적 시기 속에서 서구의 영
향력을 마음대로 상상하고 녹여낼 수 있는 종말론적 유토
피아였다. 헤몬은 영화평론가로 활동하며 라디오 방송국과
신문, 잡지 등 여러 지면에 짧고 황당무계하며 요령부득의
글을 썼다. 그가 한창 활동하던 시기는 세르비아계와 보스
니아계의 충돌로 생긴 전운이 도시의 상공을 떠돌던 때였
지만 사람들은 생각했다. 설마 전쟁이 나겠어? 저러다 말
겠지. 세르비아 민병대의 수장인 보이슬라브 셰셸은 인터
뷰에서 크로아티아인들의 눈구멍을 녹슨 숟가락으로 파버
리겠다고 했지만, 헤몬은 그 발언을 멀쩡한 숟가락으로는
성에 차지 않는 모양이군, 같은 농담으로 웃어넘겼다(어쩌
겠는가. 사람의 눈을 숟가락으로 파면 안 됩니다!라고 대응
하기엔 상황이 너무 비현실적이지 않은가). 시인이자 정신
과 의사인 발칸의 도살자 라도반 카라지치가 밀로셰비치

의 지원을 받아 사라예보 포위를 준비하고 있는 와중에도 헤몬과 친구들은 그들만의 유토피아에서 곧 사라질 무의미하고 급진적인 짓거리를 벌이며 지냈다. 밤새 이어지는 푸리에적인 난장 술판, 유고슬라비아 프로파간다 영화 속 스타일로 재현한 나치의 칵테일 연회, 대마를 피우고 빈센트 미넬리의 〈지지〉를 보며 고함지르기, 도박, 춤, 폭식, 침몰하는 배에서 이루어지는 타이타닉 섹스, 지엽적이고 사소하며 광적인 논쟁, 딘 마틴에게 영혼을 바친 송가 등등. 어쩌면 그들의 무의미하고 급진적인 짓거리는 자신들에게 미래가 없음을, 더이상 의미라는 체계가 작동하지 않을 거라는 사실을 감각적으로 알아챘기 때문에 일어난 행위일지도 모른다.

라도반 카라지치의 롤 모델은 세르비아 고전 서사시인 「산의 화관」에 나오는 군주 블라디카 다닐로다. 다닐로는 이슬람교도들의 몰살을 명령하며 이렇게 말한다. "있을 수 없는 일을 있게 하라." 시인인 카라지치는 서사시에 나오는 이 말을 현실에 옮겨 적으며 지옥문을 열어젖혔다. 그에 대항해 소수의 사라예보 청년들이 할 수 있는 건 아무것도 없었다. 그러나 아무것도 하지 않을 수는 없다. 현실을 인식하기 위해서는 모두 각자의 픽션이 필요하다. 헤몬이 택한 것은 모든 의미의 기각이라는 픽션이었다. 시의 의미가 문자 그대로 현실에서 작동하는 상황 속에서 헤몬과 친구들은 급진적인 과잉 - 의미의 생산을 통해 이전까지 믿어왔던 이데올로기들을 무의미하고 우스꽝스럽게 만들어버렸다. 사람들은 조롱이나 철없는 아방가르드적 실천이라고 생각했지만 그들의 행위는 (사후적으로 구성된) 징후이자 경고였다. 당시에는 누구도 의미를 알 수 없었지만 말이다.

어쨌든 사라예보의 짧은 (반)유토피아가 끝나갈 때쯤인 1992년, 알렉산다르 헤몬은 미 공보부가 문화 교류의 일환으로 지원하는 국제 방문 프로그램에 선정되어 한 달간 시카고로 떠나게 된다. 운명의 장난인지 그냥 운명인지 그가 시카고에서 지낸 한 달 동안 보스니아내전이 발발했고 현대 역사상 가장 긴 포위전이 시작됐다. 헤몬이 평생을 살고 사랑한 도시인 사라예보는 비처럼 쏟아지는 포탄과 유산탄, 거의 신적인 시선을 소유한 저격수들의 총탄에 의해 물리적으로 가루가 되었고 정신적으로도 가루가 되었다.

헤몬의 가족들은 국제전화를 걸어 말했다. 돌아오지 마. 돌아와봐야 좋을 일 하나도 없어. 헤몬은 졸지에 망명자가 됐다. 사라예보에서 지내는 동안 단 한 번도 그곳을 떠날 생각을 하지 않았고 미국에서 살 생각도 없었으며 살 방법도 없었던 그가 아는 사람 하나 없는 생뚱맞은 도시 시카고에 남겨져 고국에 대한 그리움과 책임감, 죄책감에 시달리게 된 것이다.

그 시간 동안 헤몬이 시카고에서 할 수 있는 건 걷는 것

뿐이었다. 시카고라는 낯설고 거대하며 지리학적으로 보행자들에게 불친절하기 그지없는 곳을 끝없이 산책하는 것. 걷는 것은 아무것도 할 수 없을 때 할 수 있는 유일한 행위다. 헤몬은 걷고 또 걸었고 지치면 극장에 들어갔다. 영화를 보기 위해 들어간 건 아니었다. 영화평론가 시절의 습관, 몸에 밴 도시인의 습관이었고 낡고 오래된 시카고의 극장들은 돈만 내면 난민은 물론이고 시체도 받아줬다. 거리와 도로가 도시의 순환계이자 신경계라면 극장은 도시의 망상을 상영하는 변연계이며 영화는 뉴런이 직조한 꿈이다. 도시가 토해낸 무의식이 극장 안에서 분출되었고 관객석에는 정체를 알 수 없는 사람들이 낮이고 밤이고 의자에 구겨져 뇌 속에 상영되는 찌꺼기를 가수면 상태로 보고 있었다. 헤몬은 친지들이 모두 죽을지도 모른다는 공포와 물리적이고 형이상학적인 실향 속에서 도시의 악몽 사이를 산책했다. 고통스러운 시간이었지만 견딜 수 있는 유일한 방법이었다. 그리고 산책의 운동과 흐름 속에서 그의 신체가 정신보다 먼저 시카고에 적응해갔다.

여행지의 숙소에 체크인을 한 뒤 가장 먼저 하는 일은 걷는 일이다. 오랜 비행과 기다림으로 지쳐 있어도 숙소 주변을 걷지 않으면 쉴 생각이 들지 않는다. 짐을 두고 손을 씻고 양치를 하고 밖으로 나온다. 그리고 숙소를 중심으로 대로와 골목, 도시의 지형과 상점, 사람들을 바라보며 천천히 걷는다. 나카메구로의 아파트에 묵을 때는 숙소와 메구로강, 나카메구로역을 잇는 가장 쾌적한 길을 찾고 목욕탕, 블루블루재팬, 마카웨어, 카우북스 같은 상점들을 찾았으며 교복 입은 고등학생들 무리에 섞여 다리를 건넜다. 베니스 리도에 머물 때는 해변으로 가는 가장 가까운 길이 어디인지 찾기 위해, 마음에 드는 마트와 카페를 찾기 위해 한 시간 가까이 걷다가 베니스 영화제가 열리는 팔라초 델 시네마의 광장까지 걸었다. 걷는 동안 아주 조금씩이지만 낯선 도시와 나의 위상학적 위치가 피부의 경계 너머에서 들어온다. 알렉산다르 헤몬은 사라예보에 살던 시절에는 내면과 외면의 경계가 부재했다고 쓴다. "내 삶의 지형들. 내가 누구라는 감각, 자아의 가장 심오한 정체성은 인간관계망에서의 내 위치에 따라 결정되었고, 그 인간관계망의 물리적 필연의 결과가 도시라는 구조물이었다." 여기서 말하는 인간관계망은 가까운 친구나 가족만을 뜻하는 게 아니다. 도시에는 이름도 나이도 국적도 모르지만 자주 보는 얼굴 또는 유사한 유형의 얼굴들이 활보한다. 도시와 관계를 주고받는 인간들의 지형이 있는 셈이다. 이웃의 개념이 사라졌다고 하지만 거리는 여전히 사람과 사물들로 이루어진 특수한 지형을 그리며, 우리는 그 일부가 되는 과정을 통해 도시에 정착한다.

시카고에 정착하기로 결심한 혜몬은 일자리를 구해야 했고 제3세계에서 온 망명 작가답게 할 수 있는 일은 최저 임금 노동밖에 없었다. 처음 구한 일은 그린피스의 지지를 호소하는 호별 방문원이었다. 문전박대는 일상이었고 난민은 쓸어버리겠다는 굳은 의지를 손에 든 총으로 보여주는 백인도 있었다. 그러나 혜몬은 일이 마음에 들었다. 가장 큰 장점은 집과 집 사이를 자유롭게 걸을 수 있다는 거였다. 그는 시카고 북부 해안의 부촌과 노동자 계층이 사는 남부 지역까지 걷고 또 걸었다. "그때의 나는 저임금의 이민자 만보객이었다."

혜몬처럼 극단적인 경우는 아니지만 대구의 정치적 지형에서 벗어나 서울로 망명 온 내가 적응하는 데도 일은 큰 역할을 했다. 스무 살 때부터 아르바이트를 했다. 전단지 배포, 자동차 부품 공장, 카페, 와인 바, 공무원 입시 인강 촬영, 영화 스태프, 전시 스태프, 법원 업무 보조, 광고 회사 어시 등등. 경험이 곧 자산이다! 그런 생각을 했던 건 아니다. 영문을 모를 정도로 많은 알바를 전전했고 그 경험은 별 자산이 되지 않았다. 일은 인간의 본성이 아니다. 일을 하면서 깨달은 건 그것뿐이다(지금 글을 쓰는 와중에도 깨닫고 있다).

내비게이션 맵을 위해 스트리트 뷰를 만드는 아르바이트도 했다. 대여섯 명이 그룹을 이뤄 사진을 찍는 일이었다. 오전 아홉시까지 회사에 가면 인원수에 맞춰 디지털카메라를 나눠준다. 그룹장의 안내에 따라 배정된 서울의 특정 지역으로 가서 각자 맡은 블록의 모든 건물과 거리의 사진을 매뉴얼에 따라 찍는다. 구글처럼 스트리트 뷰를 위한 세그웨이나 파노집 같은 첨단 장비가 있는 게 아니라, 그냥 손에 디카를 든 알바생들이 도시 곳곳을 헤매고 다니는 것이다. 물론 내가 일한 업체에도 다른 장비가 있었겠지만 가장 최선의 장비는 도보였다. 알바생들은 왕십리, 안암, 잠실, 영등포, 공덕, 학동, 대림 등을 다니며 사거리와 신호등, 건물의 전면과 간판을 찍었다. 최대한 수평을 유지해서 찍을 것. 고층 건물은 여러 장 나눠 찍고 교차로는 모든 각도에서 찍을 것. 고층 건물 옥상에서 거리를 내려보는 사진도 필요했는데 대부분의 건물 옥상은 잠겨 있었고 경비원은 우리에게 소리를 지르면 보너스라도 받는 것처럼 행동했다. 가끔은 건물 밖에서 사진을 찍는 것만으로 뛰어나와 소리를 지르고 카메라를 뺏으려고 했다. 유명 건축가가 지은 건물이라나. 나는 사람들의 불친절과 도시의 지형에 조금씩 익숙해졌고 같이 일하는 그룹 사람들의 사정도 알아갔다. 그들은 모두 남자였고 사연이 있었다. 리더인 일식 요리사 출신의 남자는 알바를 해서 모은 돈으로 초밥집을 차릴 생각이라고 했다. 왜 일식집에서 돈을 안 모으고 알바로 돈을 모으는지는 묻지 못했다. 항상 은색 슈트를 입고 다니던 남자는 잘나가는 HSBC은행 대출계 직원이었는데 어느 날 때려치우고 이 일을 선택했다. 학부 때 사진을 전공했기 때문이란다. 논리가 조금 이상했지만 그러려니 했다. 그는 외제 차면 모든 게 해결된다고 말했다. 소나타를 타는 사람은 소나타의 눈으로 세상을 보고 벤츠를 타는 사람은 벤츠의 눈으로 세상을 본다. 직업, 커리어, 여자, 친구, 집, 가족 모두 외제 차만 있으면 만사형통. 순서가 반대 아닌가? 내가 물었지만 아직 어려서 세상 물정 모른다는 답이 돌아왔다. 후드 티를 입고 다니는 후리후리한 키의 남자는 유학 준비중이었고 안경 낀 마른 남자는 명문대 철학과 대학원생이었다. 말하자면 이 그룹은 전형들의 전시장이었다. 도시마다 특정 군에 속하는 사람들에게 스며드는 문화적인 습속이 있고 그것이 외모와 인격의 지형을 만든다. 조금 벗어나거나 많이 벗어나는 사람도 있지만 누구도 무관할 수 없다. 도시의 지형을 담는 도시의 지형으로 빚어진 사람들?

아무튼 그들은 서울의 사진을 찍으며 미래를 꿈꾸고 있었다. 모두 한가락 하는 과거가 있었고(사실 여부와 별개로) 앞으로 크게 한 건 할 예정이었다. 돈만 모으면 대박 터뜨리는 거야! 나는 그냥 학부생이었고 야심 같은 건 없었다. 있다면 이 일을 경험으로 소설을 쓰는 거였다. 결국 습작을 쓰긴 했다. 지도를 만드는 남자가 관료제와 현대 도시의 미궁에 빠져 길을 잃는 전형적인 카프카풍의 망작이었다.

알렉산다르 헤몬은 대학교의 국제 인권법 연구소에서 봉사 활동도 했다. 연구소는 보스니아의 전쟁 범죄 가능성에 대한 증거를 모으고 있었다. 그는 그곳에서 사라예보의 파괴되거나 훼손된 건물들의 사진을 보며 실제 위치와 용도를 확인하는 일을 했다. 어떤 건물은 보자마자 주소까지 떠올랐고 어떤 건물은 난생 처음 보는 것 같았다. 고등학교 시절 여자친구인 레나타를 기다리던 모퉁이의 건물을 보기도 했다. 여자친구가 늦으면 일층 슈퍼마켓에서 사탕이나 담배를 샀다. 한 시절 그에게 가장 중요한 건물이었고 그후 오래 잊고 있었던 건물을 시카고에서 사진으로 다시 보게 된 것이다. 건물은 포탄으로 지붕이 붕괴되고 층들이 무너져 속이 텅 빈 모습이었다. 그의 형이상학적인 상태처럼 말이다. 전쟁으로 파괴된 고향의 건물을 보는 일은 그의 말대로 "사체의 신원을 파악하는 일"이나 다름없었다. 사체는 친구나 가족이었고 심지어 자신의 일부이기도 했다. 그가 알아보지 못하면 건물의 정체는 영영 미궁에 빠질지도 몰랐다. 그리고 이미 그렇게 된 건물이 대부분이었다.

헤몬은 전쟁이 끝난 1997년 봄, 사라예보에 방문했다. 오 년 만이었다. 모든 것은 그대로이면서 그대로가 아니었다. 길은 그대로였고 건물은 부서지고 형체를 알아보기 힘들었지만 그 자리에 있긴 했다. 그러나 위치가 같다고 위상이 동일한 건 아니다. 길에서 우연히 초등학교 시절 친구를 만났다. 그는 반가움에 흥분해서 물었다. "잘 지냈어? 어머니는 잘 지내시고?" 친구가 말했다. "어머니는 전쟁 첫 달에 저격수의 총을 맞고 돌아가셨어." 친구는 당황하지도 화내지도 않고 말했다. 사라예보는 더이상 헤몬이 태어나고 자란 도시가 아니었다. 그곳은 전쟁이 토해낸 사라예보 비슷한 그 무엇이었다. 그리고 그게 사라예보였다.

※ 이 글에는 『우체국』(찰스 부코스키, 박현주 옮김, 열린책들, 2012)과 『나의 삶이라는 책』(알렉산다르 헤몬, 이동교 옮김, 은행나무, 2019), 『인터뷰, 당신과 나의 희곡』(엘리너 와크텔, 허진 옮김, xbooks, 2019)의 내용이 포함되어 있다.

시카고는
아무 곳도
아니었다.

정해진 장소가
아니었다.

그저 미국이라는
공간을 향해
방출된 무엇일
뿐이었다 ③

팔꿈치의 노래를 들어라

겨울에 태어난 사람은 복수를 잘한대요. 한기씨가 말했다. 내가 여느 때처럼 한기씨에게 도저히 글을 쓸 수가 없어요, 아무거나 좋으니 힌트를 주세요, 라고 하니 돌아온 말이었다. 맥락을 알 수 없는 말이었지만 한기씨는 늘 맥락을 알 수 없는 말을 한다. 놀라운 건 그 무맥락의 말이 어느 순간 연결되며 의미를 '창발'한다는 사실이다(대부분 아무 말이긴 하지만).

─누가 겨울에 태어났는데요?

─저요.

한기씨가 말했다.

─그리고 은진이(한기씨 와이프), 정원이(한기씨 딸). 다 겨울에 태어났어요.

─복수는 복수를 낳는다?

─그런 셈이죠.

눈밭의 쓸쓸한 최후 같은 이미지가 떠올랐지만 쓸 수 있는 말은 없었다. 게다가 과학적인 근거가 부족했다. 이성적이고 합리적인 판단에 근거해⋯⋯ 그런 말은 쓸 수 없네요. 나는 다시 한번 한기씨에게 징징댔다. 어떡하죠? 한기씨는 잠시 생각하더니 말했다. 내면에 귀를 기울이세요. 한기씨한테 내면도 있어요? 한기씨는 내 말에는 아랑곳하지 않고 대답했다.

227

—머리에서 들리는 소리를 쓰지 말고 팔꿈치에서 들리는 소리를 쓰세요.

—팔꿈치?

나는 팔꿈치를 귀에 대려고 했지만 닿을 듯 말 듯 닿지 않았다(다들 한번 해보시길……). 팔꿈치를 안고 낑낑대다 보니 내가 바보처럼 느껴졌다.

—이게 돼요?

—안 되죠.

—……

—그게 바로 문학입니다. 팔꿈치와 귀의 관계.

—……

오한기가 천재라는 건 공인된 사실이다. 본인도 알고 다른 작가들도 안다. 오직 독자들만 모를 뿐이다. 다시 말해 한기씨와 독자의 관계도 팔꿈치와 귀의 관계. 금정연은 매일 연금복권을 산다. 연금복권 한 방이면 인생 역전. 정연씨가 말했다. 누구나 죽기 전에 한 번은 복권에 당첨됩니다. 물론 정연씨는 아직 당첨되지 않았고 인생은 역전되지 않았다. 죽을 때가 되지 않아서일까? 삶은 죽음으로 완성되는 것일까? 정연씨와 연금복권의 관계도 팔꿈치와 귀의 관계다. 상우씨는 이어폰에 빠졌다. 매일 이어폰과 헤드폰 후기를 검색해 정보를 알려준다. 에어팟 프로 완전 상세 리뷰! 구매 전에 반드시 봐야 할 영상! 음향 기술로 풀기 힘든 것을 애플은 해냈다! 음향 엔지니어로서 완전 멘붕……
상우씨는 본인의 이어폰을 우리 귀에 꽂아준다. 들어봐
요. 후지이 가제, 〈もうええわ(Mo-Eh-Wa)〉. 스윗한 상우
씨…… 그러나 상우씨도 우리도 백 퍼센트 마음에 드는 이
어폰을 가질 순 없다. 이때 하이엔드 이어폰은 욕망의 대상
그 자체가 아니라 욕망의 원인으로서의 대상 A다. 어떠한
실체도 갖고 있지 않은, 그 자체로는 텅 빈 혼돈이지만 주
체의 욕망을 통해 볼 때만 형태를 갖는, 실체가 아닌 것의
그림자, 닿을 수 없고 닿는 순간 사라져버리는 그런……(이
어폰). 그러므로 이것 역시 팔꿈치와 귀의……

　무슨 아무 말이지, 라고 생각할 수도 있지만 나와 오한
기, 금정연, 이상우가 나누는 대화는 늘 이런 식이다. 우리
는 상우씨의 서울 방문을 기념해 연희동에서 만났고 중국
식 냉면과 유린기, XO볶음밥과 쟁반짜장을 먹고 연희동
골목을 걸으며 대화를 나눴다. 문학적 은유와 지적 유희,
기발한 착상과 우연에 기대는 미학적 태도, 철학적이고 사
변적인 질문, 새로운 예술적 실천에 대한 고민 같은 것들은
없고 모종의 의미가 있는 것 같으면서도 텅 빈 중심을 빙
빙 도는 이야기들을 주고받는 것이다. 아무런 해도 되지 않
고 득도 되지 않는, 목적지 없는 산책 같은 그런 대화……
하지만 사실대로 말하면 우리에겐 연희동의 플릿커피라는
목적지가 있었다. 그러나 카페는 문을 닫았다. 휴무네요. 한

기씨가 말했다. 우리가 휴무를 확인하지 않고 와서 허탕을 친 게 몇 번인지 모르겠다. 영업시간도 확인하지 않고 예약도 하지 않는다. 이건 어쩌면 우리의 상태에 대한 은유 아닐까. 슬라보예 지젝은 말했다. 욕망의 대상은 환상적인 것에 불과하지만 환상 속에 실재적인 것이 있다고. 이것저것 애써보았자 모두 헛되다는 체념적 통찰보다는 욕망에 무조건 충실한 것 속에 더 많은 진리가 들어 있다고. 그러므로 우리는 계속 걷고 연금복권을 사고 이어폰을 검색하고 맛집을 찾고 글을 쓴다……

이쪽이에요, 정연씨

우리가 일상적으로 만나고 걷는 공간은 합정과 상수, 망원, 가끔은 연남과 연희를 포괄하는 마포구 일대다. 금정연은 마포구에서 나고 자라 현재는 은평구에 사는 서울 사람이다. 상우씨는 정연씨가 가장 이상적인 서울말을 쓰는 사람이라고 했다. 이상적인 서울말이 뭔지 모르겠지만 정연씨의 말투가 듣기 좋은 건 사실이다. 특히 대구에서 나고 자란 내게 금정연은 서울 사람의 이데아고 모든 서울 사람은 금정연의 모사다. 결코 금정연에 닿을 순 없지만 말이다. 반면 오한기와 이상우는 경기도 사람이다. 오한기는 성남, 이상우는 인천. 두 사람 모두 지금은 다른 곳에 살지만 태어나고 자란 곳에 대한 증오가 뼛속 깊이 배어 있다. 표현이 조금 심한 것 같으니 애증이라고 하자. 많은 한국 사람이 자신이 태어나고 자란 곳에 양가적인 감정을 가지고 있지만 특히 경기도 사람들은 정도가 심하다. 경기도는 전국에서 가장 인구가 많은 지역 단위지만 언제나 정체성의 위기에 시달린다. 수도인 서울을 편집증적인 시선으로 바라보며 자신의 위치를 상상할 때마다 분열증에 빠진다. 그들은 자기(도시)를 혐오하면서 동시에 자기(도시)를 연민한다. 서울을 오가는 데 인생의 절반을 쓴다고 투덜대지만 이동을(다른 말로 욕망을) 멈출 수 없거나 멈추지 않는다. 경기도민은 현대 국가와 도시 정책이 낳은 지정학적 정신병자들일까. 하지만 들뢰즈-가타리에 따르면 자본주의를 전복할 수 있는 것은 분열증적 주체들이고 그런 의미에서 서울을 전복할 수 있는 것은 경기도민이다. 실제로 이미 서울은 경기도에 의해 경계가 와해되고 게토화되고 있다. 건대, 신림, 강남역, 홍대를 서울이라고 할 수 있을까. 종로, 을지로, 서촌, 북촌, 명동만을 서울이라고 해야 하는 걸까. 서울이란 대체 뭐고 서울 사람이란 뭘까.

톰 앤더슨의 에세이 영화 〈LA 자화상〉2003은 도시에 대한 작품을 말할 때 빠지지 않고 거론된다. 영화는 LA가 배경인 백 편이 넘는 영화의 푸티지footage를 연결하며 도시를 드러낸다. 프랭크 로이드 라이트의 전설적인 에니스 하우스와 유선형 모더니즘 스타일의 팬 퍼시픽 오디토리엄, 이탈리아 범죄자들의 서식지인 빈민가 벙커 힐, 〈블레이드 러너〉1982가 그리는 미래의 LA와 〈LA 컨피덴셜〉1997이 그리는 과거의 LA, 그리고 톰 앤더슨이 미국의 네오리얼리즘이라고 부르는 영화들에서의 LA 등등. 영화가 진짜 LA를 그리려고 한다거나 주장한다고 생각하면 오산이다. 톰 앤더슨이 이어붙인 도시는 실제 물리적으로 존재하는 동시에 영화 속에서 재현되고 왜곡된 도시이다. 이곳에서 영화와 현실의 경계는 와해되며 서로가 서로에게 틈입한다. 도시는 경계 너머로 끊임없이 구성되고 확장되는 공간이다. 어쩌면 LA이기 때문에 가능한 일일지도 모른다. LA는 수많은 영화 속에서 반복 재현되면서 자의식을 가지게 됐고 자의식을 가지게 되는 순간 구조적 문제, 빈부격차와 인종차별, 도시의 비리와 기억을 숨길 수 없게 된 것이다. 도시는 스스로를 재현하고 반영하고 갱신하고 실천한다. 일종의 자기생산적 체계로서의 도시. 반면 이 영화를 패러디한 〈왜 밴쿠버에서 촬영한 영화들에는 밴쿠버가 없는가 Vancouver never plays itself〉토니 저우, 2015에서 밴쿠버는 자의식이 없다. 밴쿠버는 다국적 영화들에 다국적으로 이용되는 일종의 그린 스크린이나 세트일 뿐이다. 다시 말해, 영화(또는 소설이나 미술 등 그 어떤 예술)에서 작품은 도시를 단순히 반영하는 게 아니라, 도시를 만든다. 우리가 언어와 예술, 이데올로기, 담론 등등 수많은 요소를 통해 스스로를 구성하는 의식과 서사를 갖게 되듯이 말이다.

〈LA 자화상〉에는 이런 내레이션이 나온다.

"영화 속에서 로스앤젤레스에 개성을 부여하고 주역으로 만든 감독들은 와일더 같은 국외자들이었다. 이들은 LA를 도시처럼 만드는 데 관심이 없었다. LA를 자신들이 알던 도시와 같지 않게 만드는 데 관심이 있었다.

영화는 도시라는 곳이 불투명한 현실의 장소이며 다른 사회질서들이 서로 접촉하지 않고도 같은 공간에 공존한다는 것을 보여준다."

상우씨는 얼마 전 미술 작가 김희천과 부산비엔날레 토크에서 '도시는 겹쳐 있다'는 의미의 이야기를 했다. 도시는 하나가 아니다. 인간이 하나의 단일한 주체가 될 수 없는 것처럼, 서울 안에는 수많은 도시와 도시 안의 도시가 있다. 놀라운 것은 이렇게 겹치고 분리된 시간과 공간을 하나의 도시 또는 신체가 끌어안는다는 사실이다. 그런 의미에서 공간은 잠재력이 크다. 어떤 것도 동시에 하나 이상의 존재일 수 없다. 그러나 특정 공간 안에 두 존재가 있는 것은 가능하며 우리는 그렇게 과거와 현재, 미래를 구분한다. 시간은 우리를 속박하지만—그래서 존재에 의미가 부여되지만—공간은 우리를 해방시킨다. 시간이 공간화되면서 문명이 생겼다고 할 수 있지 않을까? 물리학자 리 스몰린의 관점에서 시간은 자연의 근본 성질인 데 반해 공간은 발생적 성질이다. 시간 안에서 우리에게는 선택의 여지가 없다. 시간의 앞으로 갈지 뒤로 갈지 선택할 수 없다. 하지만 우리는 공간에서 어디로 움직일지 선택할 수 있다. 이 차이가 우리의 경험 전체를 빚는다. 라이프니츠는 말했다. "공간은 다른 무엇도 아니며 그 질서 또는 관계다."

우리는 합정역 부근의 라멘집 앞에서 만났다. 상우씨가 서울에 온 뒤 두번째 만남이었다. 정연씨는 건강검진 때문에 조금 늦는다고 했다. 내시경 할까요? 하겠죠. 수면 마취 하겠죠? 수면 마취 하면 통증이 다 느껴진다던데 사실인가요? 한기씨가 말했다. 마취하는데 왜……? 상우씨는 마취했지만 수술중에 정신이 깬 사람이 나오는 영화가 있다고 했다. 이른바 마취중 각성 현상. 의사들은 마취가 된 줄 알고 가슴을 가르고 심장을 꺼내고…… 윽. 진정한 공포 영화네요. 정연씨 무사하시길.

우리는 바질 라멘을 먹었다. 원래는 줄을 길게 서는 집이었는데 코로나19 때문인지 우리밖에 없었다. 기억나요. 예전에는 가게 앞이 인산인해를 이룰 만큼 사람이 많았는데. YG 사옥 때문인가요? 네? 옆에 YG 사옥이 있잖아요. 음…… 그냥 라멘이 맛있어서 아닐까요. 베를린에서는 이런 라멘 못 먹어요. 상우씨가 말했다. 기사에는 완공되었다고 나오는 YG 사옥은 여전히 증축중이었고 우리는 정연씨가 오기 전까지 합정역 일대를 걸으며 카페와 편집숍 아웃렛에 들렀다. 나와 상우씨는 아웃렛에서 마음에 드는 옷을 발견했다. 그런데 오십 프로 세일해도 오십만원이네요. 이건 오십 프로 해서 백만원. 암스테르담에 기반을 둔 브랜드라는데…… 사시죠. 한기씨가 말했다. 살 수 없습니다. 내가 말했다. 브랜드를 검색하니 디자이너가 자신의 옷에 대해 설명하는 말이 나왔다. "내 작품의 주요 주제는 '불완전성'이다. 나는 패션이나 트렌드에 관심이 없으며 내 작품은 멋진 컬렉션이나 옷을 만드는 것이 아니다." 흠…… 저랑 똑같네요. 가격 빼고는 모든 것이……

정연씨와 우리는 양화진 입구의 카페 테라스에서 만났다. 원래는 투 도어즈라는 카페가 있던 자리인데 지금은 양화라는 카페로 바뀌었다. 정연씨는 아직 마취에서 덜 깬 듯 조금 피곤해 보였다.

그게 마취 때문일까요, 지돈씨? 한기씨는 트리플베리에이드를 주문했고 나머지 사람들은 커피를 마셨다. 쿠키를 네 개 주문했고 치즈케이크도 시켰고 아마 브라우니도 시킨 듯? 한기씨는 어린이집을 마친 정원이를 데리러 갔고 잠시 후 희천씨와 동주씨가 왔다. 정연씨는 두 사람을 처음 봤는데 희천씨를 보더니 성공할 관상이라는 게 이런 거군요, 라고 말했다. 마스크를 썼는데 어떻게 아시고? 희천씨가 말했다. 그래도 알죠. 연금복권 되실 듯. 만약 사신다면…… 우리는 양화진 선교사 묘원을 산책했고 한강을 따라 망원 쪽으로 천천히 걸었다. 해가 지기 시작했고 성산대교 너머 하늘이 붉게 물들었다. 오랜만에 한강에 나오니까 좋네요. 정연씨가 말했다. 작은 개구리를 발견했는데 청개구리인지 아닌지 잠깐 논쟁이 오갔다. 청개구리는 아니에요. 내가 강하게 주장했다. 청개구리를 잡아서 길렀던 적이 있어요. 에이, 거짓말. 진짜. 어릴 때 아파트 욕조에서 길렀는데 청개구리가 화장실 창문으로 뛰어내림. 정말…… 소설가답네요, 이야기를 지어내시는 게. 희천씨가 말했다.

톰 앤더슨은 말했다. "누가 도시를 알까? 걷는 사람만이, 버스를 타는 사람만이 안다." 옳은 얘기지만 해석이 필요하다. 진짜 중요한 건 도보나 버스라는 특정 요소가 아니라 관계다. LA에서는 오로지 가난한 사람들만이 걷고 버스를 타며, 그들만이 거리와 접촉한다(부자들은 베벌리힐스와 같은 자신들의 영토에서 오로지 집과 차 안에서만 거주한다). 도시는 연결과 접촉, 관계에서만 모습을 드러내며 그런 모습을 담은 영화를 톰 앤더슨은 'City of Walkers/ Cinema of Walking', 걷는 사람들의 도시/걷는 영화라고 부른다. 영화에서 그 시작은 켄트 매켄지의 〈유배된 사람들The Exiles〉1961이다.

미술에서 걷기를 예술이라고 주장한 최초의 예술가는 남아메리카 수리남 출신의 미술가 스탠리 브라운이다. 그는 1935년 당시 네덜란드령이었던 수리남의 수도 파라마리보에서 태어났고 1957년 암스테르담으로 이주했다. 1960년에 처음 시작된 그의 행위예술 〈이쪽이에요, 브라운씨This Way Brouwn〉는 길거리에서 마주친 사람에게 길을 묻고 약도를 그려달라고 하는 작업이었다. 스탠리 브라운은 베니스비엔날레와 다수의 도쿠멘타에 참여했지만 급진적이고 비타협적인 태도 때문에 자료는 거의 남아 있지 않다. 그는 거의 대부분의 인터뷰와 사진 촬영을 거부했고 작업을 재생산하는 것도 허락하지 않았다. 그의 전시 카탈로그에는 언제나 "작가의 요청으로 이력을 제공하지 않습니다"라는 말이 쓰여 있었다. 그럼에도 불구하고 남아 있는 극히 적은 인터뷰에서 그는 이렇게 말했다. "매일, 사람들이 그들이 사용하는 거리를 발견하게 만드는 것이 내가 하는 일이다. 나의 모든 작업과 앞으로 할 작업들은 한 문장으로 요약할 수 있다: 사람들은 지구 위를 걷는다people walk on planet earth."

남북조
시대의
예술가①

최인훈의 소설 『소설가 구보씨의 일일』1999은 구보씨가 서울을 산책하며 있었던 일과 일상의 상념, 관념적인 넋두리 따위를 쓴 작품이다. 박태원의 소설에서 모티프를 가져와 쓴 이 소설에서 문학평론가 김현은 김관이라는 이름으로 등장한다. 다른 작가들도 가명으로 등장하며 아마 구보씨는 최인훈이면서 최인훈이 아니기도 할 것이다.

그러나 내 글에서 금정연과 오한기와 이상우와 박솔뫼와 내 친구들은 대부분 실명으로 등장한다. 그게 바로 남북조시대의 예술가와 지금의 소설가가 다른 지점이다.

가명으로 써도 누군지 다 안다면 왜 가명으로 쓰는 것일까? 픽션 속의 인물일 뿐이라고 말하려고? 소송을 피하려고?

애초에 문제가 생길 내용은 쓰지 않으면 되는 것 아닌가, 라고 나는 생각한다(어떤 일이 문제가 될지 완전하게 예상하는 것이 불가능에 가깝다는 문제는 차후로 두고). 예술가로서의 자의식은 이런 생각을 가로막는다. 작가라면 모름지기 내면 깊이 침잠해들어가 심연으로부터 비롯한 어두운 욕망을 샅샅이 드러내야 하는 것 아닌가(다만 가명으로). 그렇게까진 아니더라도 있는 그대로 솔직하게 써야 하는 것 아닌가(역시 가명으로). 검열은 예술의 적이다! 어둠을 직시하고 그걸 글로 써라(물론 가명으로)!

나로 말할 거 같으면 뭐 그렇게까지……라는 생각이다.

진짜 검열하는 기관이 존재하는 것도 아니고 지금 시대에는 반대 의미의 검열이 오로지 넘친다. 표현의 자유라는 미명하에 선택되고 묘사되는 것들이 부지기수다. 세상에는 부당하고 어리석은 일이 너무 많고 우리는 그것에 대해 생각하고 맞서야 한다. 그러나 그것에 대해 쓰는 일은 다른 차원의 겹을 요구한다. 마음속 깊이 있는 생각이나 사람들 사이의 질투, 폭력, 욕망은 그 자체로 투명하지 않다. 있는 그대로 솔직하게 쓴다는 것은 문학의 장르적 속성 중 하나에서 기인한 착각일 뿐이다(의식의 흐름이 진짜 의식의 흐름이 아니라 문학의 기법인 것과 마찬가지다). 폭력이나 비극을 묘사하는 것이야말로 때로는 문학을 위한 문학이다. 일반적으로 문학을 위한 문학이라는 '폄하'는 메타적이고 유희적인 형식 실험을 일컫는 말이지만 오히려 인간의 욕망, 심연 등을 운운하며 옹호되는 것이야말로 문학을 위한 문학이라는 표현에 더 어울리는데, 그러한 것들이 문학장의 상투적이고 전형적인 소비 형식이 되었기 때문이다.

그렇다고 쓰지 않을 수는 없다. 세상에는 많은 일이 있고 문학은 곧 세상의 일이다.

그러므로 『소설가 구보씨의 일일』과 산책에는 두 가지 문제가 생긴다.

1. 이름이란 무엇인가.

2. 산책하면서 무슨 일이 일어나는가.

이름이 달라도 기술 어구가 동일하면 소설 속의 등장인물은 현실의 인물과 동일하(게 느껴진)다. 다만 그것은 특정한 조건—예술적 재현—을 필요로 하며 재현된 인물이 현실의 인물과 완전히 동일한 건 불가능하다. 그러나 기술 어구의 다발, 쉽게 말해 몇몇 정보가 같으면 우리는 동일 인물을 떠올린다. 어떤 소설이 20세기 초반의 물리학계를 다루는데 등장인물을 하루 열두 시간씩 자는 부스스한 흰 머리칼의 천재 물리학자이며 상대성이론을 만들었다고 설명하면, 이름이 톰 크루즈라 하더라도 아인슈타인이 그 모델이라고 생각할 것이다. 아니야. 그 인물의 모델은 톰 크루즈야, 라고 생각하는 사람이 있다면 그는 아마 정신이 이상한 사람이거나 오한기일 것이다(여기서 오한기와 정신이 이상한 사람은 같지 않다. 오한기의 정신은 정상이기 때문이다. 다만 오한기와 정신이 이상한 사람만이 기술 어구의 다발이 같아도 다르게 생각할 수 있는 능력을 지니고 있다).

반대로 고유명사가 같은데 기술 어구가 다르면 어떻게 될까. 흥미로운 점은 단지 고유명사가 같을 뿐인데도, 우리는 관성적으로 두 대상을 유사하게 생각하려고 노력한다는 점이다. 내가 글에 이상우를 등장시키면 누구나 소설가 이상우를 생각할 것이다(가수 이상우를 생각하는 사람이 있다면 그는 아마 옛날 사람일지도……). 이상우와 전혀 다른 지점을 써도 그리고 생각하거나 이상우를 아는 사람은 이 사람이 이상우인가, 이상우에게 이런 점이 있었나, 라면서 말이다. 솔 크립키가 『이름과 필연』1980에서 언어에 대한 분석철학의 해석을 반박하며 하려고 했던 이야기도 이와 유사하다. 버트런드 러셀이나 프레게 등의 이론에 따르면 고유명사＝기술 어구이거나 기술 어구의 다발이다. 아리스토텔레스는 아리스토텔레스다, 와 같은 순환 논리로는 아리스토텔레스라는 고유명사를 설명할 수 없다. 기술 어구들이 고유명사를 존재하게 한다. 그러므로 기술 어구가 다르면 고유명사가 같아도 다른 인물인 것이다. 그러나 과연 그럴까. 고유명사에는 이상한 힘이 있다. 물리적 의미에서의 관성처럼 말이다.

여기엔 우리가 명사에 중요성을 부과한다는 의미에서 고민해볼 지점이 있다. 존재는 동사적 현상, 관계, 움직임, 변화이지만 인식을 위해서는 고정점이 필요하다. 나는 이것을 (니클라스 루만에게서 빌려온 단어로) 구별과 선택이라고 부른다. 정보는 오로지 구별과 선택이라는 행위에서 탄생한다(물리적 개념이 아닌 사회적 의미에서). 인간의 모든 행위에서 구별과 선택은 근본적이지만 특히 문학은 구별과 선택으로만 이루어진 예술 장르이다. 언어가 그 주재료이기 때문이다. 그런 의미에서 산책은 문학에 대한

(소심한) 반항이다. 산책은 구별과 선택을 최소화하는 행위다. 그렇다면 산책은 왜 문학에서 그렇게 사랑받는 주제일까. 그건 문학이 문학을 폄하하면서밖에 쓰여질 수 없기 때문이다.

오한기의 신작 소설 제목은 '산책하기 좋은 날'이다. 아직 한 글자도 쓰지 않았지만 제목은 정해졌다고 한기씨는 말했다.

—예약판매도 해요?

내가 물었다.

—아니요.

—예약판매는 왜 하는 거예요?

—저는 모르죠.

정말 모를 일이다. 예약판매는 왜 하는 건지. 조금이라도 일찍 사면 어떤 이득이 있는 걸까. 애초에 예약판매로 구입한 책을 더 일찍 산 거라고 할 수 있나. 물량이 한정되어 있는 것도 아니고. 도대체 예약판매는 뭔가요?

—이번 원고는 예약판매에 관한 건가요?

한기씨가 물었다.

—아니요.

내가 말했다.

—늘 그랬듯 산책에 관한 겁니다.

243

남북조
시대의
예술가②

세 개의 『소설가 구보씨의 일일』이 있다. 박태원의 구보, 최인훈의 구보, 주인석의 구보. 하나는 1930년대, 다른 하나는 1970년대, 나머지는 1990년대에 출간됐다. 심지어 2020년대에도 한 권의 소설이 나왔다. 『소설가 구보씨의 초대』.

이쯤 되면 의문을 품어볼 수 있다. 왜 구보씨들은 대략 삼십 년을 주기로 우리를 찾아오는 걸까. 이 구보씨들은 뭘까. 구보씨는 한국문학계의 핼리혜성일까.

이 책의 시작도 구보씨였다. 현대판 『소설가 구보씨의 일일』의 에세이 버전을 쓸 생각이 없는지, 선견지명이 있는 편집자가 제안했고(그가 구보씨 삼십 년 주기 법칙을 알고 있었는지는 모르겠다) 돈에 눈이 먼 나는 덜컥 수락했다 (농담이다. 나는 돈 때문에 글을 쓴 적이 한 번도 없다. 예술가로서의 직업윤리 때문에? 작가의 자존심? 단지 글은 돈이 되지 않기 때문이다…… 그렇다고 이 말을 작가들은 돈을 더 받아야 한다, 고료 인상, 임금 인상!이라는 뜻으로 받아들여서는 안 된다(물론 더 받으면 좋음). 중요한 건 글 쓰는 일이 직업으로 기능할 수 없는 상황에도 불구하고 직업이 되거나 이 일에 많은 것을 걸고 뛰어드는 사람들이 있다는 사실과 그렇게 만드는 이데올로기를 관찰하는 일이다. 작가가 경제 운운한다고 비판하거나, 작가도 노동자다!라고 규정짓는 것과 달리 왜 작가라는 존재가 그 사이에서 요동칠 수밖에 없는지에 대해서 생각해야 하는데, 결론적으로 말하면 내 생각에 문학은, 적어도 한국 사회에서는 직업이 아니다. 이렇게 말할 수는 있다. 겸업. 문학은 겸업이다. 취미가 될 수도 있고 종교도 될 수 있다. 그러나 직업은 아니다. 그런 의미에서 전업 소설가는 직군이라고 할 수 없다. 그들은 개인일 뿐이다. 직업으로서의 소설가가 되고 싶다면 간단하다. 하루키가 되어라).

작가에게는 시대를 말해야 한다는 (외부의) 요구와 그와 무관하게 움직이고자 하는 (내부의) 욕망이 존재한다. 구보씨는 이러한 요구와 욕망이 문학이라는 장르 안에서 특정 사조와 연결될 때 등장할 수 있는 최선의 형상 중 하나다. 구보씨는 작가 자신이자 등장인물이며 (토마스 만의 이분법에 따라) 시민이자 예술가이고 『소설가 구보씨의 일일』은 소설이자 에세이, 픽션이자 논픽션이기 때문이다. 그러나 내 생각에 이러한 관점은 한계에 봉착했다. 이는 예술가를 경계에 선 인물로, 그리하여 플라뇌르로 만들지만 여전히 특정한 종류의 이분법에 사로잡혀 있으며 주체로서의 예술가를 상정하기 때문이다. 박태원의 구보씨가 정확히 그렇다. 구보씨는 '나'의 고뇌에서 벗어나지 못한다. '나'의 고뇌가 중요한 고뇌라는 믿음 또는 이데올로기가 자연화되어 있기 때문이다. 구보씨는 작가로서 세계와 자기 자신을 관찰하지만 그러한 관찰을 관찰하진 않는다. 다시 말해, 구보씨를 쓰기 위해서는 구보씨를 구보씨로 다시 쓰는 게 아니라 구보씨를 다시 쓰는 것을 쓰는 재서술을 포함해야 한다. 이것은 요구와 욕망이 대립적으로 존재하지 않는다는 의미이며 정치와 예술이 동반하거나 대립하는 식으로 존재하지 않는다는 의미이다. 우리에겐 새로운 구분선, 다른 질문이 필요한데 그건 이를테면 다음과 같은 질문을 하지 않는 것이다. 무엇이 세계의 진짜 모습을 더 잘 포착했는가. 무엇이 우리의 본성 또는 실재에 더 가까운가. 그러므로 언어―예술이 세계의 진실 또는 내면의 본성을 표현하거나 표상한다는 관점을 포기하기.

금정연이 포기한 건 그 외에도 많다.

―정연씨는 뭘 포기했어요?

―네? 지돈씨?

나의 가장 즐거운 취미는 정연씨의 트위터를 보는 것이다. 그는 무려 3288명의 팔로워를 거느린 파워 트위터리안이다(그의 책 판매 부수보다 높은 숫자다). 금정연은 육아 시간 외에는 대부분 트위터를 하는데(아마도) 드물게 자기 의견을 드러내지 않는 파워 트위터리안이다. 그가 주로 하는 건 리트윗과 징징대기다(대체로 징징대는 트윗을 리트윗한다).

내가 금정연을 처음 만난 건 서울국제도서전의 출판사

창비 부스에서였다. 2012년이었고 나는 창비의 영업사원으로 부스에서 책을 판매했다. 그렇게 많은 책이 그렇게 많이 팔리는 광경은 처음이었다. 수백 명의 사람이 캐리어나 카트를 끌고 와서 책을 쓸어 담았다. 이게 무슨 일이지? 출판사들은 악성 재고를 껌값에(비유가 아니라 진짜 껌값) 팔고 있었다. 국제도서전이 처음인 나는 진정한 문화 충격을 경험했다.

그 당시 정연씨는 인터넷 서점 알라딘에서 퇴사한 후 운 좋게 생명을 유지하는 서평가였고 국제도서전에 책을 보러 온 손님이었다. 지금의 반 정도 되는 날렵한 체구에 헤어스타일은 1990년대의 데이먼 알반 같았고 체크무늬 셔츠에 백팩을 맨, 어느 날 갑자기 사회에 내던져진 너드, 또는 2000년대 초 홍대 클럽 FF에 가면 만날 수 있을 것 같은 인상의 프리랜서였다. 반면 나는 셔츠에 타이를 매고 공들여 닦은 싸구려 구두를 신은 신입사원으로 어딜 보나 영업사원 느낌, 그러나 출판사의 영업사원 같지는 않은 느낌의 이십대 후반 남자였다. 우리는 서로에 대해 잘 몰랐고 잘 알 거라고 생각하지도 않았다. 그때만 해도 우리는 징징대지 않는 사람이었고(착각일 수 있다……)작가라고 말하기에는 자의식이 부족했다. 글을 쓰는 건 좋지만 사회적인 의미에서의 작가라고? 그런 건 고급 자전거나 등산복을 장착하고 산을 타며 정치인이나 만나는 치들이 신경쓰는 것 아닌가, 내 삶이 로베르토 볼라뇨처럼 될지도 모른다, 되었으면 좋겠다라고 생각하던 시절이었다. 그러니까 비타협적인 태도와 떠돌이 생활 덕에 마흔 살에 이가 다 빠지고, 쉰 살에는 간경화에 걸려 영광을 누리기 전에 죽음을 맞이하는 작가.

우리는 내가 등단한 이후 정연씨 친구의 연결로 다시 만나게 됐다. 계절은 기억나지 않는데 여름인가 가을인가 그랬을 것이다. 마포구 상수역 부근에서 밤 열시쯤 만났다. 귀찮아했던 것 같다. 그냥 얼굴만 잠깐 보고 와야지, 라는 심정이었다. 그런데 이야기를 하다보니 해가 떴고 집에는 오전 열시가 되어서 돌아왔다. 술은 거의 마시지 않았다. 우리 모두 말이 많은 사람들이지만 낯선 사람과는 말을 잘 섞지 않는 성격인데 거의 초면인 사람과 열두 시간 가까이 수다를 떤 것이다. 무슨 이야기를 했는지 기억나지 않지만 문학과 한국문학에 대한 이야기였던 건 확실하다. 막 등단한 나는 즐거움보다 불만이 많았다. 문단에서 만난 사람들은 이상하거나 불쾌했다. 그들은 내게 이렇게 말하곤 했다. 원래 이상한 책 많이 읽어요? 특이한 거 좋아하시나봐요?

문학계에 오면 나 같은 사람이 많을 것 같다는 생각을 내심 했던 것 같다. 그러나 상황은 반대였다. 그들은 문학계 외부에 있는 사람과 다를 바 없었고 어떤 의미에서는 더 억압적이었다. 왜일까? 왜 문학을 읽고 쓰는 사람들이 더 권위적일까? 정연씨는 그런 상황에서 만난 구세주였다. 우리는 만날 때마다 밤새 대화를 나눴다. 무슨 이야기를 했는지는 잘 모르겠다. 지금 생각하면 떠오르는 건 자주 가던 합정의 콩나물국밥집과 태풍이 오기 직전의 여름밤, 나와 정연씨, 상우씨가 양화진의 공동묘지를 한참 동안 걷고 아무도 없는 메세나폴리스의 벤치에 앉아 우리는 앞으로 어떻게 될까 생각했던 것뿐이다.

그때 우리는 일종의 분노와 그 분노를 가능하게 만드는 희망이라는 걸 품고 있었던 것 같다. 뭔가를 해야 한다거나 할 수 있다고 생각했고 무엇보다 문학을 정말 좋아했다. 이런 말을 하는 게 새삼스럽거나 부끄럽진 않다. 사람들은 우리에게 글을 쓰기 싫어하는 것 같다, 문학을 진지하게 대하지 않는다, 장난스럽다, 냉소적이다라고 말한다. 어떻게 그런 오해를 할 수 있을까. 나는 지금도 의문이지만 그렇다고 오해를 풀기 위해 문학에 대한 진정성을 뽐내고 싶은 마음은 없다. 진정성은 이상한 거라서 모두 비웃는 것 같은 상황에서도 모두가 칭송하고 결국 기대고자 하며(기댈 곳은 진정성밖에 없다), 나중에는 누가 더 진심인지 겨루는 승부로 변한다. 그러한 진정성 게임에는 여러 이론과 수사, 실천(증명)이 따르지만 사실상 내용은 없고 (자신만 알고 사랑하는) 스스로의 진실함을 보여주는 말의 향연인 경우가 대부분이다. 결국은 내가 남보다 더 진심이라는 것을 증명하는 게 목적이 된다. 진심이 정말 증명 가능한 것일까. 더 진짜인 작가가, 예술이, 실천이 있을 수 있을까.

솔직히 말하면 그 시절 나는 믿었다. 정연씨도 아마 그랬던 것 같다. 그러니 문학상 시상식 뒤풀이 자리에서 일군의 편집위원들을 향해 "문학의 적!"이라고 외치며 손가락질할 수 있었고(술에 취하긴 했지만) 선생님들은 입에 담지도 못하는 이름의 '주의'를 만들어 말할 수 있었을 것이다. 흥미로운 건 후장사실주의로 활동한 이후 사람들이 우리를 관종이나 힙스터와 같은 이른바 튀고 싶어하는 가짜로 봤다는 사실이다. 그런 일이 일어나리라고는 생각지도 못했다. 관종이라니. 평생 관심을 피해 숨어산 너드라면 모를까. 그러나 지금 생각해보면 그때 일어난 모든 일은 우리가 너무 진심이었기 때문에 일어난 걸지도 모른다. 진심은 언제나 내가 더 진심이다, 라는 반발을 불러온다. 우리의 행위 내부에 당신들보다 더 진짜 문학을 하고 있다, 라는 의식이 가득했고 이러한 뉘앙스가 충돌을 일으킨 건 아닐까. 우리는 미학으로 부딪친다고 생각했지만 그리고 물론 미학으로 부딪치기도 했지만, 결국 남은 것은 미학에 관한 문제가 아니라 진정성 제로섬게임이었다. 진정성은 자유주의 같은 거라서 결국 문제는 윤리와 경제, 두 차원으로 환원된다. 쉽게 말하면 누가 더 착한가(진짠가) 그리고 누가 더 돈을 잘 버나(많이 사랑받나). 그러므로 긍정적인 의미에서의 논의는 불가능해진다.

과학철학자 파울 파이어아벤트는 1975년 『방법에의 도전: 새로운 과학관과 인식론적 아나키즘』을 출간하고 스타가 됐다. 그러나 파이어아벤트 본인은 우울증에 빠졌다. 그는 이 책 때문에 인격 모독에 가까운 비판을 받았다고 생각했다. 자서전 『킬링 타임』 정병훈·김성이 옮김, 한겨레출판사, 2009에서 그는 이렇게 쓴다. "나는 이 × 같은 책을 쓰지 말았어야 했다고 몇 번이고 생각했다." 본인을 학계의 스타로, 더 나아가 과학철학사의 전설로 만든 책이지만 그에게는 일생일대의 골칫거리였던 것이다. 특히 그를 미치고 펄쩍 뛰게 만든 건 그가 한 일이 아니라 하지 않은 일에 대한 비판이었다.

"어떤 서평자가 '파이어아벤트가 ×를 말했다'라고 쓰고, 그 ×를 공격하면, 나는 내가 정말 ×를 말했다고 생각하고 그것을 옹호하려고 했다. 그러나 여러 경우에서 나는 ×를 말하지 않았을 뿐 아니라 오히려 그 반대를 말했다."

우리에게 일어났던 일이 이와 유사하다고 할 수 있을까. 파이어아벤트처럼 스타가 되진 못했지만 말이다.

하지만 중요한 건 이 경험들에서 전에는 생각하지 못했던 것들이 무수히 쏟아졌다는 사실이다. 정말이지 우리의 생각과 경험은 공약 불가능하다. 그렇다고 내가 말하려는 게 상대주의나 포스트모던으로 통쳐지는 진실의 모호함 따위는 아니다. 진정성에 대한 이야기를 멈춰야 하는 것과 마찬가지로 상대주의에 대해서 말하는 것도 멈춰야 한다. 둘 모두 우리의 사유를 막는 구멍 마개 역할을 하기 때문이다.

금정연은 얼마 전 트위터에 자신의 바이블인 『피너츠』를 올렸다. 언제나 현명한 이 만화에서 찰리 브라운은 루시에게 말한다.

> 찰리: 아무래도 나 달아날까봐.
> 루시: 너 문제로부터 달아나는 타입이었니, 찰리 브라운.
> 찰리: 아니, 천만에! 난 머물러 싸울 거야! 나의 모든 힘과 재능을 발휘해 내 행위가 정당했음을 증명할 거라고!
> 루시: 너 그냥 달아나는 게 좋겠다!

그렇다. 찰스 슐츠가 맞다. 우리는 우리의 모든 힘과 재능을 발휘해 달아나야 한다.

당신을
위한 것이나
당신의 것은
아닌

'네이버 책'에서 산책을 키워드로 검색하면 18342건의 결과가 나온다(2021년 5월 9일 기준). 시/에세이 4523건, 잡지 3234건, 소설 964건. 관련도순으로 나열된 책을 보면 『시와 산책』『그럴수록 산책』『산책과 연애』『미래 산책 연습』『퀴어이론 산책하기』『산책하는 사람에게』…… 물론 이 수많은 책 중에는 진짜 걷는 것에 대한 책이 아닌 것도 많다. 『한국 현대사 산책』『이문열 세계명작 산책』『줄리언 반스의 아주 사적인 미술 산책』『핀란드 디자인 산책』『초기불교 산책』『노년학 산책』『책방 산책』『알고리즘 산책』…… 그러니까 내가 하고 싶은 말은…… 그만 좀 걸어라……는 아니고 산책은 예전부터 어디 갖다붙이기 좋은 말이었다는 것이다. 이 길고 긴 목록에는 읽은 책도 있고 서재에 있는 책도 있고 지인의 책도 있다. 그리고 이 글을 쓰는 지금 아직 더해지지 않은 책도 있다. 지인의 책은 박솔뫼의 『미래 산책 연습』, 더해지지 않은 책은 오한기의 근간 『산책하기 좋은 날』. 책 제목에 산책이 들어가지 않지만 산책과 관련도가 높은 이상우의 『두 사람이 걸어가』도 있고 산책과 아무 관련이 없는 금정연의 『아무튼, 택시』도 있다. 아무 관련이 없는 책을 왜 말하느냐 하면 『아무튼, 택시』는 내가 좋아하는 책이기 때문이다. 나는 몇 번이고 말할 수 있다. 아무튼 택시, 아무튼 택시, 아무튼…… 택시는 산책과 아무 관련이 없다. 그러나 이 관련 있음의 부재 속에서 관계의 진정한 잠재력이 부상한다. 금정연은 이렇게 쓴다. "할 수 있는 자가 구하라 (인생)." 물론 이것은 1980년에 개봉한 장뤼크 고다르의 영화 〈할 수 있는 자가 구하라 (인생)〉에서 가져온 문장이다. 그러나 고다르가 먼저 이 말을 했다고 이것이 고다르의 말이라고 생각하는 사람은 하나만 알고 둘은 모르는 사람이다. 영화 탄생 백 주년을 기념해 만든 〈JLG/JLG: 12월의 자화상〉1995에서 고다르가 한 말들은 모두 남의 말이었다. 그러나 그가 읽고 메모하고 말하고 영화에 담은 이래 그 말들은 그의 것이 되었다. 고다르는 이렇게 말했다. "남의 말은 그만 인용해."

솔직히 말하면 산책을 주제로 글을 쓰는 건 그만둬야 한다는 게 내 생각이다. 산책의 형식과 가능성을 최대한 실현한 글이 이미 나왔기 때문이다. 『산책하기 좋은 날』 『미래 산책 연습』 『두 사람이 걸어가』. 친구들이라서 이렇게 말하는 거라고 생각하면 오산이다. 나는 그들과 친구가 아니라도 이렇게 말했을 것이다. 이 책들이 바로 산책이라고, 이 책들을 읽는 순간 당신은 남아프리카공화국에서 멜버른까지 걸어가는 기나긴 환상 속에서 구글 맵의 안내에 따라 육신이 해체되어 공기 중의 모든 네트워크 속에 클리나멘의 각도로 녹아내리는 하산 에 사바흐적 트랜스를 체험할 거라고. 이 책들을 모두 읽었다면 말이다. 그러니까 당신이 만약 내 말에 동의하지 않는다면 당신은 이 책들을 읽지 않앉거나 산책을 해본 적 없다는 말이 된다. 둘 다 아니라면, 다시 말해 이 책들을 모두 읽었고 산책도 자주 한다면…… 당신은 나의 친구다…… 응? 지금 『당신을 위한 것이나 당신의 것은 아닌』까지 읽고 있으니까 우린 분명히 친구……

우정에 대해서

이탈리아의 철학자 조르조 아감벤은 2006년 샤를르 베이옹 유러피안 에세이상을 수상했다. 그는 2007년 스위스 로잔에서 열린 수상 기념식에서 이렇게 말했다. "오, 친구들이여, 친구들이 없구나." 이것은 아리스토텔레스가 말했다고 여겨지는 유명한 구절로 자크 데리다가 『우정의 정치학』1994에서 라이트모티프로 인용했으며 2017년 아틀리에 에르메스 도산에서 십 주년 회고 전시 제목으로 쓰기도 했다. 그러나 아감벤에 의하면 이 구절은 원문과 다르다. 원문에는 훨씬 덜 시적이고 일반적인 "친구들을 (많이) 가진 자에게는 친구가 없다"라는 구절이 있을 뿐이다. 아감벤은 친구인 데리다에게 이 사실을 얘기했으나 데리다는 책을 쓰며 전략상 모른 척했거나 은근슬쩍 넘어갔다고 한다. "오, 친구들이여, 친구들이 없구나"라는 수수께끼 같은 문장이 우정의 불확실성, 우정의 기묘함과 때때로 폭력적이고 폐쇄적인 문제를 부각하기 때문이다. 그러므로 친구들은 있는 동시에 없다. 나의 유령 친구. 뭐 그런 거.

반면 아감벤은 아리스토텔레스의 『니코마코스 윤리학』을 분석하며 우정을 다음과 같이 정의 내린다. "우정은 자신의 고유한 존재감 속에서 친구의 존재를 함께-지각하는 심급이다. 우정은 도덕이나 윤리, 감정의 차원이 아니라 제1철학, 이른바 형이상학에 속하는 근원적 지각이다." 무슨 뜻일까? 간단히 말하면 우정은 존재에 뒤따르는 요소가 아니다. 존재와 함께 지각된다. 친구는 우리 안의 타자고 친구 안의 타자가 나다. 이러한 분할과 지각은 세계에 존재하는 어떠한 몫을 나누는 게 아니다. 나뉜 상태에서 함께하는 것, 존재한다는 사실, 삶 자체가 언제나 동시에 지각된다는 것을 의미한다. 그러므로 우정은 어떤 합의나 공감, 호혜가 아니다.

　　이러한 우정의 개념은 영국의 철학자 로이 바스카의 메타실재와도 유사하다. 로이 바스카는 기존의 이론이 가지고 있는 인식론적 한계를 극복하기 위해 비판적 실재론을 주장한 철학자다. 그는 옥스퍼드 대학원에서 경제학을 전공했는데 저개발국가와 경제 이론의 연관성에 대한 박사학위 논문을 쓰는 과정에서 난관에 부딪힌다. 기존의 경제 이론으로 저개발국가들을 설명할 수 없기 때문이 아니라—이는 시작부터 예상했던 바였다—그런 시도 자체가 존재할 수 없었기 때문이다. 세계적인 석학인 지도 교수들은 특정 공리들의 집합으로 경제학을 구성했고 이러한 공리들을 발전시키기만 할 뿐 그 밖의 세계에는 관심이 없었다. 이후 전공한 과학철학도 마찬가지였다. 온통 이론과 모형화, 규정 등에 대한 이야기들이었지만 인간의 인식을 벗어난 세계에 대해 어떻게 얘기할 것인가에 대해서는 모두 입을 다물었다. 비트겐슈타인의 유명한 명제 ("말할 수 없는 것에 대해서는 침묵해야 한다") 아래 그냥 닥쳐야 하는 문제가 된 것이다. 그의 비판적 실재론은 이러한 상황에서 존재론적인 문제를 다루기 위한 프로젝트로 시작되었다.

메타실재의 철학은 로이 바스카의 후기 사상이다. 메타실재는 이원적 세계 사이에 존재하는 비이원적 실재로, 로이 바스카가 목표하는 건 쉽게 말해 이분법의 극복이다. 이는 인식과 존재, 주체와 객체라는 뿌리깊은 문제에서 시작되는 서구 철학의 이원론을 극복하기 위한 프로젝트지만 그렇다고 바스카가 이원성을 부정하는 건 아니다. 이원성은 세계의 표면을 형성하며 인식을 위한 기본단위이다. 다만 기저상태에 동일성이라고 부를 수 있는 비이원성이 존재한다. 우리는 이를 통해 연결된다. 다시 말해 기저상태는 동일성과 차이를 동시에 지니고 있는 기반이며 이러한 상태에서 주객은 철폐될 수 있다. "사실상 여러분은 제 안에 있는 제 일부이며, 이것을 공동현존이라고 부릅니다." 로이 바스카가 원하는 것은 차이가 아닌 공동현존의 영역을 넓혀가는 것이다. 조금은 사이비 종교처럼 들리기도 하는 이러한 생각은 그러나 그리 어렵거나 낯선 게 아니다. 바스카는 『메타실재의 철학』2020에 이렇게 썼다. "칸트라면 저 위에 별들로 빛나는 하늘이 있고 우리 마음속에 도덕 규칙이 있다고 했겠지만, 사실은 그렇지 않다. 외려 당신의 덕스런 실존의 참된 기초는 별들로 빛나는 하늘이 당신 안에 있고, 당신이 별들로 빛나는 하늘에 있다는 사실이다." 시는 오래전부터 이러한 우정 - 지각을 실천해왔다. 아래는 파울 첼란의 시 「하얗고 가벼운 것」의 일부다.

하얀 것,

우리 안에서 일어나는 것,

무게도 없는,

우리가 주고받는 것,

하얗고 가벼운 것,

그것을 떠다니게 하라.

1968년 2월 29일, 네 명의 학생 영화감독과 진행한 공개 토론에서 장뤼크 고다르는 이렇게 말했다. "모든 사람들이 삶에서 차이를 추구하려 하는 반면 사실 우리는 유사성을 추구해야 한다." 2014년 6월 2일 온라인 라이브 방송에서 로이 바스카는 이렇게 말했다. "여러분이 자유로워지고 싶다면 여러분은 모든 이가 자유로워지기를 원해야 합니다.

여러분 안에 모든 이가 공동현존하기 때문입니다."

2010년대 초반 즈음이었던 것 같다. 나는 한 친구에게 고다르의 말을 인용하며 우리에게 필요한 건 유사성과 동일성의 추구라고 말했다. 친구는 깜짝 놀라며 유교남 같은 소리 하지 말라고 했다. 개성이 중요한 거 아니야? 다름을 존중해야지. 친구는 내 말에서 전체주의의 환영을 봤고 나는 내가 괴벨스가 아니라는 사실을 증명해야 했다. 우리는 긴 논쟁을 시작했지만 결론은 나지 않았고 대부분의 논쟁이 그렇듯 서로에게 공감하지 않았다. 다름을 존중하지도 않았는지 서먹해졌고 지금은 연락하지 않는 사이가 됐다. 물론 차이와 동일성 논쟁 때문에 서먹해졌다고는 할 수 없지만(우리가 철학자도 아니고……) 정말 전혀 상관이 없었을까?

에라스뮈스-분위기

독일의 문화사회학자 지그프리트 크라카우어는 그의 책 『역사: 끝에서 두번째 세계』 서문에서 자신이 애정하는 시대는 위대한 이데올로기들의 태동기라고 고백한다. 이데올로기가 제도화되기 이전에 여러 이데올로기가 다투고 가능성을 검토하는 시기. 그 과정에서 독보적인 진리의 탄생이나 발전을 볼 수 있기 때문이 아니라 진리 다툼 사이에 진리가 있다고 생각하기 때문이란다. 크라카우어의 말을 빌리면 "메시지의 위치가 메시지의 내용을 암시한다." 진리는 의미가 아니라 상황에 있다. "그 시대들의 메시지는, 상충하는 대의들 가운데 어느 것도 최종적 쟁점의 최종적 결론이 아닐 가능성, 우리로 하여금 대의 없이 사유하고 생활할 수 있게 해줄 사유방식 및 생활방식이 있을 가능성과 관련되어 있다."

크라카우어가 말한 대의 없는 사유/생활 방식은 내가 예전부터 생각해온 것이다. 소설을 쓰고 예술의 가능성을 고민할 때, 혁명과 혁명 이후의 세계를 탐색할 때 필연적으로 발생하는 적대나 충돌, 실패나 백래시, 전 세대 혹은 현세대와의 갈등, 주의와 대의의 필요성과 한계에 대해 고민할 수밖에 없었다. 소모적이고 반복적으로 보이는 과정을 극복하거나 다르게 사유할 수 있는 방법은 없을까. 헤겔은 진정한 비극은 옳음과 그름 사이의 갈등이 아니라 옳음과 옳음 사이의 갈등에서 비롯된다고 말했다. 하지만 둘 모두 옳다면 갈등은 왜 발생하는가. 이게 정말 필연적인 과정일까. 크라카우어처럼 내가 매력을 느끼는 것은 언제나 특정 대의가 아니라—대의에 공감할 때조차—대의들 사이의 틈새였다. 대의를 실천하면서도 대의로부터 (거의) 자유롭게 생활하고 사유하기, 상충하는 대의를 함께 유지하기, 대의들 사이에 공유되는 공간에 머물기. 믿음 없이 살기, 하지만 어떠한 믿음 속에서. 지그프리트 크라카우어는 이러한 삶의 표본으로 에라스뮈스를 떠올린다. "시대의 논객들 틈에서 논객으로 살지 않은 인물로서 내가 지금까지 말한 대부분의 것을 대단히 놀라운 방식으로 보여주는" 사람으로서. 종교개혁 시기의 가톨릭 인문주의자였던 에라스뮈스는 물론 내 주변의 모든 사람이 관심 갖지 않는 옛날 사람이다. 풀 네임은 데시데리위스 에라스뮈스 로테로다무스. 한 친구에게 에라스뮈스 아느냐고 물었더니 교환학생 프로그램?이라고 했다. 응? 구글에 검색하니 Erasmus+라는 게 떴다. EU에서 운영하는 최대 규모의 교육 프로그램이란다. 예산은 262억 유로. 원화로 35조 8489억…… 2021~2027 프로그램은 사회적 통합, 녹색 및 디지털 전환에 중점을 두고 있으며, 민주적 삶에 대한 젊은이들의 참여를 촉진합니다. 좋은 거네…… 근데 그거 말고……

에라스뮈스는 당대를 대표하는 지식인이자 종교인이었지만 애매모호하고 변덕스러운 사람으로 유명했다. 그는 보수와 진보 양쪽에서 공격받았다. 보수적인 사람들이 봤을 땐 위험한 개혁가이자 비판자였고 진보적인 사람들이 봤을 땐 혁명에 진지하지 않은 쾌락주의자였다. 타락한 구교를 혁신하고 제도를 바꾸기를 원했지만 "자기 마음속의 깊은 열망들이 제도화된다면 이 세상에 의해 타락하리라고 생각했"으며 "참여하지 않으면 결국 패배하리라는 것을 알면서도, 자신의 대의가 대의로 전락하는 것을 차단"했고

"자기 생각들을 유동적인 상태를 유지하게 했"다. 개혁자로서 초기에 동지였던 루터는 나중에는 에라스뮈스에게 정나미가 떨어져 "음험한 사내"라고 비난했다. 그럴싸한 말은 많이 하지만 도움되는 말은 하나도 안 하는 놈이라나. 실제로 에라스뮈스는 가톨릭을 격렬히 비판하다가도 결정적인 순간이 오면 슬쩍 발을 뺐다. 그는 이렇게 말했다. "분쟁이 일어난다면 나는 평화를 깨기보다는 진실의 일부를 포기하리라고 생각된다." 그러니까 결국 에라스뮈스가 가장 싫어하고 피하고 싶었던 것은 교조적인 태도, 엄숙주의, 억압적인 권위, 폭력이었지 특정 사상이나 종교가 아니었다. 마찬가지로 그가 원했던 것은 평화나 기쁨이었지 다른 사상이나 종교―이를테면 신교―가 아니었다. 그러나 이런 어정쩡한 태도는 역사의 흐름에 밀려나기 마련이고 새로운 세력에게 버림받을 수밖에 없다. 요한 하위징아는 에라스뮈스 평전에 "그가 중간노선을 취하는 바람에 많은 친구들과 마음에 맞는 영혼들이 그의 곁을 떠나갔다"라고 썼다. 사람들은 "에라스뮈스의 저 온유한 미소를 견디지 못했다. (……) 그가 주변 환경을 무시하고 자신의 길만 용감하게 걸어갔더라면 얼마나 좋았을 것인가."

그럼 에라스뮈스와 같은 태도는 무의미한 걸까. "에라스뮈스의 사상은 지금까지 역사를 형성한 적이 한 번도 없었으며 유럽의 운명을 형성하는 데 뚜렷한 영향을 끼친 적도 없었다." 20세기 들어 많은 이들이 에라스뮈스를 위대한 인문주의자로 다시 호명한다. 혼돈의 시기에 중도와 관용, 평화를 지킨 사람으로 말이다. 그러나 크라카우어의 관점은 조금 다르다. 크라카우어는 에라스뮈스의 위치를 중도라고 생각하지 않았다. "그는 결코 타협자가 아니었다". 언제나 약자의 편이었고 쉬지 않는 비판자였다. "그가 옹호하는 대의는 바로 역사적 대의들을 끝장내는 것이었다." 단지 그가 원했던 대의가 극지를 표류하는 빙산처럼 고정될 수 없는 일시적인 장소였을 뿐이다. 슈테판 츠바이크는 에라스뮈스의 이상에 대해 이렇게 말했다. "아직 실현되지 않은 이상만이 영원한 회귀성을 갖는다."

더 중요한 건 에라스뮈스와 같은 이들이 사람들에게 전해주는 전혀 다른 종류의 믿음이다. 크라카우어는 이를 "에라스뮈스 – 분위기"라고 부른다. "그의 메시지가 낳은 것은 운동이 아니라 분위기, 한밤중의 순간적 불빛같이 막연하고 요정의 약속같이 막연한 분위기였다." 에라스뮈스 – 분위기는 특정한 목적이나 주장, 대의에서 자유로워도 된다는 아이디어다. 어느 쪽 편을 들지 않아도 괜찮다는 태도이며 단지 지식의 즐거움과 삶의 기쁨에 헌신해도 된다는 해방감이다. 누군가는 이를 방관이나 비겁함이라고 말할지도 모르겠다. 그렇게 해서는 세상이 변하지 않을 거라고 말이다. 그러나 다시 말하지만 에라스뮈스는 부당한 권력 앞에

한 번도 방관자였던 적이 없으며 종교개혁의 큰 공헌자 중한 사람이었다. 다만 그가 믿었던 대의가 삶이었던 것뿐이다. "그는 할말을 다 했으면 무대를 떠나도 좋"다고 생각하는 부류의 사람이었다. 무대보다 더 중요한 건 무대 아래의 삶이다. 혁명보다 혁명 이후의 정치, 사건 이후post-event의 생활이 그에겐 더 중요했다. 에라스뮈스는 가장 이상적인 삶의 조건이 시원한 나무 그늘이 있는 집과 선량한 친구들과의 산책, 정원에서의 식사라고 생각했다. 물론 모순의 왕답게 평생 생계를 걱정하며 일정한 주거지 없이 떠돌아다녔고 틈만 나면 친구들을 의심하고 싸웠지만 말이다. 그러나 사람들은 에라스뮈스-분위기에서 용기를 얻고 힘을 냈다. 강요와 요구, 대의들 사이에 엿보이는 삶의 지대, 잠깐 존재했다 사라지는 유토피아. 참고로 『유토피아』의 저자 토머스 모어는 에라스뮈스의 가장 가까운 친구였다. 토머스 모어는 에라스뮈스가 죽기 일 년 전 왕에 의해 참수형을 당했다.

첫번째 산책

장 자크 루소의 미완성 유작인 『고독한 산책자의 몽상』은 총 열 번의 산책으로 이루어진 에세이다. 첫번째 산책은 이렇게 시작한다. "마침내 나는 이제 이 세상에서 나 자신 말고는 형제도, 이웃도, 친구도, 교제할 사람도 없는 외톨이가 되었다."

이 책에서 루소는 쉬지 않고 투덜대고 징징댄다. 친구들은 모두 죽거나 배신했고 사람들은 나를 음해하거나 오해하며 육신은 늙고 병들었다. 나는 평온을 찾고 싶고 찾을 수 있을 것 같다. 그런데 자꾸 옛 생각이 나네…… 나를 괴롭힌 놈들…… 나를 모욕한 놈들…… 잘사나 보자…… 어쩌고저쩌고. 이것이 세계문학의 고전, 한길그레이트북스 91번, 문학동네 세계문학전집 137번의 실체다!라는 걸 말하려는 건 아니고…… 사실 루소는 자기중심적 피해망상으로 유명한데—모두가 나를 싫어해!—사정을 보면 그럴 수밖에 없다는 생각도 든다. 소설로 잘나가는 시절은 한때였고 이후 출간한 『에밀』과 『사회계약론』은 파리 고등법원에서 유죄 선고를 받고 거리에서 공개 화형식을 당했으며 프랑스에서 추방당했다. 망명생활 내내 사람들은 그를 비웃고 쫓아내고 멸시했고 볼테르는 그를 교수대에 보내기 위해 중상모략을 일삼았다. 이런 상황에서 누가 멀쩡한 정신을 유지할 수 있을까. 그런 그에게 산책은 마지막 남은 위로였다. "인간이 처할 수 있는 가장 기이한 상황에 처한 내 영혼의 일상적인 상태를 묘사하려는 계획을 세운 나는, 그것을 실행에 옮기는 방법으로 나의 고독한 산책과, 머릿속을 완전히 자유롭게 두어 그 어떤 저항이나 구속 없이 생각이 마음껏 제 흐름을 따르게 할 때 그 산책을 가득 채우는 몽상을 충실히 기록하는 것보다 더 단순하면서도 확실한 방법을 알지 못했다."

오한기의 소설 『산책하기 좋은 날』은 재택근무를 하는 영화사 콘텐츠 직원 '오한기'가 마음의 평안과 자신감을 얻기 위해 산책을 하는 이야기다. "산책의 원칙은 단 하나였다. 우연과 무의식에 의존하기." 그는 산책하다 들어간 서점에서 자신의 책을 발견한다. 무심코 펼쳐본 책의 속지에는 이렇게 쓰여 있었다. 오한기 개새끼. 오한기는 그 밑에 이렇게 적는다. 나는 유죄입니다……

이 일화는 실제로 있었던 일일까. 실제 세계의 오한기는 가끔 말한다. 사람들이 자꾸 소설 속의 저와 실제의 저를 착각하네요. 나는 반문한다. 등장인물 이름이 오한기인데……? 아…… 실제로 오한기를 검색하면 거의 육두문자에 가까운 비판이 뜨기도 한다. 물론 반대로 그의 소설을 사랑하는 독자도 있다. 아주 조금이지만…… 내 사정도 비슷하다. 좋아하는 사람이 있는 반면 분노에 휩싸이는 사람도 있다(후자가 훨씬 눈에 잘 띈다). 가장 좋은 건 반응을 신경쓰지 않는 것이다. 그러나 그렇게 되지 않는다. 실명을 밝힐 순 없지만 어떤 유명 시인은 자신의 책을 욕하는 사람의 블로그에 친히 댓글을 달았다고 한다. 만나자고 했던가. 그 시인의 성격으로 보아 '현피'를 뜰 작정이었던 것 같다. 어떤 유명 평론가는 자신을 욕한 게시물을 보고 메일을 보냈다. 놀랍게도 그 메일을 받은 사람은 내 지인의 지인이었는데 내용은…… 눈물이 앞을 가린다…… 아무튼 가장 좋은 건 이런 반응에 신경 끄고 자신의 길을 뚜벅뚜벅, 묵묵히 걸어가는 것이다. 그러나 그런 사람은 없다. 그런 사람은 있을 수 없고 이건 단지 작가들이나 유명인들의 이야기에 국한되지 않는다. 학교, 직장, 계모임, 동호회, 문단, 미술계, 학계 등등 산재해 있는 수많은 관계에서 우리는 타인의 반응과 언어에 노출되어 있다. 그리고 이것을 신경쓰는 것이 곧 인간의 일이다. 벗어날 방법은 없다. 그래서 오한기는 산책을 하기 시작했다.

박솔뫼의 『미래 산책 연습』 첫 챕터 제목은 '먼 곳의 친구들에게'이다. 그는 어슴푸레한 연관 관계 속에서 미래가 반복되는 도시를 걷는다. 그가 걷는 도시에서 미래는 과거에 시작됐고 지금 시작되고 있으며 미래에도 시작될 것이다. 이러한 반복은 반복 이전과 다르지만 다르지 않고 슬프지만 절망적이지 않으며 끝날 듯 끝나지 않고 끝없이 이어진다. "어디에서는 무엇이 보이고 또 그곳에서는 다른 것이 보이고 무언가를 보기 위해 높은 곳에 오르고 숨기 위해 창문을 닫고 몸을 숙인다. 그런데 어떤 장면은 아무것도 남지 않는다. 그런 것은 찍을 수도 찍힐 수도 없었다. 보는 사람은 있었을까 그것조차 알 수 없다. 하지만 어디서 누가 무엇을 보고 있었을지 아무도 보지 못한 것이 나중에 무엇을 남기는지 우리는 결코 확신할 수 없을 것이다."

우리는 왜 걷는 걸까. 최근 나는 예전처럼 많이 걷지 못한다. 코로나19 때문에? 미세먼지 때문에? 2018년에는 하루 평균 10525 걸음을 걸었고 2019년엔 10722 걸음, 2020년엔 7116 걸음을 걸었다. 참고로 2017년 스탠퍼드 연구진이 『네이처』에 발표한 바에 따르면 한국인의 하루 평균 걸음은 5755걸음으로 조사한 111개국 중 8위다. 1위는 홍콩으로 평균 6880걸음을 걷는다. 2018년 BBC는 하루 1만 보 걷기가 건강에 미치는 영향을 조사하는 다큐를 제작했다. 결과는 거의 효과 없음.

※ 이 글에는 『죽음의 푸가』(파울 첼란, 김영옥 옮김, 청하, 1995)와 『장치란 무엇인가』(조르조 아감벤, 양창렬 옮김, 난장, 2010), 『고다르×고다르』(데이비드 스테릿 엮음, 박시찬 옮김, 이모션북스, 2010), 『자연적 필연성의 질서』(로이 바스카 지음, 게리 호크 편집, 김훈태 옮김, 두번째 테제, 2021), 「반인간주의 실재론의 가능성: 로이 바스카의 메타실재」(서민규, 『문화와 융합』, 42권 4호, 한국문화융합학회, 2020), 『역사: 끝에서 두번째 세계』(지그프리트 크라카우어, 김정아 옮김, 문학동네, 2012), 『에라스뮈스』(요한 하위징아, 이종인 옮김, 연암서가, 2013), 『슈테판 츠바이크의 에라스무스 평전』(슈테판 츠바이크, 정민영 옮김, 아롬미디어, 2006), 『고독한 산책자의 몽상』(장 자크 루소, 문경자 옮김, 문학동네, 2016), 『현대문학』 2021년 5월호(현대문학, 2021), 『미래 산책 연습』(박솔뫼, 문학동네, 2021)의 내용이 포함되어 있다.

당신을 위한 것이나 당신의 것은 아닌
—서울과 파리를 걸으며 생각한 것들
ⓒ 정지돈 2021

1판 1쇄 2021년 9월 30일
1판 6쇄 2024년 1월 25일

지은이 정지돈
기획·책임편집 강윤정 | 편집 이재현 김수아 이희연
디자인 김마리 | 저작권 박지영 형소진 최은진 서연주 오서영
마케팅 정민호 서지화 한민아 이민경 안남영 왕지경 황승현 김혜원 김하연 김예진
브랜딩 함유지 함근아 고보미 박민재 김희숙 박다솔 조다현 정승민 배진성
제작 강신은 김동욱 이순호 | 제작처 한영문화사

펴낸곳 (주)문학동네 | 펴낸이 김소영
출판등록 1993년 10월 22일 제2003-000045호
주소 10881 경기도 파주시 회동길 210
전자우편 editor@munhak.com
대표전화 031) 955-8888 | 팩스 031) 955-8855
문의전화 031) 955-3576(마케팅) 031) 955-2678(편집)
문학동네카페 http://cafe.naver.com/mhdn
인스타그램 @munhakdongne | 트위터 @munhakdongne
북클럽문학동네 http://bookclubmunhak.com

ISBN 978-89-546-8251-0 03810

www.munhak.com